Le seems

La Panne de sommeil

Le seems

La Panne de sommeil

Tome 1

John Hulme
et Michael Wexler

Illustrations de Gideon Kendall

Traduit de l'anglais par
Renée Thivierge

Copyright © 2007 John Hulme et Michael Wexler

Titre original anglais : The Seems : The glitch in sleep

Copyright © 2011 Éditions AdA Inc. pour la traduction française

Cette publication est publiée en accord avec Bloomsbury U.S.A. Children's Books, New York, NY

Éditeur : François Doucet

Traduction : Renée Thivierge

Révision linguistique : Féminin pluriel

Correction d'épreuves : Nancy Coulombe, Katherine Lacombe

Conception de la couverture : Tho Quan

Photo de la couverture : © 2008 Christian Lorenz Scheurer

Design de la couverture : Daniel Roode

Illustrations de l'intérieur : Gideon Kendall

Mise en pages : Sébastien Michaud

ISBN papier 978-2-89667-345-2

ISBN numérique 978-2-89683-223-1

Première impression : 2011

Dépôt légal : 2011

Bibliothèque et Archives nationales du Québec

Bibliothèque Nationale du Canada

Éditions AdA Inc.

1385, boul. Lionel-Boulet

Varennes, Québec, Canada, J3X 1P7

Téléphone : 450-929-0296

Télécopieur : 450-929-0220

www.ada-inc.com

info@ada-inc.com

Diffusion

Canada :	Éditions AdA Inc.
France :	D.G. Diffusion
	Z.I. des Bogues
	31750 Escalquens — France
	Téléphone : 05.61.00.09.99
Suisse :	Transat — 23.42.77.40
Belgique :	D.G. Diffusion — 05.61.00.09.99

Imprimé au Canada

Participation de la SODEC.

Nous reconnaissons l'aide financière du gouvernement du Canada par l'entremise du Programme d'aide au développement de l'industrie de l'édition (PADIÉ) pour nos activités d'édition.

Gouvernement du Québec — Programme de crédit d'impôt pour l'édition de livres — Gestion SODEC.

Catalogage avant publication de Bibliothèque et Archives nationales du Québec et Bibliothèque et Archives Canada

Hulme, John, 1970-

    La Panne de sommeil

    (Le Seems ; 1)

    Traduction de: The glitch is sleep.

    Pour les jeunes de 10 ans et plus.

    ISBN 978-2-89667-345-2

    I. Wexler, Michael. II. Thivierge, Renée, 1942-   . III. Titre.

PZ23.H84Pa 2011   j813'.6   C2011-941150-4

À tous ceux qui y ont cru

Table des matières

DÉPARTEMENT DES AFFAIRES JURIDIQUES
LE SEEMS

Entente de confidentialité (EC)

[Formulaire no 1504-3]

À TOUS LES INTÉRESSÉS,

I. L'information écrite dans le présent document et dans toute reproduction faisant référence au Seems ou en dédommagement à celui-ci, n'importe lequel de ses départements, subsidiaires, activités, équipements, employés, effets sur le monde, ou particularités ou spécificités, est la propriété écrite exclusive du Seems, et toute republication, retransmission, reconversion, repromulgation, régurgitation ou récapitulation édictée par tout lecteur de ce texte est, par la présente, interdite, non recommandée, sérieusement découragée, proscrite, bannie et défendue. En d'autres termes, n'en parlez à personne.

II. L'information dans le présent document et dans toute reproduction et qui, de fait, est une reproduction bien que véridique de prime abord a priori, est, peut être et sera uniquement indemnisée par le fait que le Seems et tous les droits subsidiaires sont sujets à une définition requérant le consentement écrit exclusif des subsidiaires du Seems ou de ceux remerciés à cet égard. Toute et n'importe quelle information de ce présent document qui est reproduite est et sera mutuellement niée ou renvoyée de force et sera reconnue comme telle, tel qu'interdit dans le règlement 643B, code 7, paragraphe 4, lignes 8-15 du Livre des règles, copyright Seemsbury Press, XXMBVJII.

III. Tous les départements, les outils, les noms, les lieux, les directives, les carrières, les choix d'emploi, les renseignements sur le monde et son fonctionnement, les rouages internes, les réparateurs, les agents de contact, le Seems, la véritable nature de l'Univers, les Pouvoirs constitués, la relative bienveillance ou malveillance du Plan, toute information historique, toutes missions passées, toutes futures implications, et toutes explications du fonctionnement des choses, sont prévus par la présente et sont autorisés seulement (!) à l'individu qui a signé ci-dessous et qui est en possession de ce texte.

La signature de ce document lie le signataire à la confidentialité débridée du Seems ou, si l'information présentée ici devrait être divulguée, chacune et toutes les représailles par les Pouvoirs constitués et les entités seemsiennes doivent être imposées, de telles **PÉNALITÉS** pour la libération non spécifiée ou l'information névralgique seemsienne incluent, sans s'y limiter, le retrait de la C.H.A.N.C.E., l'interruption des grandes idées, l'abolition du sommeil, l'exclusion de certains spectacles de travaux publics, le relâchement de la surveillance des agents de cas, le déclassement de l'importance du fil dans la construction de la chaîne des événements, etc.

IV. Ce document est conçu par le Département des affaires juridiques du Seems et est valable selon les présentes lois. En acceptant l'information de ce document, vous serez au courant de l'information inconnue des autres, cependant aucun autre corps dirigeant, cour, service juridique, statuts, assignation ou certificat d'habeas corpus ne sera autorisé à la Cour de l'opinion publique. Pour faire une longue histoire courte, ce document remplace toutes les lois du Monde édictées jusqu'à maintenant et à jamais jusqu'à la fin des temps, que cela ait lieu ou non.

V. Ces incidences, si elles devaient se produire, sont passibles de doubles pénalités, incluant, mais sans se limiter au temps de détention en Seemsbérie, des services communautaires dans les mines de saveurs, ou une complète réhabilitation par ordre de la Cour de l'opinion publique, ESQ.

X_____

Signature du lecteur

_____

Date

Préface

Depuis le début du Temps, les gens ont cherché avec ardeur à comprendre ce qui fait tourner le Monde. Comment fonctionne-t-il? D'où provient-il? Et le plus important, qui l'a créé en premier lieu?

Charles Darwin a élaboré une théorie qu'il a nommée «La théorie de l'évolution». Platon a expliqué à ses étudiants qu'il ne s'agit que d'un jeu d'ombres projetées sur les murs. Et Bouddha a dit que la vie est souffrance, alors autant avoir du plaisir.

Confucius, Galilée, Black Elk, Einstein, Jung, Al-Kindi — tous des prophètes et des visionnaires — ont chacun contribué à une meilleure compréhension du Monde dans lequel nous vivons aujourd'hui.

Malheureusement, ils se trompaient tous.

Haute pression

Village de Covas, Minho, Portugal

Le soleil plombait sans pitié sur Alvarro Gutierrez alors qu'il se baissait pour faire glisser la terre desséchée entre ses doigts. Tout autour de lui, le sol était sec et sans vie, ses moissons, roussies et flétries.

— *Dame la barra que adivina, Sancho.* (Donne-moi la baguette de sourcier, Sancho.)

Le fils de six ans d'Alvarro lui tendit la vieille branche en forme de fourche. Le fermier saisit les extrémités qu'il tint près de son corps, puis il pointa la tige vers l'extérieur et exécuta le rituel ancien de divination. Il savait dans son cœur que les rumeurs d'un ruisseau souterrain n'étaient que cela — des rumeurs —, mais il devait essayer quelque chose. Autrement…

— Rien.

Alvarro écarta la baguette d'un air dégoûté.

— Il n'y a rien à cet endroit.

Sancho baissa les yeux vers le sol.

— Qu'allons-nous faire, papa?

Alvarro se ressaisit, car il savait que cela effrayait Sancho de le voir si vaincu. Il espérait toujours léguer un jour cette terre au garçon, comme son père l'avait fait pour lui, et le père de son père avant lui. En tout, cette ferme appartenait à la famille Gutierrez depuis neuf générations, mais advenant la perte d'une autre moisson, les rêves partagés de ses ancêtres se termineraient avec lui.

— Ne t'inquiète pas, Sancho. La pluie viendra.

Alvarro s'obligea à sourire.

— Tu verras, la pluie viendra.

Mais le ciel était bleu et clair.

Tour de la pluie, Département de la météo, le Seems

Becker Drane avait à peine mis le pied sur le toit du gratte-ciel que le chef de la station était déjà devant lui.

— Tu es en retard.

La cravate du superviseur était dénouée, et la sueur perlait sur son front.

— Ne t'ont-ils pas dit d'arriver ici DQP?

— Je suis désolé, je n'ai pu faire autrement.

C'était la vérité, mais les détails étaient trop embarrassants pour les communiquer. Becker avait été retenu à la Bat Mitzvah de Rachel Adler au Manoir des Pins, et il n'avait eu aucun moyen de s'éclipser sans être remarqué par un rabbin ou un chaperon. Mais c'était inexcusable, surtout à un moment comme celui-ci.

— Mon Réparateur est-il déjà ici?

— Déjà tout en haut, avec trois de mes meilleurs hommes.

Becker jeta un coup d'œil vers le ciel. Une cage d'ascenseur s'élevait haut dans les airs et aboutissait au sommet d'un gigantesque réservoir aérien en bois. Peint au pochoir sur le côté avec de la peinture bleu pâle, on voyait le symbole sacré du département — des nuages qui se séparaient devant un soleil radieux.

— Dépêche-toi, mon enfant, supplia le Chef. Si nous n'arrivons pas à rétablir l'approvisionnement, nous aurons un autre désert de Gobi sur les bras.

Sans plus y réfléchir, Becker verrouilla la cage de l'ascenseur branlant et poussa le levier vers le haut. À 12 ans, 6 mois et 11 jours, il était le plus jeune Agent de contact sur le Tableau de service, mais cela ne l'exemptait pas des rigueurs de l'emploi. Aujourd'hui, on l'avait appelé au Département de la météo parce qu'une grande quantité d'Eau de pluie destinée à la péninsule ibérique ne s'était pas rendue à destination, et la cause demeurait inconnue. Dans de telles situations, on appelait un spécialiste — un membre d'un corps d'élite, qui pouvait effectuer le travail quand personne d'autre n'en était capable.

On les désignait sous le nom de « Réparateurs ».

L'ascenseur arriva en haut avec un cliquetis rouillé, et Becker descendit au sommet de la tour. Il était encore loin d'être un Réparateur, mais après cette affectation, le titre d'Agent de contact était ce qu'il y avait de mieux. Cela exigeait en soi deux années d'Entraînement, et donnait l'insigne honneur d'être le bras droit d'un Réparateur.

— Ici !

En haut, quatre silhouettes étaient rassemblées dans la brume. Trois étaient des Météorologues — des spécialistes de première classe qui portaient des Insignes avec le même symbole que celui de la Tour — et un quatrième, une fille d'une vingtaine d'années, avec des nattes à double tresse et des tongs aux pieds.

— Heureux que tu puisses être ici, Agent de contact Drane.

Fantastique. Comme si les choses n'allaient pas déjà assez mal, le Réparateur assigné à cette Mission était Cassiopeia Lake.

— Oui, monsieur. Je veux dire, madame. Je veux dire, monsieur. Désolé d'être en retard.

Lorsqu'elle était dans le Monde, «Casey» travaillait en Australie dans une boutique de surf, mais ici dans le Seems, elle était pratiquement une légende vivante. Becker ne l'avait rencontrée qu'à quelques reprises auparavant, mais il avait étudié sa carrière de façon très détaillée — tous les Agents de contact l'avaient fait parce que la plupart voulaient *être* Casey Lake ou éprouvaient un sérieux béguin pour elle (ou les deux).

— Encore pris au Château blanc, camarade?

— Oui, M'sieur — les sandwichs glacés étaient succulents.

Becker laissa échapper un soupir de soulagement parce qu'elle ne semblait pas contrariée.

— Et pourquoi le 411?

— Pas encore sûr. Les gars étaient en train de m'informer.

Aux pieds des Météorologues, il y avait un trou d'homme ouvert qui conduisait dans le réservoir caverneux en bas. C'était la même Tour qui contenait toute la précieuse Pluie du Monde, et on assurait une surveillance étroite pour préserver la sécurité et la propreté de l'eau à l'intérieur.

— Au début, nous avons cru qu'il ne s'agissait que d'une Période de sécheresse...

Le Météorologue no 1 essayait de garder son calme.

— Mais, quand nous avons procédé à un diagnostic, les détecteurs ont indiqué que rien ne s'échappait du réservoir.

— C'est mauvais, mon vieux. C'est vraiment mauvais!

Les Météorologues no 2 et no 3 étaient plus jeunes (et plus branchés) que le plus collet monté no 1, et, même s'ils avaient des idées extraordinaires au sujet de l'avenir de la Météo, ils n'avaient pas autant d'expérience en situation de crise.

— Si nous ne réglons pas rapidement le problème, cria le Météorologue no 3, les Secteurs 48 à 60 seront desséchés à jam...

— Relaxe, dit Casey, prenant les choses en mains. L'eau est à quelle distance?

— Il pourrait y avoir un moyen, rapporta le Météorologue no 1, nous sommes presque à la fin de la Saison des pluies.

Casey se mit à fouiller dans son sac à bandoulière sur lequel était brodé le logo des Réparateurs — une clé à fourches à l'intérieur d'un cercle. Dans ce sac, se trouvaient tous les Outils susceptibles d'être utiles, mais tout ce qu'elle sortit cette fois-ci était une petite pierre noire. Quelques secondes plus tard, retentit au loin un bruit d'éclaboussement dans l'obscurité tout en bas.

— On ne s'ennuie jamais.

Elle sourit d'un air malicieux à Becker. Seule Casey Lake pouvait être assez cinglée pour faire un saut en chute libre de cette ampleur, en ne sachant absolument pas ce qui l'attendait en bas.

Mais c'est pour cette raison qu'elle était la meilleure.

PLOUF !

Quand l'estomac de Becker retrouva son emplacement original, il fut immergé dans l'eau de pluie glaciale. Heureusement, les deux avaient revêtu leur combinaison de plongée réglementaire, qui les gardait au chaud pendant qu'ils se préparaient à plonger sous l'eau.

— Ça va ? demanda Casey, nettoyant la vitre de son masque avec sa salive.

— Ouais, c'était super, déclara Becker, mais en vérité, il tremblait toujours à cause du plongeon qu'il venait de faire.

Mais il dut se ressaisir, car il y avait toujours une étendue d'eau sous eux de la taille d'un lac.

— Tu entends ça ?

Une vibration se répercuta à travers la Pluie, en même temps qu'un raclement métallique provenant de quelque part en bas.

— On dirait que c'est la Pompe régulatrice de débit, conjectura Casey. Nous avons intérêt à descendre là-bas rapidement.

Becker hocha la tête et mordit très fort son embout buccal. Même s'il avait déjà participé à 16 Missions, celle-ci atteignait un degré de difficulté de 8,2, et le Répartiteur avait mentionné que l'incident pouvait être d'origine criminelle.

— Gardons notre sang-froid, avertit le Réparateur Lake avant qu'elle ne s'enfonce sous la surface.

— On garde notre sang-froid, monsieur.

Une lampe de poche à la main, il la suivit dans les profondeurs obscures.

Le temps qu'ils atteignent le fond, la pression était intense, c'était pourtant le dernier de leurs soucis. La Pompe régulatrice de débit — une turbine hydraulique encastrée dans le plancher — faisait de son mieux pour débiter la Pluie, mais l'eau n'allait nulle part. Et il était facile de comprendre pourquoi.

Quelqu'un avait coincé un bouchon de liège géant dans le tuyau de vidange qui aboutissait dans le Monde.

— Peut-être pourrions-nous demander du renfort ? demanda Becker dans l'interphone.

— Pas le temps, dit Casey. Une recommandation ?

Avant, les Agents de contact n'étaient chargés que de livrer le Rapport de mission (joindre le Réparateur), mais depuis lors, le travail avait évolué. Maintenant, ils devaient aussi s'occuper de petites réparations, de recommandations d'Outils et d'aide générale sous toutes ses formes variées et diverses.

— Un Tire-bouchon^{MC1}, suggéra Becker.

— Accepté.

De l'intérieur de son Coffre à outils, Casey retira un bidule de métal, qui se déroula pour atteindre une longueur de près de deux mètres. C'était du type traditionnel, en métal, avec les deux leviers (pas le genre ultramoderne qui faisait tout le travail à votre place), et il fallut toutes leurs forces combinées pour enfoncer manuellement la mèche dans le bouchon. Mais avec chaque rotation éreintante, la vrille s'enfonçait plus profondément et les bras mécaniques s'élevaient plus haut, comme un nageur qui se préparait à plonger.

— Ralentis, dit Casey, lorsqu'ils furent à mi-chemin. Dès que cette chose se dégage, l'eau va s'écouler assez rapid…

---

1. Tous les outils copyright la Cabane à outils, l'Institut de dépannage et de réparation (IDR), le Seems : XVUIVV (Tous droits réservés).

— As-tu vu ça ?

Un gros morceau de bouchon s'était détaché de la vrille, et Becker crut apercevoir une lueur de quelque chose qui était tombé en même temps. Il nagea vers l'objet pour regarder de plus près, et certainement, c'était là — une minuscule capsule de verre qui dansait sur l'eau au fond du réservoir.

— Qu'as-tu trouvé ? demanda Casey.

Becker ramassa le tube et regarda à l'intérieur. Il y avait un morceau de papier, roulé comme un parchemin.

— On dirait une note.

Pendant qu'il enlevait le bouchon de caoutchouc avec précaution, la première lueur d'inquiétude se répandit sur le visage de Casey.

— Fais attention. Quelqu'un l'a déposé là pour que nous puissions la trouver.

En toute vérité, Becker aurait dû le pressentir. Oui, il avait lu le mémo qui révélait une augmentation d'Objets piégés, et non, le léger picotement à l'arrière de son cou n'était pas passé inaperçu, mais cette nuit-là, il était encore un Agent de contact et pas aussi en contact avec son 7e sens qu'il le serait un jour. Il fut donc pris complètement par surprise quand il déroula le message pour voir ce qui était imprimé à l'intérieur.

BOUM.

— Casey, regarde…

Mais il était trop tard.

— Qu'est-ce que c'était ?

Au sommet, le sol tremblait toujours, et les Météorologues no 2 et no 3 avaient commencé à paniquer.

— Toute la Tour va exploser!

— Et à ce moment, la partie sera terminée, mon vieux! La partie sera terminée!

Mais le Météorologue no 1 avait déjà traversé un certain nombre de Dépressions tropicales, d'Avertissements de tempête hivernale, et toutes sortes d'autres nuits dures comme celle-ci (et c'est la raison pour laquelle il avait été promu au poste de Météorologue no 1).

— Ne t'inquiète pas, Freddy. Ils effectueront la Réparation.

Il posa une main rassurante sur l'épaule du Météorologue no 3.

— Ils le font toujours.

Lorsque Becker reprit ses esprits, la première chose qu'il vit fut sa Mallette qui flottait sans but à environ un mètre de sa portée. Sa tête lui tournait toujours, et il eut l'impression d'être enfermé dans un Rêve — le même horrible cauchemar qu'il avait fait si souvent pendant son Entraînement, quand il avait fait échouer une Mission qui avait coûté très cher au Monde. Mais quand il vit le bois éclaté au fond du réservoir, tout lui revint dans un éclair.

Le bouchon avait été bourré d'explosifs, destinés à exploser après le dégagement de la capsule. Becker avait chancelé sous la force du coup, alors que Casey et ce qui restait du bouchon avaient été catapultés directement vers la surface, où ils avaient disparu dans l'obscurité.

— Drane à Réparateur Lake, répondez! Drane à Réparateur Lake.

Seulement de la friture.

— Casey, est-ce que ça va?

Toujours rien. Même si elle avait survécu à l'explosion, il y avait des chances qu'elle soit incapable de quoi que ce soit. Mais il n'avait pas le temps de se lancer à la recherche du Réparateur, car la Mission venait de se compliquer terriblement.

Tout comme Casey l'avait prédit, le retrait du bouchon combiné à la montée de la pression avait généré un tourbillon dévastateur. L'eau se précipitait à travers le drain, tout droit vers les Secteurs 48 à 60, et même si cela pouvait sembler une bonne chose, c'était en fait plutôt l'opposé. Comme il n'y avait rien pour contrôler le flot, toute la réserve de Pluie du Monde pouvait se déverser sur l'Europe du Sud d'un seul coup — déclenchant une inondation qu'on n'avait pas vue depuis le Grand Déluge[2]. Il ne restait personne pour arrêter le désastre en dehors de Becker Drane, et il fallait qu'il le fasse maintenant.

Mais comment ? L'extrémité du tuyau avait été déchirée en morceaux, et rien dans sa Mallette n'était conçu pour cette tâche. Le seul vestige de leurs précédents efforts — le Tire-bouchon — avait été cloué au plancher par la force du courant. Et pourtant… quelque chose dans la façon dont ses leviers se dressaient par-dessus le drain fit poindre une vague idée chez Becker. Une image commençait à se former plus distinctement — l'image d'une technique simple mais magistrale — qu'il devait avoir vu quelque part pendant son Entraînement. Ou peut-être dans sa propre…

Avant même de commencer à élaborer un plan, Becker était en train de nager vers le tourbillon. De l'intérieur de sa Mallette, il sortit deux articles de forme étrange, et aucun des deux ne semblait approprié à l'opération immédiate. Le

---

2. Pour plus de renseignements sur le Grand Déluge, veuillez voir *Bévues classiques dans le Seems (ou étaient-elles intentionnelles ?)*, de Sitriol B. Flook (copyright XVIUJNN, Seemsbury Press).

premier était une section de chaîne d'environ deux mètres de long — un excédent d'un Dispositif de temps qu'il avait graissé quelques semaines plus tôt —, et l'autre, le couvercle d'un Tonneau de plaisir. La chaîne et le couvercle fixés aux leviers du Tire-bouchon, cela ressemblait à une version artisanale du même remarquable dispositif qu'il avait vu en imagination : le mécanisme interne d'une cuvette de toilette.

Becker essaya de positionner le couvercle, tentant d'utiliser le principe du battant de sa commode, mais il avait grandement sous-estimé la force de l'eau déferlante. Il en perdit l'équilibre, puis fut projeté rapidement sous le couvercle directement dans le trou de drainage. D'une certaine façon, il réussit à garder une poigne solide sur la chaîne, mais avec le poids de millions de litres d'eau qui descendaient sur lui, ce n'était qu'une question de temps avant que l'Agent de contact soit aspiré dans le tuyau de vidange pour se retrouver dans l'Entre-deux-mondes.

Ce qu'ils disent est vrai à propos du moment qui précède la mort — un flot d'images qui passent par votre esprit — et Becker ne faisait pas exception. Il songea à la Mission et au fait qu'il pouvait au moins se consoler de la suite, car aussitôt qu'il lâcherait prise, le couvercle de caoutchouc se refermerait au-dessus de lui, ce qui sauverait certainement le Monde. Il se souvint de son Entraînement, et se dit qu'il était bien dommage, après tout ce qu'il avait traversé, qu'il n'accède jamais au poste de Réparateur. Mais le plus important, il vit les visages des membres de sa famille. Il se demanda comment on les avertirait et s'ils s'en remettraient.

Les bras de Becker avaient finalement lâché prise quand, surgissant de nulle part, une main apparut sur sa combinaison de plongée et commença à le tirer hors du trou. La main était reliée à un bras, auquel était rattachée une épaule, qui était la propriété d'une fille avec des nattes à double tresse, qu'il était plus qu'heureux de voir.

— Quelqu'un a appelé un plombier?

— Vous y êtes arrivés! cria le Météorologue no 3, aidant à tirer de l'eau l'Agent de contact et le Réparateur. Par l'infinie merveille qui repose au cœur du Plan, vous y êtes arrivés!

Certainement, le bidule de Becker avait redonné le contrôle de la Tour de la pluie aux Météorologues, qui étaient déjà en train de mettre au point une manière improvisée de l'opérer à l'aide d'une série de cordes et de poulies.

— Ce n'est pas terminé, les copains, rappela Casey alors qu'elle soignait les brûlures sur ses épaules et ses bras. Nous n'avons pas encore totalement bouclé notre travail.

Elle finit d'enrouler un bandage, puis elle se retourna vers Becker, qui était toujours sur ses genoux à cracher de l'eau en toussant.

— Ça va aller?

Il hocha la tête, puis éleva quelque chose dans les airs.

— Jette un coup d'œil là-dessus.

Dans la main de Becker se trouvait le tube de verre qui avait été caché dans le bouchon de liège. Il était vide, à l'exception d'une étrange image gravée sur le côté — l'image de la crête culminante d'une vague — et Casey hocha solennellement la tête, car elle savait exactement ce que cela voulait dire.

La Marée avait de nouveau frappé.

— Papi!

Alvarro Gutierrez se retourna pour regarder son épouse, Maria, qui s'avançait vers lui depuis la maison, sa petite fille dans ses bras.

— M. Ramirez de la banque vient tout juste de téléphoner. Il veut savoir si nous avons pris une décision.

Alvarro regarda son fils puis le bébé qui riait et gazouillait, trop jeune pour comprendre, puis il posa finalement son regard sur sa femme. Dans les yeux de sa bien-aimée, il cherchait de l'espoir, mais il n'y trouva que des larmes.

— Dis au Señor Ramirez que nous ne vendrons jamais cette terre!

Il agrippa sa famille et les serra tout contre lui.

— Jamais!

Sur une colline surplombant la ferme, deux mystérieuses silhouettes observaient la scène. Leurs cheveux étaient trempés.

— N'est-ce pas un peu suspect? demanda Becker.

— Ne crois-tu pas aux Miracles, Agent de contact Drane?

Casey sortit son Récepteur^MC de sa ceinture. Il était orange avec un fil rétractable. Elle composa le 624.

— Lake à Station météo, à vous.

La voix du Météorologue no 1 retentit.

— *Ici, la Station météo. Nous vous entendons cinq sur cinq.*

— D'accord, alors commençons lentement.

Casey scruta la campagne environnante, le ciel sans nuages au-dessus.

— Vague mais palpable, de force 4

— *Vague mais palpable, 4 !*

À la façon dont il l'avait crié, on aurait dit que le Météorologue no 1 était en train de hurler des directives à quelqu'un d'autre, et un moment plus tard, un léger grondement s'éleva à distance.

— Parfait, dit Casey avec détermination. Maintenant fais-le rouler cette fois-ci, avec un léger claquement à la fin.

La famille Gutierrez était en train de rentrer à la maison d'un pas lourd, quand le premier grondement les paralysa sur place. Maintenant, alors qu'ils restaient là côte à côte, un second bruit les fit frissonner.

Le tonnerre, roulant vers eux, avec un léger claquement à la fin.

Casey hocha la tête de satisfaction. Pour elle, c'était ça la Réparation.

— Envoie un signal aux nuages !

Le bruit de quelques commutateurs se fit entendre dans son Récepteur, avant que le Météorologue no 1 répète l'ordre :

— *Signal aux nuages !*

Alors que la famille levait des yeux émerveillés, une ombre sombre s'avança sur leurs visages. Quelque part au loin, un chien commença à aboyer, et un éclair fendit un arbre.

L'éclair venait tout juste de disparaître lorsque Casey cria dans son Récepteur :

— Un autre ! Et ne frappez rien cette fois-ci !

— *Georgie, le levier jaune, pas le bleu !*

Haut dans les airs, un autre éclair zébra le ciel qui s'assombrissait.

— *Maintenant*? demanda le Météorologue no 1, prêt à livrer la marchandise.

— Attendez.

— *J'attends.*

S'il y avait une chose que Becker admirait chez Casey, c'était sa patience. Elle ne semblait jamais pressée d'obtenir quelque chose, et c'est probablement pourquoi elle arrivait toujours juste à temps.

— Eeeeeeeeeettttttttttt… Frappez!

Une épaisse goutte d'eau atterrit sur le sol aride, manquant de justesse le pied d'Alvarro Gutierrez. Et une autre arriva. Maria et Sancho tendirent les mains, n'en croyant pas leurs yeux, mais c'était vrai. La pluie commençait à tomber à seaux, recouvrant chaque centimètre de la terre assoiffée.

Alors que l'eau coulait sur leurs visages, les membres de la famille éclatèrent en larmes, et ils s'étreignirent très fort.

Au milieu de la pluie torrentielle, Becker et Casey baissèrent les yeux vers la ferme en contrebas. Le chien s'était joint à la famille, sautant et aboyant, et il était difficile de ne pas partager leur joie.

— Beau travail, les gars.

— *Elle dit* : «*Beau travail !*»

Un tumulte d'acclamations s'éleva dans le Récepteur.

— Maintenant, basse pression pour au moins une semaine et ensuite, c'est à toi.

— *Tout le plaisir sera pour moi !* cria le Météorologue no 1 avec satisfaction.

Pour son équipe et lui, c'était cela le travail de la Météo.

— Lake, terminé.

Casey raccrocha et s'assit à côté de son Agent de contact. Tout autour de la colline s'étendaient d'autres fermes et retentissaient d'autres célébrations.

— Crois-tu qu'il y aura un Arc-en-ciel? demanda Becker.

— Je ne sais pas. Cela dépend du Département des travaux publics.

Becker hocha la tête, faisant semblant d'agir comme s'il le savait déjà. Il y avait tellement de départements et de sous-départements dans le Seems qu'il était difficile de se rappeler parfois qui faisait quoi.

— Slim Jim?

Il offrit à Casey sa traditionnelle gâterie d'après-Mission, et elle la regarda avec curiosité avant de mordre dedans.

— Belle manœuvre, en bas près du bouchon.

— Tu l'as vue?

Becker essaya de dissimuler son plaisir. (Vous devez comprendre que Casey Lake était reconnue comme étant «l'homme». Sauf que c'était une fille.)

— Ce n'était que de la C.H.A.N.C.E[3].

— Le résidu du Dessein.

Elle se mit à rire, et il ne put argumenter à ce sujet.

Au-dessous d'eux, la porte de grillage devant la maison des Gutierrez se referma, et les réjouissances commencèrent. Leur ferme avait été sauvée… en même temps que leur avenir.

— Laisse-moi te demander quelque chose, Agent de contact Drane.

— Ouais?

— Combien de Réparateurs y a-t-il dans le Monde?

---

3. Voir l'annexe A : «Glossaire».

Becker crut qu'il s'agissait d'une question piège, mais il ne trouvait pas le piège, donc il donna la réponse que tout le monde connaissait.

— Exactement 36, si tu inclus Tom Jackal.

Casey attendit, juste assez longtemps avant de sourire à nouveau et de livrer les nouvelles que tout Agent de contact rêvait d'entendre...

— Je crois que je suis en train de regarder le Réparateur no 37.

Le meilleur emploi du monde

La vie de Becker Drane n'avait pas toujours été aussi excitante. Avant d'obtenir son poste dans le Seems, il n'était qu'un enfant tout à fait ordinaire, avec une vie tout à fait ordinaire, dans une ville tout à fait ordinaire. Chaque jour, il allait à l'école primaire Irving, roulait à vélo pour se rendre à la pratique de l'équipe de soccer Deli King qui occupait l'avant-dernière place, et il passait le reste de son temps à être le fils (presque) obéissant du Dr et de Dre F. B. Drane, qui habitaient au 12, avenue Grant, dans la ville de Highland Park, au New Jersey.

Sa vie n'était vraiment pas malheureuse. Il avait des tas d'amis et une bonne planche à roulettes, et tous les jeux vidéo, les bandes dessinées, les cartes de baseball que tout enfant ne pourrait jamais vouloir. Pourtant, même si tout allait bien et qu'il n'était pas orphelin ou quelque chose de semblable, Becker ne pouvait chasser l'impression qu'il lui manquait... quelque chose.

Jusqu'à ce jour au Chapitre 1.

Chapitre 1 — Livres et café, Highland Park, New Jersey — trois ans plus tôt

— BD, ton chocolat chaud est prêt !

Becker leva les yeux de son devoir pour voir sa tasse de chocolat tout chaud déposée sur le comptoir.

— J'arrive, Rick.

C'était Rick qui travaillait au comptoir, aujourd'hui, ce qui était toujours un bon signe.

— Tu veux de la crème fouettée sur le dessus ?

— Ouais, mets une double portion.

Pendant que le barista mettait la touche finale à l'imposant monticule, Becker se sentait reconnaissant de faire une pause de la biologie. Alors que le fonctionnement interne d'une paramécie était fascinant pour certains, il ne projetait pas devenir de sitôt un savant ou un microorganisme, et la température printanière à l'extérieur lui faisait signe d'aller jouer au kickball ou d'explorer plus à fond les bois de l'avenue Cleveland.

— Peux-tu ajouter cela sur ma note ? Je crois que je suis un peu fauché.

— Ça va, mon vieux. Mais tu la règles la prochaine fois.

C'était la chose extraordinaire à propos du Chapitre 1. Il y avait un Starbucks à juste quelques pâtés de maisons de là, mais au Chapitre 1, il régnait une atmosphère spéciale. Il était situé pratiquement dans le salon de la maison de quelqu'un et était habituellement fréquenté par des étudiants de troisième cycle, des écrivains, des artistes et des personnalités locales, que Becker considérait tous comme ses amis.

Le garçon de troisième année prit son chocolat chaud et s'installa à nouveau sur son perchoir préféré près de la fenêtre, qui donnait une bonne vue aussi bien sur l'extérieur que sur l'intérieur de la boutique. Big Mike et Kenny étaient assis à leur table habituelle, enfermés dans un autre combat épique d'échecs, pendant que, sur le sofa de velours pelucheux, Eve et Efrem continuaient le même débat en cours depuis deux ans sur les films d'un type nommé Tarkovsky. C'était typique, mais sur la table des annonces, quelque chose qu'il n'avait jamais vu auparavant capta le regard de Becker.

Coincé entre les livres de colportage de poésie publiés à compte d'auteur et l'horaire d'une nuit de scène ouverte, se trouvait une petite boîte blanche quelconque, avec un morceau de papier collé sur le devant, sur lequel était inscrit :

POSTULEZ ICI
POUR LE MEILLEUR EMPLOI AU MONDE

— Hé, Rick ! C'est quoi, cette boîte ?
— Qui sait ? Les gens mettent toutes sortes de trucs sur cette table.

Becker termina la dernière grosse cuillerée de crème fouettée et s'avança pour regarder de plus près. Près de la boîte, il y avait un gobelet en carton rempli de crayons miniatures no 2, de même qu'une pile de formulaires de candidature. Même s'il n'avait que neuf ans à l'époque et qu'il n'avait pas absolument besoin d'un emploi, Becker ne put résister à l'envie de ramasser le formulaire.

TEST D'APTITUDE SEEMSIEN
Ce questionnaire testera, en forme, en étendue
et en dimension, votre aptitude pour un poste dans le Seems.

Becker n'avait aucune idée de ce qu'était le Seems ni en quoi consistait cet emploi, mais contrairement à la plupart des tests, celui-ci semblait assez amusant. Il commença donc à remplir le formulaire.

Nom : *F. Becker Drane*
Adresse : *12, avenue Grant, Highland Park, New Jersey, 08904*
Téléphone (optionnel) : (Becker ne donnait jamais son numéro de cellulaire.)

À part ces renseignements, l'examen ne comportait que trois questions.

Question 1 : La vie vous ennuie-t-elle un peu ? Non pas que vous soyez malheureux, mais éprouvez-vous cette sensation persistante au fond de vous que peut-être vous êtes fait pour accomplir quelque chose de plus ?

C'était bizarre. C'est exactement le sentiment qui habitait Becker ces derniers temps, mais il ne l'avait jamais vraiment exprimé en mots. Le choix de réponses était :
oui _____ ou _____ non

Question 2 : S'il y avait une déchirure dans le Tissu de la réalité et que vous étiez appelé pour vous occuper de la tâche, quel outil emploieriez-vous ?

A. _____ Un Scopeman 4000^{MC} arrondi
B. _____ Un Boa Constrictor XL^{MC}
C. _____ Une aiguille et du fil
D. _____ Je n'en ai aucune idée

Près de chacune des suggestions d'outil, il y avait des diagrammes, comme s'ils avaient été reproduits à partir d'un manuel technique. Et la dernière question et non la moindre :

Question 3 : Imaginez qu'on refasse le monde à partir du néant, et que vous soyez responsable de l'opération. Quelle sorte de monde voudriez-vous créer ?

Toute personne normale aurait déposé ce test sur-le-champ, en supposant qu'il s'agissait d'une blague ou de l'expérience pour la dissertation de psychologie d'un quelconque étudiant, mais Becker avait toujours été le type de personne qui réfléchissait à de telles choses. Il écrivit sa réponse à la question 3, et le temps qu'il eut terminé, tout le truc était devenu un mélange d'images, de flèches et de graphiques. Mais alors qu'il pliait le formulaire en un carré et le laissait tomber dans la fente, il n'aurait jamais imaginé qu'il y aurait des suites.

Huit mois plus tard, Highland Park était frappé par ce qu'on finirait par désigner sous le nom de « la pire tempête de neige de mémoire d'homme ». À l'insu des gens de la place, c'était de fait une offensive du Département de la météo, qui avait reçu de nombreuses critiques pour « s'être ramolli ». Alors, pour la première fois depuis longtemps, pour prouver qu'ils avaient encore du cran, ils avaient appuyé sur le bouton rouge géant de la souffleuse à neige, ce qui leur avait rapidement permis de retrouver leur fierté et de rétablir leur réputation.

En même temps, l'avenue Grant s'était transformée en un pays des merveilles hivernal, le décor parfait pour la vendetta meurtrière séculaire entre le clan Drane/Crozier et les détestables garçons Hutkin. Des balles de neige avaient fusé de toutes parts. Des arbres avaient été secoués pour déclencher des avalanches. Et plusieurs précieuses vies avaient été perdues dans une cause pour laquelle il avait valu la peine de se battre. (Pas vraiment.)

— Je te vois plus tard, vieux con.

— À plus tard, Drane-O.

Comme les survivants rentraient petit à petit à la maison pour boire du chocolat chaud et lécher leurs blessures, Becker s'attarda pour quelques manœuvres supplémentaires. Rien ne pouvait dire si les hostilités reprendraient demain, alors il voulait être certain que l'arsenal des Drane/Crozier soit réapprovisionné, en prévision d'une reprise des combats.

— Hé, Becks — regarde en haut!

Becker se retourna juste à temps pour recevoir une grosse masse blanche en plein visage.

— Aïe! Tu n'es pas mieux que morte!

Becker ramassa lui-même une balle et la lança violemment (de façon maladroite) vers Amy Lannin, qui riait hystériquement de l'autre côté de la rue. Amy était la seule enfant de l'avenue Lawrence autorisée à jouer sur l'avenue Grant, en majeure partie en raison de sa grande adresse dans le lancer de balles de neige, mais aussi parce qu'elle était la meilleure amie de Becker.

— Où étais-tu, quand j'avais besoin de toi? Aujourd'hui, j'ai failli virer en Popsicle!

— Désolée. Cours de ballet. Tu sais, il faut parfois que je sois une fille…

— Pas demain, j'espère. Il nous faut une revanche.

— Une revanche ? J'adore les revanches. C'est un plat qui se mange mieux froid.

Elle lui en envoya une autre, le manquant par exprès de très peu.

— Je te rencontrerai au dépôt d'armes, à 11 h tapant.

— Marché conclu.

Comme Amy repartait en sautillant vers la maison, Becker avança d'un pas chancelant vers sa propre maison au 12 de l'avenue Grant. Il espérait que sa mère n'avait pas commencé le repas parce que tout ce dur travail avait suscité chez lui un besoin maladif d'avaler un ziti au four de chez Highland Pizza.

— M. Drane ?

Becker se retourna pour voir un homme en habit et cravate à motif cachemire, portant une mallette et se dirigeant vers lui.

— M. F. Becker Drane ?

Le type était plutôt peu habillé pour l'hiver, sans manteau, ni chapeau ni gants. Becker n'avait rien contre le fait de parler aux étrangers — comment rencontrer des gens autrement ? —, mais il était un peu sur ses gardes en raison de tous les avertissements reçus de sa mère, de son père, des forces de l'ordre locales et des assemblées de l'école.

— Qui le demande ?

— Permettez-moi de me présenter.

L'homme lui tendit une carte professionnelle.

— Nick Dejanus, Directeur associé des Ressources humaines.

D'après la carte, Dejanus travaillait pour une entreprise nommée «le Seems». Le Seems ? Où avait-il entendu parler de ce nom auparavant ? Mais avant qu'il ne puisse poser une question, l'homme commença à frissonner.

— L'hiver est-il toujours aussi froid ?

— Pas toujours, répondit Becker. Le réchauffement planétaire semble avoir eu quelques ratés.

— Réchauffement planétaire ! Ne me provoquez pas. Si la Nature ne se prend pas en main, je vous assure que des têtes vont tomber.

— Vous n'avez jamais pensé à porter un manteau ? demanda le garçon.

— Mon épouse a pensé que je devrais expérimenter « entièrement » le Monde, cette fois-ci.

L'homme roula les yeux, regrettant visiblement sa décision.

— Mais au moins la Porte la plus près est juste à deux pas d'ici.

— La Porte conduisant où ?

— Je suis désolé. Vous auriez pensé qu'après quatre années à accomplir ce travail, je saurais y faire.

Il fouilla dans sa mallette et en sortit une feuille laminée en format lettre, recouverte de gribouillis, de flèches et de graphiques.

— Est-ce votre écriture ?

Becker jeta un coup d'œil au torchon malpropre.

— Ouais. C'est la mienne.

Et c'est alors que tout lui revint. La boîte sur la table du Chapitre 1. Le test d'aptitude seemsien. Et le « meilleur emploi du monde ». Mais des mois s'étaient écoulés depuis, et il n'en avait plus entendu parler.

— Alors, au nom des Pouvoirs constitués, j'aimerais vous remettre une invitation à devenir un Candidat de l'Institut de dépannage et de réparation.

Avant que Becker puisse demander ce dont il s'agissait, l'homme lui tendit une enveloppe surdimensionnée avec le même logo de couleur que celui imprimé sur sa carte.

— La Séance d'accueil commence demain à 8 h et le Réparateur Blaque est très ponctuel, alors, à votre place, je ne serais pas en retard.

Becker resta là, dans la neige, le paquet dans les mains, mystifié.

— Souriez, mon garçon, dit Dejanus en se retournant, puis il se dirigea vers l'endroit d'où il était venu. Votre candidature a été acceptée !

Becker retourna à la maison, et, après avoir pris une douche, avoir mangé et s'être reposé, il déballa le colis et examina le matériel à l'intérieur. Trois articles distincts étaient emballés avec soin dans un film à bulles : une sorte de carte d'identité temporaire, une paire de ce qui semblait être des lunettes de ski, et une lettre d'embauche, lui expliquant la nature de l'occasion qui lui était offerte.

D'après la lettre, le Monde dans lequel il habitait n'était pas vraiment tel qu'il le connaissait — c'était quelque chose de beaucoup mieux. Et s'il acceptait l'offre, il aurait la chance non seulement de découvrir ce qu'était *vraiment* le Monde, mais de se joindre à l'équipe chargée d'assurer sa sauvegarde. Pour être honnête, Becker n'en crut pas un mot, mais la proposition semblait assez cool. À l'intérieur, il y avait des instructions spécifiques, situant avec précision l'emplacement de la Porte la plus proche, par laquelle il pourrait se rendre à la Séance d'accueil.

Par un caprice du Destin, il neigeait le jour suivant ; et avec quelques heures devant lui avant sa rencontre avec Amy, Becker examina l'offre un peu plus sérieusement. Bien sûr, il y avait la perspective de se rendre dans un lieu gardé secret sur l'ordre d'un homme étrangement vêtu, qui aurait fait frissonner tous les parents et tous les éducateurs de Highland Park. Mais Becker était son propre maître, et il croyait très fort en sa débrouillardise et son habileté à s'échapper de tout danger potentiel — pourtant, il avait apporté une petite « protection » juste au cas.

Ce matin-là, il prit son vélo, ramassa un sandwich bacon, œufs et fromage de chez Park Deli, et il suivit les instructions pour se rendre dans la ruelle de l'avenue Cleveland. Cette partie de la ville était un étrange monde parallèle — un mélange de commerces de type entrepôt, de bureaux de médecin, d'une petite chocolaterie et d'un terrain maréca-geux rempli de broussailles et de mauvaises herbes. D'après le colis, la soi-disant Porte était en quelque sorte située complètement à l'arrière d'Expériences lumineuses : la com-pagnie de luminaires de Bernie, le second mari de la mère de Connell Hutkin, le meilleur ami de Becker. Cette compa-gnie avait fermé ses portes moins de trois ans plus tôt.

— Allo, il y a quelqu'un ?

Becker examina la neige fraîche et remarqua une série d'empreintes aller-retour en direction de l'usine abandonnée.

— Vous devriez savoir que je suis lourdement armé et très dangereux.

Aucune réponse, sauf le vent et le tintement des glaçons dans les arbres.

Becker avança avec précaution, posant sa main sur l'étoile chinoise dans sa poche arrière (celle qu'il s'était pro-curée au marché aux puces de la Route 1, avant qu'il ne soit transformé en multiplex), puis il suivit les empreintes vers l'arrière. Un escalier descendait vers une unique porte noire, qui ressemblait étrangement à l'entrée du sous-sol ou de la chaufferie.

— Si je ne suis pas à la maison dans une heure, la police sait où je suis !

Encore une fois, rien, sauf le vent dans les herbes.

Il jeta un autre coup d'œil par-dessus son épaule, puis il s'engagea lentement dans la courte descente vers le bas de l'escalier. La Porte elle-même était encore recouverte de neige, mais lorsqu'il la balaya, il fut surpris de voir le même logo qui était imprimé sur son colis — sauf qu'il était délavé et usé par le temps. À côté se trouvait un petit lecteur magnétique et, suivant les instructions, Becker sortit la carte d'identité temporaire et la glissa directement dans la fente. Pendant une seconde, il n'y eut aucune réaction, puis retentit un lourd clic de l'autre côté de la porte.

Becker bondit et songea à se mettre à courir avant de retrouver son aplomb. Il était toujours assez effrayé, mais maintenant, ce sentiment était mélangé à quelque chose de différent : l'excitation. Il jeta un dernier coup d'œil autour de lui, cette fois-ci s'assurant que personne ne puisse voir ce qu'il allait faire, puis il saisit la poignée et ouvrit la porte.

— Sainte...

Mais le reste se perdit dans le grondement.

Devant lui apparut l'ouverture d'un tunnel bleu qui semblait s'étendre jusqu'à l'infini (contrairement à Expériences lumineuses). Le tube lui-même semblait crépiter d'électricité, et le bruit à l'intérieur était assourdissant. Les mains tremblantes, Becker fouilla dans son colis d'informations, mais les instructions lui disaient simplement : « Mettez vos Lunettes de transport[MC] et faites le saut ! »

— Plus facile à dire qu'à faire, dit-il à voix haute.

Mais à ce point, Becker était assez certain que la balle de neige d'Amy l'avait frappé sur la tête plus fort qu'il ne l'avait d'abord cru. Bientôt, il se réveillerait sur le sol à côté d'elle, et quelques voisins inquiets lui demanderaient : « Est-ce que ça va ? », et alors, il leur parlerait de ce rêve fou qu'il avait fait pendant qu'il était dans les pommes. Alors, il se dit que diable, il n'avait rien à perdre — et il fit ce que suggérait le colis.

Il sauta.

L'Entre-deux-mondes

La meilleure description du voyage à travers la vaste étendue bleue électromagnétique connue comme l'Entre-deux-mondes est une combinaison de « se faire projeter d'un canon, flotter dans le ciel et se faire retourner à l'envers » ; et c'est pourquoi le voyageur d'expérience ne mange rien une heure avant le trajet. Malheureusement pour Becker Drane, il venait d'avaler ce sandwich bacon, œufs et fromage quelque 20 minutes plus tôt.

Le temps qu'il atteigne le premier tournant du Tube de transport, Becker crachait des morceaux un peu partout sur son parka North Face tout neuf. Son sac à dos s'était vidé à mi-chemin à travers le Grand tournant, et pas même Carmen (la meilleure coiffeuse de Highland Park) ne pourrait sauver ce qui était arrivé à ses cheveux. Mais même si Becker avait l'impression que son visage serait écorché à cause de la vitesse vertigineuse, il ne put réprimer un « Woooooh ! » devant tout ce qui se passait autour de lui.

Partout où il regardait, il y avait des tubes bleus transparents à peu près semblables à celui dans lequel il voyageait, sauf que ce n'étaient pas des gens qui y circulaient. C'était plutôt rempli de marchandises — des caisses, des sacs, et des toiles roulées comme des tapis — tous empilés sur des palettes géantes et estampillées de l'insigne de Seems. Il était impossible de dire ce qui se trouvait à l'intérieur des contenants (car chaque article était bien scellé), mais ils étaient tous méticuleusement disposés et se dirigeaient en sens opposé.

À ce point dans le jeu, l'emprise de Becker sur la réalité (et par conséquent sur sa santé mentale) avait commencé à se desserrer. Mais il n'eut pas suffisamment de temps pour s'en inquiéter, car haut devant lui, un petit point blanc se rapprochait rapidement. Il devenait de plus en plus gros et de plus en plus gros, jusqu'à ce que tout dans le champ de vision de Becker disparaisse, à part la blancheur elle-même. Il y eut une bouffée d'air froid, un fort claquement, et ensuite...

VLAN!

La force qui avait propulsé Becker, quoi qu'elle pût être, était disparue, et il se retrouva soudainement à quatre pattes sur une sorte de doux matelassage de caoutchouc — mais il n'était pas seul. De forts applaudissements éclatèrent dans les airs, et avant qu'il réalise ce qui se passait, quelqu'un lui offrait une couverture, quelqu'un d'autre lui serrait la main et lui donnait des tapes dans le dos, et d'autres encore lui disaient à quel point ils étaient fiers, quel extraordinaire moment c'était, qu'ils étaient si contents qu'il soit venu.

Pour être honnête, tout ceci se passait dans un genre de flou, sauf la vision inoubliable d'un grand homme de race noire, avec des lunettes soleil aux verres teintés bleus et un sourire accueillant sur le visage. Becker supposa qu'il était quelqu'un d'important, puisque la foule s'écarta alors qu'il s'approchait et posait une main sur l'épaule du garçon.

— Bien joué, M. Drane, dit l'homme avec un fort accent africain. Je savais que vous y arriveriez.

Mais avant que Becker ne puisse répondre, il perdit totalement conscience.

Séance d'accueil, Institut de dépannage et de réparation, le Seems

Des 61 personnes que Nick Dejanus avait rencontrées, 5 s'étaient débarrassées du colis sans même l'ouvrir, 8 s'étaient réveillées le matin suivant avec la peur au ventre, 10 avaient rebroussé chemin à la vue de la Porte et 15 avaient ouvert la Porte, mais n'avaient pu se résoudre à entrer[4]. Il restait donc 23 braves âmes qui avaient ajusté sur leurs yeux l'étrange paire de lunettes incluse dans le colis et qui avaient rassemblé le courage de faire le Saut.

— La première chose que je veux dire à chacun d'entre vous, c'est : « Ìkíniàríyöìkí ayö fún àlejò Seems », ce qui, dans ma langue natale du Yoruba, signifie : « Bienvenue dans le Seems ! »

La même imposante silhouette qui avait accueilli Becker sur la Plateforme d'atterrissage était maintenant debout à l'avant d'une salle de conférence, portant toujours ses lunettes de soleil bleues ainsi qu'un survêtement avec les initiales « IDR ». D'un côté, il paraissait taillé dans l'obsidienne, une roche dure, mais de l'autre, sa voix et ses manières trahissaient un esprit profondément chaleureux.

---

4. Cela faisait partie du processus de sélection, et c'était un travail de taille pour l'Équipe de nettoyage — une division des Ressources humaines responsable de « faire humainement oublier aux gens » ce qu'ils savaient sur le Seems et de récupérer tous les matériaux rigides qui pouvaient laisser une trace.

— Je sais ce que beaucoup d'entre vous ont traversé. Il peut être déconcertant de découvrir que le Monde n'est pas tel que vous le croyiez.

Les participants acquiescèrent rapidement d'un hochement de tête. Ils constituaient un ensemble hétéroclite de chaque coin du globe, la plupart d'entre eux aussi blancs que des fantômes à cause de l'épreuve du voyage qu'ils venaient tout juste de subir.

— Je suis le Réparateur Jelani Blaque, et je serai votre guide aujourd'hui ; avec un peu de chance, je serai aussi votre Instructeur pour la durée de votre Entraînement.

Une femme dans la mi-quarantaine, qui avait passé la dernière heure à dégobiller ses entrailles, leva la main et parla en allemand.

— *Entschuldigen Sie mich, geehrter Herr, aber Training für, was ?*

— *Aktivieren* Sprecheneinfaches^MC *Sie bitte Ihr, Frau Von Schroëder*, suggéra le Réparateur Blaque.

Frau Von Schroëder posa un petit morceau de plastique sur sa langue et commença à parler une langue que tout le monde pouvait comprendre.

— Je suis désolée, mais je me demandais seulement où nous étions exactement.

— Ouais, yo, dit un étudiant en médecine du centre sud de Los Angeles. Quelqu'un a intérêt à me dire ce qui se passe dans cette boîte !

D'après le son des récriminations, le reste de la foule ressentait la même émotion, mais le réparateur Blaque s'y attendait. Il se contenta de sourire et se pencha en avant sur le podium.

— Kevin, ferme les lumières !

Les lumières diminuèrent, et un moniteur à écran plat descendit lentement du plafond. Il fallut une minute ou deux pour que le projecteur soit réchauffé, avant qu'une image du Monde apparaisse — parfait et brillant de vert, de brun et de bleu.

— De l'autre côté du Monde, à travers le Tissu de la réalité et au-delà de l'Entre-deux-mondes, il y a un endroit que nous appelons le Seems.

Sur l'écran débuta une animation illustrant le trajet qu'ils venaient tout juste d'effectuer et se terminant par un balayage aérien de ce qui paraissait être un imposant complexe corporatif.

— Ici, dans le Seems, c'est notre travail de construire à partir du Néant le Monde dans lequel vous vivez. Du Département de la météo...

L'image du campus fut remplacée par des images de Météorologues actionnant les commutateurs qui commandent la Pluie et la Neige.

— Au Département de l'énergie...

Un énorme aimant était positionné pour s'assurer que la Gravité demeure constante.

— Au Département du temps...

Des dispositifs en cuivre étaient huilés et remontés à la main.

— Tout le monde fait tout ce qu'il peut pour que le Monde soit l'endroit le plus fabuleux possible.

L'image changea pour montrer une table de salle de conférence, où un groupe de cadres de haut niveau étudiaient de près des organigrammes et des graphiques complexes.

— Comme vous pouvez l'imaginer, c'est une opération d'assez grande envergure, et habituellement tout se passe exactement suivant le Plan. Mais parfois, les choses se gâtent, de gros problèmes dont le personnel des différents départements ne peut s'occuper lui-même.

L'écran montra ensuite une image du ciel, qui était en train de tomber, et une équipe d'ouvriers ordinaires incapables de le retenir.

— Et c'est à ce moment qu'on appelle l'un d'entre nous.

Suivit une séquence extérieure de l'édifice où ils se trouvaient maintenant, plus récent et plus moderne que le reste.

— Ici à l'IDR, les Candidats se familiarisent avec les moindres rouages du fonctionnement du Monde et sont formés pour réparer les machines qui génèrent la Réalité elle-même.

Et le dernier, mais non le moindre, le symbole éloquent d'une clé à fourches apparut.

— Et même si vous l'ignorez encore, en chacun de vous réside quelque chose qui vous a appelé à vous retrouver à cet endroit à ce moment dans le Temps. Ce sera ma tâche de prendre cette étincelle et de la transformer pour devenir ce que nous appelons ici... un Réparateur.

Comme les lumières s'allumaient, et que l'Instructeur feuilletait ses papiers, les candidats hébétés se jaugèrent mutuellement. Il y avait un berger du Cachemire, un spécialiste de l'informatique de la Nouvelle-Zélande, un mécanicien de l'Azerbaïjan, et même un garçon de neuf ans de Highland Park, au New Jersey — qui avait heureusement été ranimé et avait reçu de nouveaux vêtements.

— *Tu t'appelles quoi*[*] ?

Du siège voisin, quelqu'un donna un coup de coude à Becker.

— Hein ?

---

[*] N.d.T. : En français dans le texte original.

C'était un adolescent français à l'allure cool portant un veston de suède et un bandana. Il fit un signe d'excuses et installa son propre sprecheneinfaches.

— Quel est ton nom, mec?

— Oh, Becker...

Becker glissa aussi le dispositif de traduction sur sa langue.

— Becker Drane.

— Thibadeau Freck.

Ils se serrèrent la main, et immédiatement, Becker se sentit beaucoup plus à l'aise. Tous les autres dans l'auditoire avaient l'air de dire : «Que fait ici ce petit garçon?», mais Thibadeau le regardait comme s'il était tout à fait à sa place.

— Pas mal psychédélique, hein?

— À qui le dis-tu.

Le Réparateur Blaque s'éclaircit la gorge et rappela tout le monde à l'ordre.

— Maintenant, laissez vos affaires sur vos chaises. J'ai beaucoup de choses à vous montrer.

Quand la visite fut terminée, l'Instructeur rassembla les Candidats abasourdis sur le Terrain de jeux — une immense étendue verte au centre du complexe — et leur exposa ses dernières considérations. D'abord et avant tout, il expliqua que la plupart des gens qui travaillaient dans le Seems étaient nés là. Mais un individu provenant du Monde devenait tout spécialement qualifié pour le travail particulier de Réparateur et, pour cette raison, les Ressources humaines ne recrutaient que de l'autre côté.

— De quel côté est l'autre côté? demanda un type bizarre avec un chapeau et une pipe à la Sherlock Holmes.

— N'importe quel côté où vous n'êtes pas, railla le Réparateur Blaque.

— Oh.

Becker se coucha dans l'herbe fraîche et embrassa le paysage. Les employés en pause pour le repas du midi se lançaient un disque, et une famille déballait des cerises de son panier de pique-nique. À sa connaissance, le Seems lui-même n'était pas si différent du Monde — seulement les verts étaient plus verts et les bleus étaient plus bleus et l'odeur de l'air frais était juste un peu plus fraîche. Sa tête explosait de questions, dont la première était : « Pourquoi l'appelle-t-on le Seems ? », mais c'était une Autre histoire[5].

— À une certaine époque, j'étais exactement comme vous, dit l'Instructeur, ajustant ses lunettes pour réfracter la lumière éblouissante. Vivant ma vie, essayant de survivre dans ce qui semblait être un Monde fou, pourtant très profondément, ayant fortement envie de quelque chose... de plus.

Les Candidats hochèrent la tête en signe d'acquiescement. Quoi que puisse être ce quelque chose de plus, Jelani Blaque semblait l'avoir trouvé, car il émanait de lui une sorte d'« acceptation inconditionnelle » que chacun d'eux désirait ardemment posséder lui-même.

— Puis un jour, dans la chaleur du soleil de l'heure du repas, je me baladais sur la place du marché à Abuja, et je suis entré dans un étal vide — entre le libraire et le type qui faisait du vaudou — qu'ai-je découvert ?

— Une boîte avec un signe à l'avant ? demanda un cuisinier de l'aviation suédoise nommé Jonas Larsson.

— *Fisí lòbèrè sàn Jùlô iÿë Kékeré Ayéaráyé*, répondit Blaque.

Tout le monde se mit à rire, se rappelant la façon dont eux-mêmes avaient trouvé leur propre boîte, leur propre pile de formulaires et de crayons no 2.

---

5. Voir l'annexe B : « Une Autre histoire ».

— Et laissez-moi vous dire, mes amis, l'expression « le meilleur emploi du monde » ne lui rend même pas justice.

À ce moment, un petit dirigeable de reconnaissance passa au-dessus d'eux, chargé d'Étoiles pour une nouvelle constellation — qui ne fit que leur rappeler la richesse de l'occasion qui leur était offerte.

— Maintenant, je sais que ce ne sera pas une décision facile pour chacun de vous, car vous avez sans doute une famille et une maison et des responsabilités dans le Monde. Et il n'y a aucune honte, si vous choisissez de décliner cette offre. Mais si vous acceptez, ajouta-t-il, les yeux brûlant de fierté et d'amour pour sa profession, je vous promets que ce sera la plus extraordinaire aventure de votre vie.

Blaque attendit que quelqu'un se mette à parler, que quelqu'un fasse un mouvement, mais les invités étaient paralysés et demeuraient silencieux. Le moment de vérité était arrivé, et personne ne savait vraiment quoi en faire… jusqu'à ce qu'une main isolée se lève dans les airs.

— M. Freck ?

Avec ses lunettes Serengetti et sa barbe naissante, l'adolescent français était la quintessence du Parisien cool. Sa peau hâlée parlait d'hivers à Chamonix et d'étés à escalader le G-5, et il était évident qu'il avait entendu tout ce qu'il avait besoin d'entendre aujourd'hui.

— Comptez sur moi, monsieur Blaque.

— Je l'avais déjà fait.

Le Réparateur sourit.

Une clameur ondula dans la foule — surtout lorsque le plus jeune membre du groupe en fit autant.

— Comptez aussi sur moi.

Thibadeau tendit un poing, Becker le cogna, et le reste — comme on dit — appartient à l'histoire.

L'appel du devoir

C'était une journée agréable dans le Monde, et pourquoi ne le serait-elle pas? L'automne s'était installé, et les feuilles étaient devenues un mélange de jaune, de rouge et d'un Orangé occasionnel utilisé une seule semaine par année. Près de l'école secondaire Lafayette, les terrains étaient plongés dans un silence étrange, puisqu'il n'était que 15 h 04. Seize minutes plus tard, la cloche sonnerait et les portes s'ouvriraient, et de géants sacs à dos attachés sur les épaules des jeunes serpenteraient à travers la pelouse, se dirigeant vers les autobus scolaires jaunes, les VUS argentés, ou les vélos verrouillés qui les transporteraient dans le reste de la journée.

Dans la classe 6G, Dr Louis Kole continuait son cours magistral d'anglais avancé.

— Et ainsi, pour conclure, même si l'utilisation d'ana-lepses dans *Je suis le fromage* risque d'aliéner le lecteur, elle contribue grandement à la nature immersive du monde de l'histoire et est essentielle au développement de l'intrigue.

Je suis le fromage était la sélection hebdomadaire du cours « Les meilleurs livres de tous les temps » du Dr Kole, mais malgré la qualité du roman en question, la classe se déroulait durant la plage horaire de la huitième période, ce qui avait condamné l'exercice à une forme de distraction de masse.

À l'arrière de la salle de classe, Eva Katz était en train de graver le nom de Bobby Miller sur son bureau, pendant que John Webster fixait un point de l'univers que lui seul pouvait voir. Mais dans la rangée 4, siège 3, une autre activité était en cours. Un garçon de douze ans avec des cheveux hirsutes et des pantalons en velours côtelé délavés vérifiait continuellement le dispositif noir qui était attaché à sa ceinture.

— M. Drane !

Becker était pris en flagrant délit.

— Peut-être aimeriez-*vous* nous éclairer sur le développement de l'intrigue ?

Il scruta toute la classe, mais ne trouvant personne qui pouvait l'aider, il risqua une réponse.

— Hum... l'affaire se corse ?

Cela lui valut un rire provenant du poulailler, mais pas du type souhaité.

— C'est inacceptable !

Dr Kole était furieux, car Becker avait toujours fait partie des meilleurs élèves, mais dernièrement ses notes avaient commencé à en souffrir.

— Si vous voulez être un architecte d'intérieur, le cours d'anglais régulier, c'est plus loin dans le couloir.

— Désolé, doc.

Becker était vraiment désolé — il savait que son professeur adorait la littérature et il ne voulait pas le décevoir.

— J'ai tout simplement beaucoup de choses dans la tête, ces jours-ci.

— Je le vois bien. Peut-être que quelques séances avec Mme Horner pourraient aider à clarifier tout cela.

Mme Horner était la sous-directrice chargée de la discipline, et personne ne voulait la rencontrer. Heureusement, Becker fut sauvé par la cloche providentielle.

— Rappelez-vous, jeunes lecteurs : interrogation écrite surprise demain !

Au milieu de la ruée vers la porte, Jeremy Mintz ne put résister...

— Alors, ce n'est pas une surprise !

« AUCUN APPEL ENTRANT »

Le Clignoteur^MC de Becker fit clignoter le même message décevant que quelques minutes plus tôt ; il le referma donc sur sa ceinture, monta sur son vélo et entreprit le court voyage de retour vers la maison.

Highland Park était (et avait toujours été) la ville natale de Becker, et comme le déclarait l'enseigne sur la route 27, c'était « un endroit où il fait bon vivre ». Il y avait des trottoirs recourbés, des rues bordées d'arbres et une jolie petite grand-rue avec des boutiques et des magasins et un bureau de poste. Becker avait passé les trois dernières années à osciller entre Highland Park et l'Institut de dépannage et de réparation, et comme le Réparateur Blaque l'avait promis, l'Entraînement avait été un trajet assez spécial. Non seulement lui avait-on enseigné l'art de la Réparation, mais cette formation avait littéralement changé sa perception du

Monde. Alors qu'avant, ce n'était qu'un endroit où il habitait et allait à l'école, maintenant tout ce qu'il pouvait voir autour de lui, c'étaient les créations étonnantes des différents départements. Et à en juger par la façon dont le ciel, les nuages et même le son du vent à travers les arbres étaient réunis pour créer ce parfait après-midi automnal, aujourd'hui, quelqu'un était à son meilleur.

En tout cas, Becker laissa tomber son vélo sur la pelouse du 12 de l'avenue Grant et bondit à travers la large porte avant.

— Il y a quelqu'un?

— Je suis dans la cuisine!

Samantha Mitchell était l'une des gardiennes les plus recherchées en ville, parce que a) elle tenait la bride relâchée aux enfants et b) elle était l'une des plus jolies filles à l'ESHP. Actuellement, elle était engagée dans un appel conférence au sujet des invités à la fête organisée pour ses 16 ans.

— Où est Benjamin?

— Dans la salle de jeux.

Becker monta bruyamment l'escalier, bousculant son frère assis devant la télévision du troisième étage, l'air coupable. Ben avait six ans de moins que Becker, mais cela ne l'a pas empêché d'entreprendre une autre partie de *Jeune délinquant*.

— Mon vieux, je viens juste de répandre du papier hygiénique dans le centre pour personnes âgées.

Dans ce jeu vidéo populaire, vous aviez pour mission de vandaliser le plus possible une ville sans méfiance avant que vous vous fassiez attraper par les parents, les professeurs ou la police locale. Ils s'étaient procuré une copie illicite par Kyle Fox, le célèbre revendeur au marché noir de vidéos cotés M, et même si c'était loin d'être approprié pour un enfant de l'âge de Benjamin, c'était ce en quoi consistaient les après-midi avec la gardienne.

— Choisis l'option avec deux joueurs!

Becker prit une télécommande et entra rapidement dans la mêlée.

— Plus vite, B. Il est tout juste derrière toi.

Un agent de discipline imposant était en train de pour-chasser Benjamin dans une allée arrière.

— J'essaie!

Becker pressa le bouton « A », et « Quentin » — le fumeur de pot et décrocheur rudimentaire qu'il avait créé comme alter ego — sortit doucement de derrière une poubelle et vida une boîte de punaises sur le béton. Alors que l'infor-tuné officier tombait sur le sol en souffrant atrocement, un message sur l'écran clignota : « 10 000 points bonus », et les frères s'enfuirent à la hâte.

— Merci, mon vieux.

Benjamin laissa échapper un soupir de soulagement.

— Pas de problème!

Ils se firent un tope-là (sur l'écran et en-dehors), puis Quentin fit démarrer son scooter motorisé.

— Maintenant, allons lancer des œufs sur l'hôtel de ville!

Le mercredi soir était soir de cinéma, alors que Benjamin allait se coucher tôt, et que Becker pouvait profiter de quel-ques moments de qualité avec Samantha Mitchell. Même si Samantha avait quatre ans de plus que Becker (et qu'elle sor-tait avec Tommy Vanderlin[6]), il travaillait sa stratégie secrète pour la convaincre que même si la différence d'âge semblait insurmontable maintenant, ce ne serait pas toujours le cas.

---

6. Le quart-arrière des Owls, l'équipe de football de Highland Park (actuellement 0-6).

— Passe-moi le maïs soufflé, veux-tu? demanda Samantha, tendant le bras en travers du sofa au rembourrage moelleux en forme de L.

Becker le lui tendit, puis d'un air décontracté, il jeta un coup d'œil sur le Clignoteur à sa ceinture.

« TOUJOURS AUCUN APPEL ENTRANT. »

Pas de chance! Il y avait déjà cinq longues semaines que Becker avait obtenu sa promotion comme Réparateur, mais il n'avait toujours pas reçu un seul appel. Un Réparateur qui travaillait régulièrement obtenait au moins une Mission toutes les deux ou trois semaines, ce qui correspondait à la période de Rotation des effectifs, et le Réparateur no 36 (alias « Phil Sans-Mains ») avait été appelé pour lever un Nuage de suspicion plus de dix jours auparavant. Cela signifiait que le Réparateur no 37 (c'est-à-dire Becker Drane) était le suivant sur la liste, et il rongeait son frein en attendant sa première Mission.

— C'est vraiment un bon film, dit sa gardienne, interrompant le fil de ses pensées.

Becker éloigna ses préoccupations à propos du Seems et revint à son sofa du salon.

— Cool. Je pensais que tu l'aimerais.

Ce soir, Becker avait choisi *The Real Thing* comme film de divertissement, un obscur long métrage indépendant à propos d'une jeune fille qui cherche ardemment l'amour, jusqu'à ce que l'excentrique, mais étrangement parfait homme de ses rêves l'emporte au septième ciel...

— Je n'arrive pas à dormir!

Benjamin apparut sur le palier, sa couverture à la main.

— Bien, retourne en haut et essaie encore!

Becker lui faisait signe, comme s'il lui disait : « Va te faire voir, tu es en train de tout me faire rater. » Mais Benjamin était inconscient. (Ou du moins il faisait semblant de l'être.)

— Becker, monte aider ton petit frère.

Becker baissa la tête, défait, puis il bondit du sofa et pourchassa le petit monstre dans l'escalier.

— Tu as intérêt à ce que je ne t'attrape pas !

Même si la maison des Drane était assez bien entretenue, les deux frères avaient fini par tracer un chemin sur le tapis de laine usé qui couvrait l'escalier et les couloirs. Une série de petits pieds (mais rapides) longeait une série de grands pieds (mais encore plus rapides), ce qui donnait à Becker un avantage décisif dans la course.

— Ne me frappe pas ! Je vais le dire à maman ! hurla Benjamin alors qu'il se mettait en boule et culbutait dans sa chambre.

— Pas si tu es déjà mort !

Même Becker devait admettre que la chambre de son frère était la plus jolie de la maison. Benjamin avait déjà franchi une centaine de phases dans sa courte vie et toute la preuve résiduelle de ces périodes était éparpillée çà et là. Elle contenait un lit en forme de voiture de course (de sa période où il voulait être conducteur de voitures de course), des planètes qui brillaient au plafond dans l'obscurité (de celle où il voulait être un astronaute) et un tas de toiles géantes (parce que maintenant il était entré dans sa « phase artistique »).

— De retour au lit, Benja-sale gosse.

Ben se glissa sur le siège du conducteur, pendant que Becker prenait position sur un des pneus Pirelli.

— Alors, c'est quoi ton problème ?

— Je ne peux pas dormir. Je le jure, ce n'est pas ma faute.

— Alors c'est la faute de qui ?

— Elle est trop vieille pour toi, de toute façon.

Becker se jeta brusquement sur son petit frère, qui se baissa vivement sous les couvertures. Mais lorsqu'il en surgit pour prendre un peu d'air, il avait vraiment changé de vitesses. Disparu l'abominable enfant des neiges, et à sa place, un charmant frérot.

— Veux-tu me raconter une autre histoire sur le Seems ?

Parler à Benjamin du Seems était à moitié contre les règles, mais Becker lui avait raconté des morceaux choisis parce que a) il était jeune et en proie à toutes sortes de peurs et b) même s'il en parlait à quelqu'un, on croirait probablement qu'il avait une extraordinaire imagination. Ce qui était le cas.

— Qu'est-ce que tu veux savoir, maintenant ?

— Je veux l'histoire sur la Nuit où ils ont volé la banque de la Mémoire.

— Je te l'ai déjà racontée.

— Alors, raconte-moi celle à propos du Dimanche de la crème glacée.

Becker soupira parce qu'il lui avait aussi raconté celle-ci, mais il pensa que s'il le faisait rapidement, peut-être pourrait-il redescendre à temps pour la scène finale, alors que des larmes couleraient et qu'il pourrait obtenir un « Becker, c'était tellement beau » de Samantha Mitchell.

— Chaque année dans le Seems...

— Raconte-la avec conviction !

Becker songea à suggérer à ses parents (encore une fois) que Benjamin fasse un court séjour à l'école militaire, mais cette idée avait déjà été rejetée. De plus, celle-ci était aussi l'une de ses histoires préférées.

— Chaque année, dans le Seems, la journée la plus magnifique inimaginable est une fête nationale qu'ils nomment « le Dimanche de la crème glacée ».

— C'est mieux.

— Tout le monde sauf l'Équipe réduite obtient une journée de congé, et l'ensemble du Terrain de jeux est transformé en un festival géant. Il y a de la musique et des promenades, et tous les différents départements montent leurs tentes géantes. Le Département du temps distribue des Déjàvu. La Nature organise une Promenade sur les nuages, et le Département des travaux publics fait un encan de tous les plus beaux Crépuscules de l'année. Même l'Administration des aliments et des breuvages vous laisse goûter un échantillon de toutes les nouvelles petites gâteries avant leur distribution dans le Monde.

— Es-tu déjà allé au Dimanche de la crème glacée ?

— Une fois — quand j'étais Agent de contact, et c'était vraiment impressionnant. Mais maintenant que je suis Réparateur, j'ai un laissez-passer VIP, ce qui me permet d'aller à toutes les fêtes privées et même en coulisse durant les Séances de jam.

— Qu'est-ce que j'aimerais être Réparateur !

— Je pensais que tu voulais être un Peintre crépusculaire.

— Je voudrais être les deux.

Stupéfait, Becker hocha la tête. Ah ! Les enfants !

— Maintenant, endors-toi avant que maman n'arrive à la maison, et que nous ne soyons dans le pétrin.

Benjamin hocha la tête et se glissa sous les couvertures, mais il était évident que quelque chose le dérangeait encore.

— Becker ?

— Quoi ?

— Hum… s'il y a le Seems et qu'ils ont un Plan et des trucs… alors… alors comment se fait-il qu'Amy soit morte ?

Aïe ! C'était une chose à laquelle Becker essayait de ne plus penser.

Il y a environ un an, sa meilleure amie, Amy Lannin, s'était rendue à l'hôpital pour une opération de routine, mais il y avait eu des complications, et elle n'en était jamais revenue. Becker avait été accablé et Benjamin aussi (parce qu'elle l'avait toujours protégé des harceleurs de la place), pourtant il n'en avait jamais reparlé depuis le jour où les deux avaient été sortis de classe pour entendre la terrible nouvelle.

— C'est une bonne question, B.

Becker avala la boule dans sa gorge, puis se remémora la réponse que quelqu'un lui avait donnée, un soir qu'il s'était senti de la même façon.

— Personne, pas même un Agent de cas, ne peut voir dans le cœur du Plan. Et attention à quiconque prétend en être capable.

Puis, il se pencha et murmura à l'oreille de Benjamin :

— Mais voici ce que je crois…

— Très bien, vous deux !

Les deux garçons pivotèrent pour voir leur mère dans l'entrée de la porte. Ses bras étaient croisés, et il était impossible de dire quelle partie de la conversation elle avait entendue.

— Assez de Donjons et Dragons pour ce soir !

— Ce n'est pas Donjons et Dragons. C'est le Seems !

Benjamin hocha la tête, perplexe. Ah ! Les adultes !

Pendant que Mme Drane s'occupait de ses devoirs paren-taux, Becker recula avec prudence et essaya de se glisser à l'extérieur.

— Où crois-tu aller, jeune homme ?

— Terminer mon film.

— Ton film est terminé.

Oh oh ! Becker avait déjà entendu ce ton de voix, et ce n'était pas un bon signe.

— Va brosser tes dents et reviens me voir dans ta chambre.

Selon les normes raisonnables, Dr Natalie Drane était une maman assez cool. Elle était psychologue de profession, ce qui signifiait qu'elle avait tendance à pardonner les trans-gressions mineures. Mais l'envers du décor, c'était qu'elle aimait avoir ces petits « entretiens ». Il y avait eu un entre-tien, quand Becker avait « emprunté » des friandises Reese's au beurre d'arachides chez Foodtown (il n'avait que quatre ans à l'époque). Et il y avait eu ces entretiens à propos de la cigarette, de la viande rouge, des dangers de l'Internet, et de l'importance de partager, surtout quand il était question de sentiments.

— Devine de la part de qui j'ai reçu un appel télépho-nique, aujourd'hui ?

Becker se pelotonna dans son lit et se prépara à encaisser les coups.

— Je donne ma langue au chat.

— Dr Kole. Il a dit que tu étais très distrait en classe ces derniers temps et il voulait savoir si quelque chose n'allait pas à la maison.

Bien, pensa Becker, le tiroir de gâteries était plutôt vide dernièrement, et un téléviseur à écran plat de 150 centimètres serait un bon ajout, mais à part cela...

— Tu sors après le petit-déjeuner, tu t'enfermes dans ta chambre quand tu reviens à la maison, et tu es debout toute la nuit.

Elle s'éclaircit la gorge, ne redoutant la suite éventuelle.

— Y a-t-il quelque chose que tu veux me dire ?

De fait, il y avait quelque chose — le fait qu'il avait été promu Réparateur, et la raison pour laquelle il était distrait était beaucoup plus importante que Dr Kole et ses « meilleurs livres de tous les temps ».

— Oui, mais je n'ai pas la permission de le faire.

— Est-ce encore à propos de ce jeu ?

Becker hocha la tête, faisant semblant d'être mal à l'aise. Comme tous les autres Réparateurs, il avait imaginé une histoire pour se couvrir, au cas où quelqu'un dans sa vie commencerait à avoir des soupçons. Certains Réparateurs utilisaient le prétexte d'un emploi secondaire ou de petits amis ou petites amies, mais son idée, c'était que le Seems était simplement ce jeu de rôles secret qui absorbait tous les enfants, de nos jours, et cela semblait fonctionner assez bien.

— Écoute, Becks, si ton frère et toi voulez sauver le monde, c'est bien. Mais il ne faut pas que cela nuise à tes études.

— Ça semble raisonnable.

Becker détestait laisser sa mère en plan, mais lorsqu'elle se mit à fouiller dans son sac et qu'elle en sortit une copie toute nouvelle de *Je suis le fromage*...

— Ah, allez, maman ! Ce livre est bien trop sombre pour quelqu'un de mon âge. Et aussi, on doit être un savant fou pour arriver à le comprendre !

— Bien, heureusement, tu n'es pas un savant fou.

Becker devait admettre, sa mère était pas mal bonne. Elle l'embrassa sur le front, ferma les lumières et lui fit son habituel au revoir.

— Alors maintenant bonne nuit, beaux rêves, pas de puces, pas de punaises!

Mais aussitôt qu'elle eut fermé la porte, Becker écarta le livre, car il n'avait vraiment qu'une seule chose en tête : quand sa Mission aurait-elle lieu? D'un côté, le silence radio était une bonne chose parce que cela voulait dire que tout allait bien dans le Seems (et par conséquent, dans le Monde), mais d'un autre côté, la situation commençait à le rendre nerveux. Peut-être avaient-ils trouvé une erreur dans son Test pratique et qu'ils ne l'avaient pas ajouté aux effectifs de la Rotation. Ou peut-être que son Clignoteur était en panne. Ou encore pire, peut-être que quelqu'un dans le Grand Édifice s'était réveillé au milieu de la nuit, trempé de sueur, et avait compris leur erreur en se disant :

— Attends une minute. Je ne peux donner un poste aussi important à un jeune de 12 ans.

Avec les idées qui se bousculaient dans sa tête, le jeune Réparateur ferma ses yeux et essaya de se souvenir de tous les trucs qu'il avait appris durant les trois dernières années. Ne te morfonds pas au sujet de ce que tu ne peux maîtriser. Fais confiance à ton Agent de cas. Et sois assuré que tout arrive d'après le Plan. Plus il se souvenait de ces choses, plus il sentait que son corps commençait à se détendre. Il sentait que le lit sous lui était confortable. Les oreillers étaient doux et frais. Et avec un fort bâillement, il tira la couverture serrée contre lui et se prépara pour une autre bonne nuit de sommeil.

Deux heures plus tard, Becker était assis sur son lit, un peu inquiet. La plupart des nuits, il avait peu de difficulté à dormir, et habituellement, cela lui prenait seulement un petit moment avant de ressentir ce sentiment agréable de « glisser vers l'au-delà ». Mais pour une raison ou pour une autre, cette nuit-là, ce fut différent. Chaque fois qu'il avait l'impression de commencer à glisser, il revenait invariablement. C'est presque comme si quelqu'un avait érigé un mur invisible, une barrière du sommeil qui ne pouvait être gravie, peu importe ses efforts. Becker se retourna de l'autre côté, changea les oreillers, repositionna ses jambes, compta même des moutons, mais rien ne semblait fonctionner.

Sans avertissement, une lumière dans le couloir s'alluma et deux petits pieds se traînèrent bruyamment de l'autre côté de sa porte. D'après le son des sirènes qui hurlaient, son petit frère était de retour à *Jeune délinquant* encore une fois, même si ce n'était rien d'inquiétant. Benjamin avait souvent de la difficulté à dormir. Ce n'est que lorsque Becker avait entendu son père et sa mère qui bavardaient à travers le mur que son 7e sens avait commencé à s'aiguiser.

Beaucoup de gens parlent du 6e sens — il s'agit de perceptions extrasensorielles, de cette capacité de parler aux morts, mais en réalité ce sont vos 10e et 11e sens. Le 6e sens est en fait votre sens de l'humour et le 8e sens est votre sens de l'orientation (les deux étant distribués au compte-gouttes en des quantités variées), mais le 7e sens est d'un ordre entièrement différent[7]. C'est un sentiment qui vous envahit lorsque quelque chose va mal dans le Seems et que cela affectera bientôt le Monde. Peu de gens apprennent à le cultiver, mais convenablement affiné, c'est l'un des plus grands atouts du

---

7. Note : Le 9e sens n'est pas si facilement explicable, mais il a beaucoup à voir avec le dessein intérieur.

Réparateur, étant donné que les sensations peuvent vous mener directement à la source du problème. Becker Drane était l'une de ces rares personnes dotées de ce don, et quand il sentit les poils de son cou commencer à se dresser, il sortit du lit.

Sa fenêtre au second étage donnait sur Highland Park, et il pouvait voir que les Drane n'étaient pas seuls à être touchés par cette affliction. Mme Chudnick habitait la porte voisine et elle était debout dans la cuisine, en train de réchauffer un peu de lait. Les Crozier résidaient de l'autre côté de la rue, jouant leurs propres jeux de solitaire dans chacune de leurs chambres. Et Paul le Vagabond, qui vivait dans sa voiture (il était inoffensif, alors les policiers le laissaient faire), était en train de lire *Guerre et paix*, éclairé par la lumière du tableau de bord. De fait, toutes les lumières du voisinage étaient allumées, et les gens étaient bien réveillés.

Que Becker soit debout à cette heure était en soi explicable — il vivait une double vie avec des doubles responsabilités et des devoirs dans les deux univers —, mais le reste de ces gens n'étaient que des citoyens ordinaires qui étaient habituellement profondément endormis à cette heure. La sensation à l'arrière du cou de Becker s'était frayé un chemin jusqu'à son estomac et déclencherait bientôt une désagréable série de frissons dans tout son corps. C'était la progression du 7e sens et cela ne pouvait signifier qu'une chose : quelque chose allait mal dans le Seems.

Quelque chose d'important.

Monastère Gandan, province de Sühbaatar, Mongolie

Précisément 33 secondes plus tôt, les inimitables yeux de Li Po s'ouvrirent sur le temple sacré qu'il appelait sa maison. Il avait contemplé la chose La plus étonnante d'entre toutes, lorsque ses propres poils de cou s'étaient dressés, et maintenant il attendait sereinement que le Commandement central envoie son Appel.

« OMMMMMM. »

Alors que le chant des moines résonnait à travers la chambre, le Réparateur no 1 sur la Rotation essuya la sueur de son front. Il était le maître reconnu du 7e sens, et tout ce qui arrivait dans le Seems durant l'éternel moment du Maintenant, il était le premier à le ressentir. Mais ce soir, il ne pouvait déterminer quel département était tombé en Panne.

Peut-être était-ce encore la Météo. Ou le Temps. Ou peut-être même…

Collectivité de retraités de Gordon's Bay, Cape Town, Afrique du Sud

La Nature. Ce devait être la Nature. Elle avait envoyé un mémo concernant une bande de pelouse violette au Sénégal, mais le Grand Édifice l'avait ignorée, et maintenant regardez ce qui se passait.

— Sylvia ! C'est à toi de jouer !

Il fallut un moment au Réparateur connu sous le nom de « l'octogénaire » pour se rappeler qui elle était et ce qu'elle faisait là. Oh, oui. C'était la ronde finale du championnat annuel de canasta de GB, et une foule de spectateurs attendaient avec impatience pour voir si Morty et elle allaient réussir à défendre leur titre.

— On doit faire vite, mes chéris !

Sylvia sourit et lança l'annonce finale pour remporter la partie.

— C'est l'heure de mon massage matinal.

Laissant ses opposants (et les partisans) dans un état de choc, le Réparateur no 3 se retira dans le Pavillon et sortit une petite boîte noire de son immense sac à main. Durant ses 50 années sur le Tableau de service, Sylvia Nichols avait vu tout ce qu'il y avait à voir, mais l'excitation d'une autre Mission était toujours aussi présente. Elle lança rapidement la commande préférée des Réparateurs sur tous les écrans de Clignoteur.

« MISSION EN COURS. »

Ainsi firent Tony le Plombier, M. Chiappa, Anna-Julia Rafaella, Carolina dos Santos et 30 autres Réparateurs de par le Monde (et avec un peu de chance Tom Jackal), tous à ce moment exact s'étant éclipsé de leur souper de fête ou de leur table de baccara ou de leur congrès d'enseignants ou de leur promenade sur la plage ou de leur recherche de toute une vie d'un ancien artéfact pour vérifier ce qui allait mal exactement, et déterminer quelle sorte de travail ils allaient assigner au jeune.

Mais un Réparateur le trouva en premier.

12, avenue Grant, Highland Park, New Jersey

BLINK! BLINK! BLINK! BLINK! BLINK!

Au milieu de sa paume en sueur, le Clignoteur de Becker n'arrêtait pas de clignoter. Il ne pouvait croire que le message arrivait pour vrai. Et il lui était de fait bien parvenu maintenant !

— Il est temps de commencer à travailler.

En respirant profondément, il pressa le bouton jaune « accepté », et la boîte commença à se transformer. Un clavier miniature s'ouvrit depuis la base, et l'écran s'élargit à deux fois sa taille actuelle. D'abord arriva le son — un fort gémissement devenant un bourdonnement sourd — suivi d'une image floue, qui devint progressivement nette.

Une clé à fourches.

— *Soyez prêt pour la transmission.*

Becker installa son casque d'écoute et verrouilla sa porte alors que le logo du Réparateur était rapidement remplacé par un visage ciselé aux yeux bleus perçants.

— *Réparateur 37. F. Becker Drane. Veuillez vous annoncer. Terminé!*

Le Répartiteur portait un casque d'écoute et un uniforme, et sa coupe à la tondeuse était parfaitement soignée. Mais il s'engageait rarement dans des propos anodins.

— 37, présent et à son poste!

— *Préparez-vous pour la vérification.*

Une empreinte de main apparut sur l'écran, et Becker y moula la sienne. Une lumière balaya sa ligne de vie et une voix informatisée commença à parler.

— *Vérification terminée. Préparez-vous pour le Balayage de la personnalité.*

On peut presque tout dupliquer sur une personne, sauf sa personnalité. Un mince rayon examina rapidement le monde intérieur de Becker.

— *Personnalité confirmée!*

Suivait la partie importante.

— *Rapport de mission : Seems-Temps dans le Monde, 24 h 27.*

Becker sortit son bloc-notes et attendit les détails.

— *Panne rapportée : Département du sommeil. Affectation : trouver et réparer!*

Son stylo figea à quelques centimètres au-dessus de sa feuille.

— Excusez-moi, monsieur, mais avez-vous dit : « Panne » ?

— *Nous répétons : Panne rapportée : — Département du sommeil. Affectation : trouver et réparer !*

Becker était en état de choc. Une Panne dans le Monde n'était qu'une interruption mécanique commune, mais une Panne dans le Seems était une menace rare et sérieuse. De fait, on n'avait rapporté aucune Panne dans l'un des départements depuis le Jour où le temps s'est arrêté[8], et le Réparateur chargé de cette Mission...

— *Avons-nous confirmation de la Mission ?*

Le son de la voix du Répartiteur le ramena brusquement dans le présent.

— Mission acceptée et confirmée !

— *Votre Agent de contact vous rencontrera, quand vous atteindrez le Département du sommeil. Oh, et garçon...* ajouta-t-il, le coin de sa bouche vraisemblablement un peu relevé, *bienvenue dans les ligues majeures.*

Et subitement, le signal disparut, l'écran se replia, et Becker fut laissé seul dans l'obscurité de sa chambre.

---

8. Le 5 novembre 1997.

La Mission à l'intérieur de la Mission

— Bouge, Becker. Bouge.

De retour dans sa chambre, de précieuses secondes étaient en train de s'écouler, mais Becker était incapable de faire un pas.

— Qu'est-ce qui ne va pas avec toi, mon vieux?

Le problème, c'est qu'il était terrifié. Pourquoi n'avait-il pas simplement à réparer une Défaillance ou une Fenêtre brisée, comme a eu à faire le Réparateur no 35? Mais la Rotation se faisait au hasard — peu importe la nature de la Mission (sauf sous la clause «Circonstances spéciales» très rarement utilisée), le suivant sur la liste obtenait la prochaine charge. Mais jamais dans ses rêves les plus fous il aurait pu imaginer qu'il devrait s'occuper d'un problème de Panne.

— *Resaisissez-vous, Candidat Drane!*

Heureusement, une voix familière commença à vibrer dans sa tête.

— *N'ayez jamais peur d'avoir peur!*

Jelani Blaque était l'un des plus extraordinaires Réparateurs de tous les temps, et sous sa tutelle, l'Entraînement de Becker avait été si rigoureux qu'il avait parfois l'impression que son Instructeur était toujours là, par-dessus son épaule, lui criant des encouragements.

— *Rappelez-vous votre* ìwà, *car il y a de la sagesse dans la répétition !*

— Je me rappelle mon *ìwà*, répéta Becker en fermant les yeux. Je me rappelle mon *ìwà*.

Le mot « *ìwà* » provenait du yoruba et signifiait « pratiquer », ce que Blaque exigeait constamment de ses Candidats. Chaque jour, au début de l'Entraînement, ils pratiquaient leurs procédures, et même si cela devenait parfois fastidieux, les avantages de cette technique paraissaient maintenant évidents.

— *Sortez votre Coffre à outils et commencez la vérification de l'équipement !*

Le plus nouveau et le plus jeune des Réparateurs finit par avancer d'abord son pied droit pour faire un pas... puis son pied gauche... puis il tendit le bras sous son lit pour y retirer son Coffre à outils tout neuf. C'était un Toolmaster 3000[MC], le dernier cri dans le style sac à bandoulière, qui contenait des Outils de luxe, qui était muni de poches renforcées et qui renfermait beaucoup d'Espace supplémentaire[9]. Il ouvrit le rabat pour vérifier que tout ce dont il avait besoin pour la Mission était prêt pour un usage immédiat.

— *Ensuite, déployez votre Moi-2[MC] !*

Selon l'humble avis de Becker, le Moi-2 était l'un des outils les plus intelligents provenant de la Cabane à outils. Il ressemblait à un gilet de sauvetage gonflable, mais lorsque Becker tira les deux languettes rouges, il se gonfla pour devenir une réplique grandeur nature... de lui-même ! À l'arrière, il y avait un cadran avec plusieurs réglages — « Au

---

9. Les Toolmaster 3000 sont plus gros à l'intérieur qu'à l'extérieur.

travail », « Au jeu », « Pilote automatique » —, Becker le régla sur « Endormi » et le déposa sur son lit. Instantanément, la réplique commença à respirer avec un léger ronflement bien exécuté.

— *Maintenant, utilisez votre stratégie de sortie !*

Lorsqu'il avait été coincé à la plage pour la fête du Travail, Becker avait sorti son Moi-2 sous l'eau et s'était esquivé en nageant. Et quand il n'avait pas pu manquer la Bat Mitzvah de Rachel Adler ce jour-là, il avait été forcé de s'éclipser, à l'apogée du concours de limbo, et de partir en douce par la porte de la cuisine. Mais ce soir, il n'avait qu'à s'assurer que sa mère, son père et Benjamin ne l'entendaient pas sortir en rampant par la fenêtre du deuxième étage, descendre les branches de l'orme de la cour arrière, et filer sur son Trek hybride.

— *Et le dernier, mais non le moindre, préparez-vous à faire le Saut !*

Alors que Becker pédalait fiévreusement sur l'avenue Harrison, puis vers Cleveland, la maladie qui affligeait le Monde était manifeste dans chaque maison, le long du chemin. Les téléviseurs clignotaient devant des familles désespérées. Les jeux de société avaient été retirés des étagères. Même le Dr Kole était occupé dans son duplex sur North Second à mettre la touche finale à son test assassin. C'était dans des moments comme celui-là que Becker aurait souhaité que la proposition du passe-partout ait été ratifiée dans le Seems. Cette initiative prévoyait l'abandon du vieux système de Portes — dans lequel les portails étaient disséminés à travers le Monde, souvent au su et au vu de tous — ainsi que l'émission de clés spéciales qui pouvaient ouvrir une couture n'importe où dans le Tissu de la réalité. Cette solution aurait été surtout utile aux Réparateurs et aux

Agents de contact (qui avaient besoin de se rendre de l'autre côté sur-le-champ), mais le référendum avait été sommairement rejeté à cause de résistants au changement et d'une coalition de Réticents.

Becker s'arrêta enfin à l'arrière de l'usine d'Expériences lumineuses, et même s'il avait fait le Saut plus d'une centaine de fois jusqu'à maintenant, cette fois-ci ressemblait beaucoup à la première. Il attendit que passe un jogger de nuit, sa veste fluorescente luisant sous un unique lampadaire, puis il se glissa à travers les feuilles pour atteindre le haut de l'escalier.

Quelqu'un avait récemment peint des graffitis sur le symbole de la porte, et d'après les louanges à Black Sabbath et à Satan, Becker les mit sur le compte de son ami Leo, un *vrai* délinquant juvénile, mais avec un cœur d'or. Becker se mit à rire, ce qui l'aida à se détendre un peu, mais alors qu'il avançait le bras et glissait sa carte laminée toute neuve, il ne put chasser la sensation de sécheresse dans sa bouche.

— *Maintenant, une dernière chose, Candidat...*

Heureusement, la voix du Réparateur Blaque résonnait toujours dans ses oreilles.

— *En cas de doute, souvenez-vous toujours... Le Monde compte sur vous !*

Becker abaissa ses Lunettes de transport et entrouvrit brusquement la porte. Une lumière bleue couvrit son visage, et les autoroutes et les chemins de l'Entre-deux-mondes s'ouvrirent devant lui.

— *Et moi aussi !*

Lorsque Becker arriva sur la Plateforme d'atterrissage, ses Lunettes de transport étaient recouvertes de givre. Même si le voyage à travers l'Entre-deux-mondes était vraiment agité, il avait aussi ses avantages. Si vous gardiez la tête rentrée (et que vous ne heurtiez rien), vous pouviez avoir un excellent aperçu de ce qui était acheminé dans le Monde cette journée-là — des Étoiles filantes, des Effets du hasard, des idées géniales — tous préemballés et prêts pour votre plaisir immédiat.

— Pièce d'identité et but de votre visite ?

Becker montra rapidement son Insigne, et l'Officier des douanes tressaillit, sachant que si un Réparateur était en service, il devait se préparer quelque chose de sérieux.

— De ce côté, monsieur !

Le Terminal était agité, rempli du Personnel du contrôle de la qualité, d'Agents de la C.H.A.N.C.E. et de touristes qui revenaient du Monde[10]. Même s'ils attendaient tous dans une file de débriefing assez longue, personne ne semblait ennuyé que Becker se glisse devant eux dans la voie express. C'est que lorsque la Panne avait frappé, ils se trouvaient tous dans le Monde et étaient très conscients de ses effets dévastateurs.

— … c'est à peu près temps.

— … il n'y a pas eu de Panne depuis…

— … un peu jeune pour être un Réparateur ?

Le bavardage oiseux ne contribuait nullement à conforter la confiance de Becker, de sorte qu'il décida de les ignorer parce qu'il avait un travail à faire. Il se fraya rapidement un

---

10. Chaque employé du Seems a deux semaines de vacances payées, et le Monde est une destination soleil hautement recherchée.

chemin à travers la foule et embarqua dans le premier mono-rail à destination du Département du sommeil.

— *Arrivée au Département de l'amour ! Veuillez libérer l'accès aux portes !*

Becker s'accrocha au poteau alors que le train démarrait à nouveau et continuait sur la boucle qui contournait le Seems. À cause de l'heure tardive, la plupart des passagers étaient déjà dans la navette de retour vers la maison, mais la journée de Becker venait tout juste de commencer.

— *Arrivée à l'Olfacture ! Veuillez installer vos pince-nez et libérer l'accès aux portes !*

— Comme si ces pince-nez pouvaient écarter cette odeur...

Les yeux rouges et paraissant exténué après une longue journée de travail, un passager près de lui était accroché à l'une des courroies de retenue.

— Comment ça s'est passé aujourd'hui ? demanda Becker.

— Vérification de base avec la réalité, j'ai atteint le M et je me suis assuré que le vert est vert, le rouge est rouge, et que E est toujours égal à MC^2.

— Ce doit être un travail super.

— Ah, un autre jour, un autre dollar. Et toi ?

Becker songea à lui raconter sa Mission, mais il ne voulait pas le décourager à la fin de son quart de travail.

— Mêmes vieux trucs, mêmes vieux trucs. Le Monde a besoin de ses biens et services.

— Ils l'ont facile là-haut, hein ?

— À qui le dis-tu !

— Arrivée aux Navettes locales ! Transfert à destination de : Ici, Là, Partout, la ville de l'Alphabet, et Vue de la crête[11]. Veuillez libérer l'accès aux portes !

— On se voit à l'Autre face, dit le Vérificateur de la réalité alors qu'il se dirigeait vers sa maison pour la soirée.

— On se voit à l'Autre face.

Becker jeta un coup d'œil par la fenêtre, tentant d'arrêter le tremblement dans ses mains. Le Grand Édifice était tout éclairé au centre de la boucle, et il ne pouvait s'empêcher de se demander ce qui était en train d'être planifié en ce moment même. Pour le bien de sa Mission, il espéra que ce soit quelque chose de profitable.

— Arrivée au Département du sommeil ! Veuillez garder la voix basse et libérer l'accès aux portes !

———————

— Simly Alomonus Frye, Agent de contact no 356, se rapportant au travail, monsieur !

Avant que Becker ait même posé le pied sur la plate-forme, un grand seemsien dégingandé dans la mi-vingtaine était debout pour l'accueillir avec un grand salut[12].

— Repos, Simly, dit Becker à son Agent de contact. Je sais qui tu es.

Les deux avaient étudié ensemble à l'IDR, et même s'ils évoluaient dans des cercles différents, tout le monde connaissait Simly Frye. Pendant que la plupart des Candidats passaient leur temps libre à se détendre dans la Salle de jeux ou sur le Sentier de la nature, Simly était un adepte de la

---

11. Une communauté protégée donnant sur la Bande crépusculaire.

12. Pour une description complète de toutes les différences (anatomiques et autres) entre les seemsiens et les humains, veuillez consulter : *Pareils, mais différents*, par Sitriol B. Flook (copyright XVCGIIYT, Seemsbury Press).

Bibliothèque, étudiant constamment certains Outils ésotériques ou poursuivant un pauvre Instructeur dans les couloirs, demandant des détails sur sa Mission ou des trucs semblables. En vérité, vous n'auriez peut-être pas envie de vous tenir avec lui un samedi soir, mais vous ne pourriez avoir un Agent de contact plus compétent.

— Que diable portes-tu, mon vieux?

Becker ne faisait pas référence aux lunettes de Simly dont les verres étaient semblables à celui d'une bouteille de Coke — qui lui donnaient des yeux globuleux —, mais aux assortiments de gadgets, de dispositifs et d'autres bidules disparates fixés partout sur son corps.

— Le dernier cri dans la technologie des Réparateurs, monsieur. Et quelques classiques remontant au fameux Jour. Par exemple, regarde ceci…

Becker l'arrêta avant qu'il ne puisse commencer.

— Oublie ce que je t'ai demandé.

Ils bondirent dans l'ascenseur et commencèrent à monter vers le Département du sommeil.

— Pouvez-vous le croire, monsieur? Vous et moi? Pour une Panne?

Simly était un paquet de nerfs.

— Il n'y a pas eu de Panne dans le Seems depuis le Jour où le temps s'est arrêté et le Réparateur qui…

— Je sais ce qui s'est passé.

— Oui, monsieur. Bien sûr que vous le savez.

Au sommet de l'ascenseur, il y avait une usine tentaculaire, avec une élégante cour à l'avant. Des arbres et des bancs étaient disposés géométriquement, des Lumières nocturnes géantes jetaient une douce lueur, et au milieu, une sculpture de granite rappelait le fameux insigne du Département du sommeil : un œil unique fermé.

— Cool. C'est la première fois que je vais dans ce département, admit Simly.

— Moi-même, je n'y suis allé que quelques fois, renchérit Becker, mais il s'agissait de Visites de reconnaissance — jamais pour une Mission.

Ils s'arrêtèrent pour lire une citation gravée sous l'œil sculpté :

> Béni soit celui qui a inventé le sommeil, manteau qui couvre toutes les humaines pensées, mets qui ôte la faim, eau qui chasse la soif, feu qui réchauffe la froidure, fraîcheur qui tempère la chaleur brûlante, finalement, monnaie universelle avec laquelle s'achète toute chose, et balance où s'égalisent le pâtre et le roi, le simple et le sage.
>
> — *Miguel de Cervantes, 1605, T.M.*[14]

— Qui est-ce ? demanda Simly, beaucoup plus versé dans la littérature seemsienne que dans celle du Monde.

— C'est ce type espagnol qui a écrit un bouquin intitulé *Don Quichotte*. Je l'ai lu dans mon cours « Les meilleurs livres de tous les temps ». Bien, du moins j'ai lu les *Fiches de lecture*.

Simly était impressionné.

Becker lança un message radio.

— Drane à Commandement central, je vous écoute, terminé ?

Son Récepteur orange fonctionnait bien maintenant, les courts-circuits ayant été réparés après les pluies torrentielles portugaises.

— *Nous vous entendons, Réparateur Drane.*

— J'ai joint mon Agent de contact, et nous sommes prêts à procéder.

— *Compris. Permission accordée d'entrer au département.*

---

14. T.M. : Temps dans le Monde.

Presque immédiatement, une alarme muette retentit, et les portes de taille industrielle menant au Département du sommeil commencèrent à s'écarter.

Expédition centrale, Département du sommeil, le Seems

— Grâce au Plan, vous êtes ici !

Du pont d'observation supérieur, un petit homme du Département du sommeil muni d'un casque protecteur descendit lourdement l'escalier. C'était le Contremaître de l'Expédition centrale, et il les attendait avec impatience.

— Une Panne de sommeil ! Je ne peux croire que ça se produit !

Le cadre intermédiaire était dans tous ses états, alors Becker prit exemple sur Casey Lake et adopta une attitude flegmatique.

— Détends-toi tout simplement et dis-moi ce qui s'est passé.

— Le système fonctionnait comme sur des roulettes, jusqu'à ce que nous remarquions une Anomalie, raconta le Contremaître. Au début, nous croyions qu'il ne s'agissait que d'un Tuyau d'épuisement éclaté, mais alors, l'Insomnie s'est répandue comme une traînée de poudre, et la première chose que nous avons sue, c'est que nous avions une Nuit d'insomnie sur les bras !

Le Contremaître regarda des deux côtés pour s'assurer que personne d'autre n'écoutait, puis il se pencha près de l'oreille de Becker.

— Croyez-vous que ce puisse être la Marée ?

Becker posa un doigt sur ses lèvres, parce qu'il ne voulait pas encourager les rumeurs et les insinuations. La Marée était une mystérieuse organisation résolue à se débarrasser des Pouvoirs constitués et à prendre le contrôle du Monde. Au cours des quelques derniers mois, ses offensives avaient augmenté en envergure et en fréquence, pour culminer avec l'attaque de la Tour de la pluie durant la dernière Mission de Becker comme Agent de contact ; il était encore trop tôt pour déterminer si l'organisation était impliquée dans cette affaire.

— Ne vous inquiétez pas, le rassura Becker. Nous sommes ici pour en découvrir la cause.

Comme le Contremaître le conduisait à l'autre bout de l'étage de l'usine, Simly sortit son Cahier et commença à prendre des notes sur l'Expédition centrale. Les composantes du Sommeil lui-même étaient manufacturées dans d'autres parties du département, puis transportées ici à travers un treillage complexe de convoyeurs à bandes, de tubes, de crochets et de rampes avant d'être insérées dans de petites boîtes brunes, chacune avec sa propre adresse de destination.

Jami Marmor
Secteur 302
Hôtel Mallegberg, chambre 204

David Bauer
Secteur 12
Kibbutz Nir Etzion
Troisième cabine, lit supérieur, sac de couchage blanc

Ariff Ng
Secteur 904
Local 16B, bureau no 5
Université de Malaisie

Chaque boîte était tout à fait unique et conçue pour un individu spécifique, ce qui expliquait pourquoi certaines nuits votre Sommeil était court, et d'autres nuits, il était long. Une fois emballées, les boîtes étaient scellées, ficelées et estampillées « Bonne nuit de sommeil » par l'Inspecteur no 9, puis elles commençaient leur voyage final en passant par une écoutille, à travers l'Entre-deux-mondes, pour finir par atteindre chaque destinataire dans le Monde.

Mais ce soir, l'écoutille de sortie était hermétiquement fermée. Des boîtes de Bonne nuit de sommeil s'entassaient près de la porte, et les Ouvriers infatigables se précipitaient pour les ramasser avant qu'elles ne se renversent sur le plancher. Des alarmes retentissaient, et la panique était dans l'air.

Station des veilleurs de nuit, Département du sommeil, le Seems

— C'est plus sérieux que nous le croyions.

Le Veilleur de nuit no 1 ajusta son casque d'écoute et feuilleta ses Papiers de cas.

— Et cela ne fait qu'empirer.

Becker et Simly se rapprochèrent de la Fenêtre à écran plat des veilleurs de nuit. C'était sa tâche (et celle de son personnel) de surveiller les dormeurs dans le Monde, et de s'assurer que tout fonctionnait selon le Plan. Ce qui, malheureusement, n'était pas le cas.

— Regardez celui-ci.

Sur son écran ACL, un couple marié de Greenland s'agitait et se retournait dans son lit. Apparemment, l'incapacité des deux à trouver le Sommeil avait provoqué une vilaine dispute, incluant des assiettes lancées et des commentaires qu'ils regretteraient bientôt.

— Était-ce censé se produire ? demanda Becker.

— Négatif. Totalement imprévu.

Le Veilleur de nuit no 1 prit une gorgée de son café de la veille.

— Et jetez un coup d'œil sur le Secteur 4.

À Katmandu, un vieil homme était en train de jongler dans son lit, pendant que des jumeaux identiques étaient occupés à jouer à se claquer dans les mains rythmiquement.

— Ou le Secteur 12...

À Irktusk, en Russie, un pêcheur sur glace essayait désespérément de profiter des quelques heures de sommeil qui restaient avant de retourner sur le lac, mais sans aucun succès.

— Montrez le Secteur 33, Réseau 514.

Becker avait lancé sa propre requête, et le Veilleur de nuit fit la mise au point sur Highland Park. Tout le monde de sa ville natale était là : Dr Kole, Mme Chudnick, Paul le Vagabond. Et au 12 de l'avenue Grant, la mère et le père de Becker ainsi que Benjamin étaient toujours complètement éveillés.

— À part *vous*, dit le Veilleur de nuit, passant à la chambre de Becker où son Moi-2 ronflait avec bonheur, personne dans le Monde entier ne ferme l'œil.

Soudain, une autre alarme trancha l'air. Et elle semblait annoncer un problème.

— J'ai trouvé un Dérapage dans la Chaîne des événements !

— Quoi ?

Becker et Simly levèrent les yeux pour voir une autre rangée de Veilleurs de nuit. Et une autre rangée au-dessus d'eux.

— Quel Secteur?

— 1904!

Le Veilleur de nuit no 1 passa au Secteur 1904, et apparut un homme dans un petit motel qui essayait désespérément de prendre un peu de repos.

— Oh oh!

— Qu'est-ce que c'est?

— Ce vendeur est sur la route depuis deux semaines et il tente de revenir à la maison pour l'anniversaire de sa fille. Mais s'il ne réussit pas à trouver un peu de Sommeil cette nuit, il risque de perdre conscience au volant!

— J'ai un Dérapage dans le 906!

Dans ce Secteur, une femme seule à Istanbul était censée faire une sieste pour se réveiller juste à temps pour ressentir une douce brise parfumée de jasmin, qui la pousserait à sortir et à tomber sur l'humble facteur qui s'était toujours demandé s'il trouverait jamais lui-même le véritable amour. Mais si elle ne pouvait trouver le Sommeil, toute la trame de cette histoire se déferait.

— Dérapage dans le 1743!

— Un autre?

Becker commençait à être inquiet, car la Chaîne des événements était une entreprise délicate et complexe. Elles étaient rassemblées par les Agents de cas dans le Grand Édifice, parfois après des années de réflexion et d'élaboration de stratégies, et puis enfermées dans le Plan avec un amalgame de gomme. Si vous en voyiez une en vrai, cela ressemblerait à une double hélice, complétée par des pièces qui s'emboîtent et des petites étiquettes blanches attachées à chaque événement, décrivant son point de convergence, son objectif et son niveau d'importance. Mais — et c'était un « mais » important — si elles commençaient à se défaire, l'une d'elles pourrait affecter l'autre et ainsi de suite (car tous les événements étaient interreliés). Et si suffisamment de Chaînes étaient compromises, alors l'impensable pourrait se produire.)

— Effet en chaîne, dit Becker, et la seule mention de ces mots assombrit toute la pièce...

— Le Plan nous en garde, dit le Veilleur de nuit no 1. Mais si la Panne continue de se répandre, et si nous ne pouvons rétablir le circuit du Sommeil, il y a une nette possibilité...

— J'ai un Dérapage dans le 26 !

— Non !

— Un Dérapage dans le 1804 !

— 601 !

— 302 !

Alors que les Veilleurs de nuit s'efforçaient de gérer la crise, Becker s'écarta des Fenêtres, et pour la première fois cette nuit-là, il commença à prendre conscience de l'ampleur de l'événement. Il n'y avait pas seulement une poignée de Veilleurs de nuit ni une dizaine, mais plutôt des centaines, peut-être des milliers, sur des étages, les uns au-dessus des autres, s'élevant dans les airs aussi loin qu'il était possible de voir. Sur chaque écran, on pouvait apercevoir une Personne insomniaque. Sur chaque chaise, se tenait un Veilleur de nuit sur le point de piquer une crise.

— Qu'allons-nous faire, monsieur ?

Des centaines de paires d'yeux se tournèrent vers Becker, comme s'il était celui qui pouvait les sauver de ce cauchemar imminent. La sécheresse dans sa bouche revint, et son cœur commença à battre la chamade, et pendant une seconde, il crut qu'il allait s'évanouir. Mais heureusement, il y avait un endroit vers lequel *il* pouvait se tourner...

Près du Sentier de la nature et juste passé le Chemin Battu, s'étendait un petit complexe où ceux qui étaient en service se faisaient remettre leurs Outils (autant du point de vue littéral que figuratif) avec lesquels ils pourraient sauver le Monde. Et tout comme Becker l'avait fait, quand il s'était rappelé ses Procédures, il prêtait maintenant l'oreille à ces jours heureux où il se faisait sculpter dans la forme et l'essence de ce qu'on appelait un Réparateur.

Simulateur de mission « R », Institut de dépannage et de réparation — deux ans et demi plus tôt

C'était une journée pluvieuse à l'IDR. Des gouttelettes tombaient des peupliers sur la statue de marbre de Jayson — le légendaire père des Réparateurs — sur laquelle avaient été gravées ses dernières paroles célèbres : « Vivre pour réparer, réparer pour vivre. »

Chaque Candidat qui avait franchi ces portes vivait selon ce credo, mais tous n'avaient pas la capacité d'atteindre ce haut palier. À cette étape dans le processus, la classe de Becker s'était réduite à 17 (6 étaient partis à cause de blessures, et 1, à cause de « raisons personnelles »), mais ceux qui étaient restés rayonnaient, parce qu'ils avaient enfin quitté la classe et étaient en train de goûter pour la première fois aux Simulateurs de mission.

— Il est à peu près temps, lança Becker, impatient de voir une véritable Mission en chair et en os (virtuels).

Thibadeau Freck, le Français qu'il avait rencontré le premier jour à la Séance d'accueil, marchait à ses côtés, serrant son bandana de l'IDR.

— Quoi? Ça ne te satisfait pas d'apprendre comment changer le filtre à air dans un Réservoir de puanteur?

— Seulement si je peux d'abord nettoyer l'intérieur d'une Corne de brume.

Becker se mit à rire en même temps qu'ils franchissaient la porte marquée d'un «R». L'adolescent parisien et lui étaient rapidement devenus amis et ils étaient souvent partenaires dans l'Atelier ou ils jouaient au billard américain dans la Salle de jeux durant les pauses. Thib avait hâte de continuer leur surenchère dans l'étalage de leur supériorité, quand…

— Du calme, les Candidats!

Le Réparateur Blaque fit taire tout le monde pour qu'il porte attention.

— Je sais que tout le monde est excité, mais c'est l'une des leçons les plus importantes que vous apprendrez sur la Réparation, alors concentrez-vous.

Contrairement à certains gourous, ou à certains enseignants sur lesquels était tombé Becker dans sa vie, les «leçons» de Blaque n'étaient pas vraiment des leçons — c'étaient plus des vidéos cool ou des trucs du métier — et Becker se demandait pourquoi il ne les pratiquait plus sur le terrain. La rumeur voulait que Blaque ait été le Réparateur no 2 sur le Tableau de service et en lice pour recevoir la Torche, mais il s'était passé quelque chose durant une Mission, et il avait été obligé de prendre prématurément sa retraite.

— Veuillez commencer la simulation !

L'un des Mécaniciens[15] inséra une cassette intitulée « Le Jour où le temps s'est arrêté » dans un magnétoscope insolite, et la pièce ordinaire fut immédiatement transformée.

— Regardez, tout le monde.

Les Candidats se trouvaient maintenant à l'intérieur d'une reproduction holographique d'une voûte dans le Département du temps. En ce jour fatidique, des ouvriers en uniforme portant l'insigne d'un engrenage de cuivre étaient en train de courir dans une situation d'extrême contrainte.

— Voyez ce qui peut être vu.

Un Chronométreur, représenté de manière parfaitement détaillée, courut directement à travers l'estomac de Becker, le forçant à se baisser pour vérifier que ses intestins étaient encore intacts.

— Sauvez les Moments figés !

Le Chronométreur transportait un plateau de cubes de glace, chacun avec une image préservée de quelque chose qui se passait à l'intérieur.

— C'est une Débâcle ! Une Débâcle !

— Maintenant, observez le Réparateur Jackal.

Blaque détourna l'attention de la classe vers le coin de la pièce, où un Réparateur plus âgé portant un blouson en peau de mouton et un casque d'aviateur s'efforçait de contenir la marée de cubes produits en série par une machine à glaçons archaïque.

— Quelle erreur a faite Tom, ce jour-là ?

Quelques mains se levèrent.

— M. Larsson ?

— Son seau à glace n'était pas assez gros.

— Incorrect. M. Carmichael ?

---

15. Membres du personnel de l'IDR.

— Regardez ces fringues — l'homme n'avait aucun style.

— Incorrect.

La classe se tordit de rire, et même Blaque ne put s'en empêcher. Harold «Note-C» Carmichael, l'étudiant en médecine, s'était révélé un Candidat formidable, mais il n'avait pas perdu son don pour apporter une touche de légèreté.

— M. Freck.

— Il a essayé de sauver le Monde entier.

— Correct.

Personne n'était surpris. Il semblait souvent au reste des Candidats que Thibadeau et le Réparateur Blaque étaient continuellement en conversation privée, dont tous étaient exclus.

— Veuillez élaborer au bénéfice de la classe.

Thibadeau fit la grimace, un peu mal à l'aise d'être ainsi isolé de ses collègues.

— Quand vous êtes au milieu d'une tâche, vous ne pouvez penser aux conséquences de vos actions ou à ce qui pourrait arriver au Monde si vous échouiez. Ce peut être une pente très glissante, qui ne peut mener qu'à un endroit…

Il se retourna vers le Réparateur Jackal, qui, dans son effort pour sauver chaque petit cube de glace, de fait, n'en sauvait aucun.

— *Attaque de panique**.

— Exactement, convint le réparateur Blaque. Si vous essayez d'embrasser toute l'étendue d'un problème — si vous essayez de sauver le Monde entier du même coup — vous finirez par ne rien sauver du tout.

---

* N.d.T. : En français dans l'original.

Becker offrit à Thib un subtil « tope-là », mais il retira brusquement sa main au dernier moment.

— Chouchou du professeur.

Thibadeau fit semblant de lui donner un coup de poing, avant que les deux ne retournent à la leçon.

— Pause sur séquence !

L'action s'arrêta, figeant les Chronométreurs au milieu d'une enjambée, et le Réparateur Jackal en train de se noyer dans une mare de Moments en fonte.

Comme à chaque leçon, le Réparateur Blaque garda la partie la plus importante pour la fin.

— Dans chaque Mission, il y a quelque chose de petit, quelque chose qui vous tient à cœur, qui vous fournira le pouvoir de transcender la peur.

Le réparateur Blaque cria au personnel du Simulateur :

— Grossissez 224 à 176 !

Un cube de glace sur le plancher se souleva et s'élargit à 10 fois sa taille normale. À l'intérieur, se trouvaient deux personnes qui s'embrassaient dans une forêt enneigée par une journée d'hiver perdue, et les Candidats se penchèrent plus près pour mieux voir.

— Trouvez la Mission *à l'intérieur* de la Mission...

Station des veilleurs de nuit, Département du sommeil, le Seems

— ... et vous aurez trouvé le plus extraordinaire Outil de tous.

Une fois de plus, l'Entraînement de Becker avait été payant, et sa propre *attaque de panique* serait bientôt sous contrôle.

— Continuez...

À la suite de la requête du Réparateur, le Veilleur de nuit no 1 fouilla à travers les Cas apparaissant sur sa console : des gens à différents degrés de détresse, tous à cause de la Panne de sommeil.

— Je ne comprends pas où…

— Continuez !

Des jeunes collégiens à l'école. Des Bédouins à l'intérieur de leurs tentes. Et ensuite…

— Là !

Une fille avec des cheveux blonds sales et des yeux vert brillants apparut sur l'écran. Elle avait environ le même âge que Becker, et elle était assise sur son lit et s'efforçait de ne pas pleurer.

— Quelle est son histoire ?

Avec une frappe sur le clavier, le Veilleur de nuit fit apparaître le Dossier du cas sur l'écran. Il portait le sceau du Grand Édifice à l'avant.

— Jennifer Kaley, Secteur 105, Réseau 11. Je crois que c'est près de Toronto.

— Caledon, pour être exact.

Simly rougit d'être un je-sais-tout.

Le Veilleur de nuit semblait troublé alors qu'il décompressait le fichier.

— On dirait qu'un 532 a été commandé pour elle ce soir…

— Qu'est-ce qu'un 532 ?

— Un Rêve que seulement un Agent de cas peut commander. Ils s'en servent quand rien d'autre ne fonctionne.

— Pourquoi ? Qu'est-ce qui ne va pas avec elle ? demanda Becker.

Le Veilleur de nuit appuya sur une autre touche, mais l'ordinateur émit un bip : « Accès refusé ».

— Désolé, personnel et confidentiel. Il faut un niveau d'habilitation de huit pour l'ouvrir, et le mien n'est que de sept.

— Tenez, laissez-moi essayer.

Le niveau d'habilitation des Réparateurs était de neuf (sur une possibilité de onze), et lorsque Becker tapa son mot de passe, l'information commença à défiler.

D'après son dossier, Jennifer Kaley avait été harcelée à l'école, sans aucune bonne raison. Il y avait des prises de vue d'elle qui marchait dans les couloirs, les autres enfants fuyant sa présence. Assise toute seule à la cafétéria. Et un clip d'elle vraiment pénible où elle était la cible de moqueries et de railleries, alors qu'elle tentait de rentrer à la maison après l'école, la tête basse et son sac à dos chiné pendant à son côté.

— Bien, l'a-t-elle eu ?

— Eu quoi ?

— Le Rêve. L'a-t-elle reçu avant que la Panne ne frappe ?

Le Veilleur de nuit parcourut le réseau, mais n'obtint qu'un bip unique.

— Négatif. Et il n'y a aucun moyen de le lui faire parvenir, à moins qu'elle ne soit endormie.

La même centaine de paires d'yeux se tourna à nouveau vers Becker, et alors qu'il regardait la fille sur l'écran, il finit par comprendre les paroles du Réparateur Blaque. À ce moment même, elle s'obligeait à sourire pour que sa mère ne s'inquiète pas trop, davantage encore pendant qu'elle se demandait si elle réussira à traverser le jour suivant. Pourquoi Becker était-il attiré par elle, il l'ignorait — il y avait probablement des Cas plus importants dans le Monde, ce jour-là, mais pour lui, Jennifer Kaley était la Mission à l'intérieur de la Mission. Et c'est tout ce qu'il lui fallait savoir.

— On fait la Réparation.

La Fête du sommeil paisible

Même si elles sont de minuscule taille, les Pannes sont le pire cauchemar d'un Réparateur. Elles se produisent habituellement dans un dispositif, et si on ne les détecte pas, elles peuvent se propager dans tout un département, et éventuellement causer un effondrement total. On croyait que les Pannes avaient été éliminées pendant l'opération Nettoyage et balayage. Il peut être impossible de débarrasser le système de ce que plusieurs croient être une excroissance naturelle de toute machine complexe.

Degré de difficulté : 10

— *Le compendium des dysfonctions
et des réparations*, p. 108

**Bureau du contremaître,
Département du sommeil, le Seems**

— Non. Non. Pas celui-là.

Le Contremaître du sommeil fouillait désespérément dans un classeur poussiéreux dans son bureau.

— Et voilà — on y est !

Sur sa table à dessin, le dévoué employé déroula les plans directeurs décolorés du célèbre Département du sommeil.

L'usine elle-même était gigantesque et composée d'une série de « Chambres », chacune étant responsable de la production d'une composante individuelle du Sommeil. Pourtant, les plans semblaient défier toute loi connue de la physique.

— Le type qui a conçu cet endroit était un excentrique. Tout son concept reposait sur le fait que le département devait ressembler à une forteresse d'oreillers et être aussi confortable.

Si c'était son idée, il avait certainement réussi. Il y avait des couloirs entiers entièrement fabriqués de couvertures et d'oreillers, des entrées de porte faites de matelas renversés, et de douces Lumières nocturnes personnalisées qui créaient une ambiance soporifique tout autour. De plus, quelques Chambres secrètes ne semblaient comporter aucune entrée ni aucune sortie.

— Montre-moi la progression de la Panne, demanda Becker.

— L'Anomalie initiale était située dans les Aires de repos, rapporta le Contremaître. Mais le temps que nous arrivions, elle avait déjà frappé ici… ici… et ici.

— Wow ! C'est rapide, s'émerveilla Simly.

Contrairement aux Défaillances, qui avaient tendance à survenir dans une seule machine, enrayant son mécanisme interne, mais demeurant circonscrites, les Pannes allaient d'une machine à l'autre, saccageant tout sur leur passage. Becker savait que la seule façon d'en arrêter une, c'était de la repérer et de la réparer, avant qu'elle ne fasse des dommages irréparables.

— La dernière alerte a eu lieu dans le Roupillon.

Le Contremaître pointa un endroit sur la carte.

— Mais maintenant ce peut être n'importe où.

— Nous devons trouver l'odeur.

Becker vérifia son Compteur de temps[MC], puis il se tourna vers son Agent de contact.

— Une recommandation?

Simly réfléchit, puis il sortit divers articles de sa Mallette.

— Bien, vous pourriez vous servir d'un Truvseketüschersch[MC], mais ce peut être erratique la nuit. Un Ouskecé[MC] c'est de l'argent en banque... oh, attendez! J'ai le truc parfait.

Il sortit brusquement un vieil Outil en piètre condition. Il était recouvert d'une croûte de saleté, et on aurait dit qu'il n'avait pas servi depuis des années.

— Quelle sorte de bidule est-ce? demanda le Contremaître.

— C'est un Pannomètre[MC]!

Les Pannomètres avaient fait fureur pendant la période précédant l'opération Nettoyage et balayage, mais ils avaient été discontinués en raison de défauts importants de fabrication, et maintenant, la plupart faisaient partie de collections ou étaient vendus dans des foires d'Outils antiques.

— Dans quel recoin as-tu déniché ça? demanda Becker, impressionné.

— Je ne l'ai pas déniché dans un recoin! Je l'ai trouvé dans le Coffre à outils de mon grand-père. Il a toutes sortes de vieilleries loufoques.

Le grand-père paternel de Simly était reconnu comme l'un des plus grands Agents de contact de tous les temps, et même s'il n'était jamais parvenu au poste de Réparateur, il avait participé à de nombreuses Missions célèbres. Simly actionna l'Outil qui s'anima, l'aiguille sensible oscillant de gauche à droite, avant de s'arrêter sur le zéro.

— Les Pannomètres repèrent immédiatement la piste énergétique unique laissée par une Panne, et quand ils sont activés, ils devraient nous conduire directement...

Mais il se mit à cracher de la fumée noire de chaque côté, en même temps qu'on entendait un terrible son de raclement, obligeant Simly à le fermer, avant qu'il n'éclate dans ses mains.

— Désolé, patron. J'ignore ce qui s'est passé.

Simly était découragé, d'autant plus qu'il était fier de sa préparation et de son déploiement d'Outils.

— Voulez-vous que j'appelle mon grand-père, pour voir s'il peut...

— Pas la peine, Simly.

Becker roula les plans directeurs et les glissa dans son Coffre à outils.

— Nous procéderons de la manière traditionnelle.

Le Roupillon, Département du sommeil, le Seems

Profondément dans le sous-sol de l'usine, se trouvait l'endroit où l'on fabriquait le Roupillon — l'un des trois ingrédients clés (en même temps que le Repos et le Scintillement) qui fusionnaient pour créer le Sommeil lui-même. Puisque c'est à cet endroit qu'on avait aperçu la Panne pour la dernière fois, c'était là que Becker et Simly commencèrent leurs recherches.

L'air était chaud et rempli d'une odeur de caoutchouc brûlé. Des hommes munis de sarraus et de visières protectrices remplissaient des cuves de fusion avec de l'Épuisement pur pendant que des bras mécanisés laissaient tomber de la mélasse et du sirop d'érable à partir de gargantuesques louches à soupe. Une fois refroidie, la masse gélatineuse se solidifiait en une substance épaisse qui ressemblait à du bonbon au caramel, qui était ensuite coupée en morceaux et envoyée à la Chambre principale pour le mélange final.

— Non, non, non, non, non !

Un homme aux joues rosées dans un costume de chef était en train de goûter à la fournée.

— Zezi est trop zucré !

Le Maître du roupillon avait gravi les rangs de Sous-chef à celui de *Chef de cuisine*[*] à cause de son instinct pour accentuer la saveur du Sommeil, mais sa personnalité pompeuse avait fait hérissé quelques poils en chemin.

— Que voulez-vous de moi ? cria l'un des Ouvriers infatigables. La Panne a détruit toute notre recette.

— Penne, Penne, Penne ! Je ne veux plus entendre parler de zette Penne !

Le Maître du roupillon donna un coup de pied sur une rangée de cuves et de casseroles, alors qu'à côté de lui, Becker attendait patiemment que la crise se termine.

— Donc, dites-moi encore comment tout cela a commencé ?

— J'ai rezu un appel au bureau, la nuit où j'avais des billets pour le Ronflorchestre, rien de moins, et qu'est-ce que j'ai trouvé ? Toutes zes rezettes pour le Roupillon zont, comment vous dites, complètement détraquées !

Le Maître appuya sur le bouton de Roupillon et redémarra son ordinateur, qui imprima pour Becker une liste de recettes qui avaient toutes été mélangées et réassemblées.

— Les Fèves de café ont été mélangées à des Pizzzzas. La Cannelle avec le Cafard. Dès le premier jour, j'ai dit à zes idiots de ne pas mettre zes livres de rezettes sur ordinateur.

---

[*] N.d.T. : En français dans l'original.

Depuis l'époque remontant au fameux Jour, nous les écrivons à la main, et ze zyztème n'a pas bezoin de Réparazion!

Becker hocha la tête. L'une des grandes frustrations de la Réparation était la tendance des Pouvoirs constitués à superposer des «réparations rapides» sur la technologie existante, plutôt que de reconnaître le besoin de repenser complètement la conception.

— Donnez-moi une seconde, d'accord?

— Reculez, tout le monde, annonça l'Agent de contact Frye. Cet homme a besoin d'espace!

Becker ferma les yeux, et se servant de la manière traditionnelle, il fit appel à son 7e sens pour détecter la Panne. À en juger par la chair de poule qui surgissait le long de ses bras, il avait flairé une piste, mais elle était toujours ténue.

— J'aurais aimé rester pour vous aider à réécrire vos recettes, s'excusa Becker, mais je dois mettre la main sur cette chose avant qu'elle ne détruise tout le département.

Le Maître du roupillon comprenait, mais il paraissait encore assez secoué.

— Mais que fait-on du Roupillon? Le Zommeil ne peut être préparé zans ze prézieux Roupillon!

Becker s'avança vers une cuve, plongea son doigt dans le mélange dont il goûta un échantillon.

— C'est presque cela. Peut-être qu'une réduction d'Énergie rehausserait la saveur de l'Épuisement sous-jacent?

— Non, non, non! Zezi est de la folie. Zela ne fonctionnera jamais…

Simly et les Ouvriers infatigables baissèrent les yeux vers le sol.

— À moins que…

— Une petite dose d'Amour?

Becker semblait lire dans son esprit.

— Exactement !

Une étincelle brilla à travers la pièce.

— Pouvez-vous le faire à temps ? demanda avec espoir le Réparateur.

— Non seulement je le peux, beugla le Maître du roupillon, se tournant vers ses cuisiniers alignés avec des étincelles dans les yeux. Mais ze zera le Roupillon le plus profond et le plus zatizfaisant que le Monde n'a jamais vu !

Un grondement monta parmi les Ouvriers infatigables, mais comme ils se précipitaient pour rassembler les ingrédients nécessaires, Simly ne put résister à l'envie d'y goûter lui-même.

— Il faudrait du paprika.

WDOZ, Département du sommeil, le Seems

W... D... O... ZZZZZZZZZ.

La chair de poule de Becker l'avait conduit à une petite station radio sur le toit du département, et pendant que le refrain publicitaire résonnait encore dans l'air, Simly et lui attendirent que l'animateur termine son travail.

— Et c'était « Le son de la pluie à l'extérieur de votre fenêtre par un après-midi paresseux » interprété par les Somnambules... un vieux morceau toujours agréable à entendre, *destiné* à calmer votre *esprit* avant de glisser dans le doux paradis du Sommeil.

Le WDOZ avait été fondé pour diffuser de douces mélodies dans le subconscient des gens du Monde — pour les aider à se détendre avant l'arrivée de leur Bonne nuit de sommeil. L'animateur tira un autre quarante-cinq tours de la musicothèque dans l'isoloir.

— La prochaine chanson est un nouvel enregistrement peu diffusé sur les ondes, remontant au fameux Jour...

Il posa l'aiguille sur le disque qui était intitulé : « Le hum du climatiseur (REMIX) » Mon nom est Johnny Zzzzzzzz, et vous écoutez WDOZ, lubrifiant les charnières de votre vieille porte intérieure depuis 13303.

Comme le disque commençait à tourner, l'animateur à queue de cheval et à la calvitie naissante baissa le volume et sortit de l'isoloir pour rejoindre Becker et Simly.

— Regardez, mon frère, dit l'homme dont la personnalité en dehors des ondes était fort différente de celle lorsqu'il était en ondes, j'ignore ce qu'on a pu vous dire, mais il n'y a pas de Panne dans *ma* station.

— Je ne suis pas ici pour blâmer qui que ce soit, le rassura Becker. C'est simplement que les Pannes peuvent être retorses. Elle peut s'être logée dans le tableau de contrôle.

— Une Panne dans le tableau de contrôle ?

L'animateur hocha la tête, insulté, puis il sortit un casque d'écoute qu'il brancha dans la prise.

— À vous de jouer.

Becker donna l'autorisation à Simly de mettre le casque, et Johnny Z augmenta le volume de ce qui était diffusé dans le Monde à ce même moment. En quelques secondes, les paupières de Simly commencèrent à devenir lourdes, et il se mit à s'aménager une place où s'étendre sur le plancher.

— Vous voyez ! L'homme-Z n'échoue jamais.

Ce type rappelait Joel Waldman à Becker — un jeune de Highland Park qui avait un important trouble de comportement —, mais le Réparateur n'était toujours pas convaincu. Il fouilla dans son Coffre à outils et tira une copie écornée du seul livre sans lequel un Réparateur ne pouvait faire son travail.

Son titre officiel était *Le compendium des dysfonctions et des réparations*, mais tous ceux qui en possédaient un le nommaient « le Manuel », et (comme promis dans l'avant-propos) il contenait « Tout ce que vous avez besoin de savoir pour effectuer une Réparation ». Becker tourna les pages jusqu'au chapitre 6 « Schémas et plans directeurs » et il trouva rapidement la page concernant WDOZ.

— Puis-je jeter un coup d'œil à l'Incapaciteur ?

— Qu'est-ce que c'est, que diable ?

L'homme-Z était peut-être le Directeur de la programmation, mais de toute évidence, il ignorait tout du mécanisme interne.

— C'est le nœud qui traduit vos disques en fréquences que peuvent entendre les gens dans le Monde.

— Faites-le rapidement, mon frère. J'ai une émission à animer, ici.

Suivant les instructions du Manuel, Becker ouvrit le tableau de contrôle et se faufila vers le centre de la circuiterie. Au milieu d'un paquet de fils entremêlés se trouvait un petit transistor, à travers lequel tous les signaux de WDOZ devaient voyager. Tout comme il l'avait soupçonné, il était carbonisé, et Becker contourna le concentrateur pour révéler ce qui était de fait diffusé aux auditeurs de par le monde.

— Ahhh !

Simly arracha le casque d'écoute d'un coup sec, soudainement complètement éveillé.

— On dirait les grincements d'un mécanisme mêlés aux hurlements d'un veau.

— J'aurais aimé dire que j'étais surpris, dit le Réparateur Drane. Une seule chose peut avoir causé ce type de dommage en un tel laps de temps… mais elle a disparu depuis longtemps.

Johnny Z parut contrit et essaya de sauver la face.

— Croyez-vous que vous pouvez le Réparer?

Cafétéria, Département du sommeil, le Seems

Becker remplaça habilement l'Incapaciteur brûlé par le nouveau et plus rapide Poivrot 111, mais la Panne ne s'était pas arrêtée là. Elle était en train de faucher tout le département, sautant de Chambre en Chambre et de machine en machine, et chacun des éléments du Sommeil commençait à se détraquer.

Des bâillements tout frais sortis du four, n'avaient pas levé convenablement. Des Appels de réveil étaient lancés trop tôt. Des Histoires de chevet étaient racontées avec peu ou aucune Inspiration, et le Pieu était préparé sans pratiquement aucun effet. Même le Givreur d'oreillers recouvrait l'autre côté des oreillers des gens avec le Chaud au lieu du Froid.

Le long du chemin, Becker et Simly réparaient comme des fous, mais c'était là que résidait la difficulté de pourchasser une Panne : seul un Réparateur (et un Agent de contact) pouvait s'occuper de la piste complexe et subtile de dévastation qu'elle laissait derrière elle, alors que l'attention qu'ils devaient donner à cette piste les empêchait presque de gagner du terrain.

Épuisés et trempés de sueur, les partenaires firent une pause à la Cafétéria des employés, où trois Opérateurs d'appels de réveil se réconfortaient les unes les autres, après s'être retrouvées face à face avec l'origine sordide de tous les problèmes de la soirée.

— C'était terrible, cria une vieille femme aux cheveux bleus. Ça a fait éclater tout mon standard téléphonique.

Ses amies hochèrent la tête tristement et enlevèrent les cendres de la coiffure bouffante carbonisée de leur collègue.

— Là, là, Shirley. Un Réparateur est maintenant ici, et tout se terminera bientôt.

Becker et Simly échangèrent un regard, puis ils reprirent immédiatement le travail.

— Je ne comprends toujours pas pourquoi ça ne fonctionne pas.

Le Pannomètre gisait sur la table de repas devant eux.

— Ne t'inquiète pas, répondit Becker, relisant le chapitre « Bips, Anomalies et Bévues » de son Manuel pour trouver une manière de procéder. Et prends ta collation de minuit parce que nous aurons besoin de toute notre énergie pour trouver ce truc.

Simly hocha la tête et sortit un sac de papier brun que sa mère lui avait préparé. Il en sortit des carottes et du céleri emballés dans du plastique, des œufs cuits durs, et même une pointe de Tarte aux petits fruits sublimes[16].

— Alors, comment vous sentez-vous d'être finalement devenu un Réparateur ?

— Assez cool, je suppose.

Becker prit une bouchée de sa Barre énergétique et continua de feuilleter le texte.

— Mais il y a un peu plus de pression.

Simly était d'humeur à bavarder (comme d'habitude), mais Becker avait des sujets de réflexion plus importants — et non le moindre, la préoccupation qui le rongeait à propos

---

16. La Tarte aux petits fruits sublimes avait été rejetée à l'époque du fameux Jour par l'Administration des aliments et des breuvages (AAB) parce que c'était supposément « trop sucré » (et succulent).

de la possibilité qu'il s'agisse d'une autre attaque de la Marée. Une récente note de service du Commandement central avait averti tous les Réparateurs du danger croissant de cette insurrection, et Becker fit l'inventaire des récentes attaques dans son esprit. Cet incident avait certainement des similarités avec la nuit où une horde de mouches à fruits avait été libérée dans la Vigne, rompant les communications interdépartementales, mais la Marée laissait toujours sa carte de visite — le symbole de la crête noire culminante d'une vague — et, jusqu'ici, aucun indice du genre n'avait été découvert.

— J'aimerais être Réparateur un jour.

— Que disais-tu?

— J'ai dit que j'aimerais aussi être Réparateur. Comme toi.

— Tu aimerais ça?

Becker était surpris parce que Simly était né dans le Seems, et même si les humains et les seemsiens étaient semblables à presque tous les égards, ils différaient concernant un détail important. Les seemsiens n'étaient pas nés avec l'extraordinaire atout d'un Réparateur, un 7e sens, et c'est pourquoi ils s'élevaient rarement au-delà du rang d'Agents de contact.

— Ouais, je sais, il y a tout le problème du 7e sens, mais mon grand-père a toujours dit que je serais le premier dans la famille à y parvenir.

— Bien, tu es très bon dans ce que tu fais, c'est certain. Et en ce qui concerne le 7e sens, as-tu déjà lu *Le journal d'Al Penske*?

— Vous voulez dire le Maître des outils? demanda Simly. Ouais, je l'ai lu. Mais il n'y a rien là-dedans au sujet de…

— Si tu lis l'annexe C, il raconte cette histoire vraiment cool sur la façon dont il a trouvé son 7e sens en faisant semblant qu'il était né dans le Monde et en visualisant comment il pourrait sentir que «quelque chose ne va pas» dans le Seems.

— Vraiment?

Les yeux de Simly s'éclairèrent un moment.

— Avez-vous déjà entendu dire que cela fonctionnait vraiment?

— Non. Mais ça ne veut pas dire que ça ne vaut pas la peine d'essayer.

Becker pouvait dire que Simly n'y croyait pas vraiment, mais qu'il appréciait quand même beaucoup le geste.

— Puis-je vous demander une autre chose, monsieur?

C'était le type de truc bizarre pour Becker de se faire appeler «monsieur» par quelqu'un qui avait 15 ans de plus que lui.

— Appelle-moi Becker, Sim.

— Cette fille, dans le Secteur 104?

— Jennifer Kaley?

— Ouais. Pourquoi l'avez-vous choisie comme Mission à l'intérieur de la Mission, au lieu de tous les autres Cas?

Becker se mit à réfléchir. Bien sûr, la situation de Jennifer était captivante et elle était jolie et tout et tout, mais il s'agissait beaucoup plus de la sensation qui l'avait envahi quand il l'avait vue. Parfois, de telles choses sont difficiles à verbaliser, et habituellement, il était préférable de ne rien forcer.

— Je l'ignore. C'était juste quelque chose à son sujet.

Becker leva les yeux vers Simly.

— Pourquoi? Qui aurais-tu choisi?

— Je crois que c'est le type dans le motel. Le vendeur. J'espère seulement qu'il arrivera à la maison pour l'anniversaire de sa fille.

— Alors tu peux faire la Réparation pour lui, et moi, je la ferai pour elle. OK ?

— Cool.

Ils remballèrent tous les deux leur Coffre à outils et leur Mallette, puis Becker jeta un coup d'œil à l'horloge sur le mur de la cafétéria.

— Viens. Je crois que je viens d'avoir une idée...

L'allée des Oreillers de pierre,
Département du sommeil, le Seems

Du côté est du Département du sommeil, près de la Cordonnerie Les yeux fermés, il y avait une petite boîte de nuit qui était devenue une institution au Seems. Ici, les gens de chaque département se rassemblaient pour évacuer la pression, et Becker espérait pouvoir trouver quelqu'un dans le Savoir.

— Je ne suis pas certain, monsieur.

— Chhhut !

Becker et Simly regardèrent par une sortie d'incendie d'un air circonspect, puis dans l'allée sombre. La brume remplissait l'air, et un vieil Itinérant poussait un chariot sur une route cahoteuse en cailloutis.

— Ils la trouveront un jour... ils la ramèneront...

Son chariot était rempli de masques de sommeil, de bouchons d'oreilles, et contenait même un lit ajustable Crafmatic.

— Le Plan est bon... Le Plan est bon.

L'Itinérant disparut dans le brouillard en laissant un seul autre signe de vie dans l'allée : une enseigne au néon brisée, qui se balançait sur une unique charnière rouillée.

«LA FÊ E DU SOM EIL PAI IBLE»

— Nous ne pouvons pas entrer là, murmura Simly.

— Pourquoi pas?

— Ma maman dit que c'est un bistrot vraiment dur.

— Ne t'inquiète pas. Je veille sur toi.

Sous l'enseigne se tenait un Gorille musclé, habillé tout en noir et lisant une copie du *Plan quotidien*[17]. Une étudiante mineure de l'école de Pensée cherchait à entrer par la ruse, mais il ne leva même pas les yeux de ses mots croisés.

— Mais je n'ai pas de fausse carte d'identité, s'inquiéta Simly.

— Tu n'en as pas besoin, tu as 27 ans.

— Oh, ouais.

— En plus, nous avons quelque chose de bien mieux qu'une fausse carte d'identité.

Simly et Becker traversèrent la rue, et Becker sortit subitement son Insigne de Réparateur. Le Gorille le tint sous la lumière, s'assurant que tout était en règle, puis estampilla leurs deux mains et souleva la corde de velours.

— Pourquoi les laisse-t-on entrer, eux? cria l'adolescente, toujours contrainte à rester dans le froid.

— Parce que, dit le Gorille tout en remplissant le 32 horizontal[18].

---

17. Le journal principal dans le Seems, incluant la politique, les nouvelles du Monde, les sports, les arts et spectacles, les annonces classées et *Les gnomes de la guigne* — une bande dessinée populaire à propos de l'unité des moqueries envoyée dans le monde chaque fois qu'une personne se réjouissait un peu trop de sa chance.

18. Six lettres : alias «Les Bandits du temps», Juste A. et _ _ _ _ _ _ Temps.

L'intérieur de la Fête du sommeil paisible était à peine illuminé par des Lumières nocturnes au gaz, disséminées sur chaque table. La fumée remplissait l'air, et les seemsiens de tous les départements étaient assis dans des box et des alcôves, buvant des élixirs multicolores et parlant à voix basse. Becker et Simly se glissèrent devant le groupe dans le coin — un trio de jazz qui attaquait un rythme soporifique — et ils s'approchèrent du bar d'acajou.

— Puis-je vous aider, messieurs ?

Le barman, qui, à en juger par les tatous sur son bras, était un vétéran de la Guerre des couleurs, semblait amusé par l'apparence d'un garçon de 12 ans avec à ses côtés un abruti couvert d'Outils.

— Nous cherchons quelqu'un dans le Savoir.

Becker montra rapidement son Insigne, espérant que le barman pourrait le mettre en contact avec l'une des plus fameuses sociétés secrètes du Seems — un élément criminel qui marchandait des renseignements sensibles relatives au Plan.

— J'aurais aimé vous aider, les garçons, mais je n'ai jamais entendu parler du Savoir.

— Écoute, grand frère.

Becker n'avait pas d'autre choix que de jouer les durs. Il se pencha sur le bar et pressa son nez directement contre le visage du plus gros homme.

— Tu sais qu'il y a un Savoir, et je sais qu'il y a un Savoir, et nous savons tous les deux que le Savoir est connu pour se tenir ici.

Le barman le dévisageait, demeurant tout aussi hermétique.

— Alors à moins que tu veuilles que j'amène mes gars de l'AAB ici pour qu'ils découvrent ce que tu sers *réellement*, tu ferais mieux de te mettre à table, et je veux dire *maintenant*!

Simly ne pouvait croire ce que Becker était en train de dire à ce gros type costaud. Après tout, le jeune était à peine capable de voir au-dessus du bar pour même lui parler. Mais c'était probablement une partie de ce qui faisait de Becker un Réparateur.

— Va vérifier dans la section VIP.

Le barman avait finalement abandonné la partie.

— Tu trouveras peut-être ce que tu cherches en arrière.

Comme il s'éloignait en grommelant, Becker fit un clin d'œil à Simly, puis lui donna la mauvaise nouvelle.

— Écoute Sim. Nous devons nous séparer.

— Nous le devons?

— Ouais. J'ai besoin de pouvoir m'intégrer plus aisément.

Becker retira son Insigne et ébouriffa ses cheveux avec une motte de Magma[MC].

— Reste ici et vois ce que tu peux trouver.

— Pas de problème.

— Et Sim?

— Ouais?

— Essaie d'être cool.

— Cool? Je suis cool.

Simly était profondément offensé.

— Cool, c'est mon deuxième nom.

Ils échangèrent la fameuse Poignée de mains[19], puis Becker disparut dans la foule. Mais comme l'Agent de contact se retournait, il pouvait sentir que tout le club le regardait.

---

19. La Poignée de main secrète de l'IDR enseignée seulement aux candidats qui ont réussi le Test pratique.

— Correction, se dit-il à lui-même, se souvenant du jour où il était sorti de la piscine du YMSA sans son maillot. Mon deuxième nom n'est pas cool. C'est Alomonus.

À l'arrière du club se trouvait la section VIP entourée d'un cordon, et Becker put s'y glisser gracieusement sous sa nouvelle couverture de jeune Agent de cas branché. Personne ne lui posa de questions sur son identité, simplement par la façon dont il se comportait et dont il lâchait des bribes d'information que seul quelqu'un travaillant dans le Grand Édifice pouvait connaître.

— Alors, de toute façon, je travaille sur cette histoire d'amour entre deux individus du Secteur 906, et toute la chose dépend de cette femme qui a reçu un BNS, et boom! Une Panne a mis le holà à toute l'affaire.

— Ouais, j'en ai entendu parler, dit un curieux Cueilleur de nuages. La rumeur veut qu'ils aient assigné un Réparateur.

— Ces gars ont tous les meilleures jobs temporaires, prétendit Becker.

— Sans mentionner tous les honneurs.

Beaucoup d'employés étaient contrariés par l'apparition d'un Réparateur, car cela signifiait tacitement qu'ils étaient incapables de faire eux-mêmes le travail. Becker laissa tomber le sujet et allait tenter de lui soutirer plus d'information, quand il sentit quelqu'un qui tirait l'arrière de sa chemise.

— Tu sais tout cela, n'est-ce pas, garçon Réparateur?

Debout derrière lui, se tenait un Mineur de saveurs, à l'énorme sarrau maculé de Pépites de chocolat à la menthe et de Caramel aux noix de pécan.

— Que veux-tu dire par garçon Réparateur ? demanda le Cueilleur.

— Ce type est un homme de la compagnie.

Becker cherchait un moyen de sauver la face alors qu'une foule commençait à se rassembler autour d'eux.

— Écoute, mon frère, j'essayais juste de…

— Nous n'aimons pas les gens de ta sorte, ici, toussa un Manieur de mots sans emploi, et quelques Travailleurs du temps carillonnèrent, transformant la foule en un bouillon de colère.

— Je ne cherche pas d'ennuis.

— Bien, on dirait qu'ils *te* cherchent.

Becker évalua l'ennemi et souhaita un moment ne pas avoir confié son Coffre à outils à la garde de Simly.

— *Laisse-le tranquille**

Une voix s'éleva au milieu des ombres, et tout le monde se retourna pour en chercher la source : un type d'apparence crispée portant une verte de suède et des lunettes fumées serengetti, assis seul dans un isoloir à l'arrière.

— Je m'en occuperai moi-même.

Qui qu'il soit, le type commandait le respect, car la foule se dispersa instantanément. Becker allait dire merci lorsqu'il fut stupéfait de voir qui l'avait sauvé de la foule.

Un peu plus âgé, un peu plus hirsute, et plus grisonnant. Mais assurément quelqu'un qu'il connaissait.

— Thibadeau ?

---

* N.d.T. : En français dans l'original.

Thibadeau Freck

La Pierre d'achoppement, Institut de dépannage et de réparation, le Seems — un an plus tôt

— Tu traînes de la patte, Draniaque!

Becker regarda Thibadeau Freck, son cœur battant et la sueur coulant dans ses yeux.

— Dépatouille ceci, Napoléon!

Les deux candidats avaient atteint le neuvième (et dernier) niveau de la Pierre d'achoppement — la célèbre course à obstacles de l'IDR — et ils se tenaient maintenant l'un à côté de l'autre, essayant désespérément de dénouer leur Nœud gordien avant que l'autre n'y arrive.

— C'est ce que j'adore chez vous, les Américains, rechigna Thib, testant l'épaisse balle de corde entrelacée avec ses doigts. Vous mettez du ketchup sur vos frites, vos fromages sont affreux et votre café, pire encore, et *pourtant* vous ne lâchez jamais!

Le vent à cette hauteur leur fouettait le visage, de sorte qu'il leur était plus difficile de voir ce qu'ils étaient en train de faire. La Pierre d'achoppement était construite comme un gâteau de mariage, avec des plateformes circulaires concentriques empilées les unes sur les autres, chacune contenant un défi unique de Réparation. Chaque vendredi, les Candidats faisaient face à des obstacles aussi disparates que le Broyage de chiffres et le défi de se dégager d'une Impression, et comme à l'accoutumée, Freck et Drane étaient premier et second dans la course vers le sommet. Cependant, depuis les dernières semaines, la distance qui les séparait avait commencé à se raccourcir.

— Ça me rappelle quand je faisais des nœuds pommes de touline au camp !

Becker examina sa propre balle de corde, une reproduction du vrai Nœud gordien, qui dans la Réalité réunissait les deux extrémités du Spectre.

— Et si je ne fais que *ceci*…

Becker «tira le lapin du terrier» (comme le lui avait enseigné son directeur du secteur riverain, David Lincoln), dénouant un gros morceau de la corde — et pour la toute première fois, il prit une faible avance sur son meilleur ami dans l'Entraînement.

— *Sacrebleu*[*] ! s'exclama Thibadeau, toujours perplexe devant son propre amas entremêlé.

Becker eut une poussée d'adrénaline alors qu'il se rendait compte que le triomphe était presque à portée de main.

— Je te dirais félicitations, lui lança le Français, qui semblait prêt à concéder la partie, mais si je fais juste *ceci*…

À l'extrémité inférieure du nœud, Thibadeau tira un fil avec une infinie délicatesse, et d'un seul coup, tout son nœud se défit.

— Je te revois à l'Autre face, *mon ami*[*] !

---

[*] N.d.T. : En français dans l'original.

Avec un clin d'œil, Thibadeau monta l'échelle et disparut au sommet de la Pierre d'achoppement. Becker fut en proie au découragement, mais il rassembla son courage, car il ne voulait pas se faire dépasser par aucun des autres Candidats (qui étaient sans doute juste sur ses talons), et par ailleurs, la façon d'encaisser la défaite peut être aussi importante que la façon d'accueillir la victoire.

— Toujours l'éternel second, dit le Réparateur Blaque, qui attendait Becker lorsqu'il finit par atteindre le sommet.

— Oui, monsieur. Je pensais vraiment l'avoir cette fois-ci.

La meilleure partie de la Pierre d'achoppement, c'était la fin — gagnant ou perdant, vous finissiez sur une plate-forme tout en haut avec des collations, des boissons et certaines des vues les plus saisissantes sur le Seems. Blaque préparait déjà la fête de la fin de la semaine sur un gril à charbon pour ses Candidats épuisés pendant que Thib se berçait dans un hamac tout en pelant une clémentine.

— Tu m'as eu, Draniaque.

Thibadeau tendit un morceau à Becker, épuisé.

— Les Agents de la C.H.A.N.C.E. étaient juste de mon côté, aujourd'hui.

C'était le truc cool à propos de sa rivalité avec Thibadeau — peu importe l'intensité de leurs combats (et ils étaient certes intenses), cela n'ébranlait jamais leur amitié. Becker attrapa le hamac le plus près et se plaça au centre du filet. Pendant quelques moments tranquilles, ils ne firent que contempler le Seems.

— Draniaque, puis-je te demander quelque chose ?

— Ouais, mon vieux.

Becker sauta sur l'occasion parce que Thib ne lui avait jamais demandé conseil auparavant.

— N'importe quoi.

— T'es-tu jamais demandé… dit le Français en baissant la voix, comme s'il ne voulait pas que le Réparateur Blaque entende, pourquoi ils ont fait le Monde comme il est?

— Que veux-tu dire?

— Je veux dire, n'as-tu jamais pensé qu'ils auraient pu faire un meilleur travail?

Becker n'était pas certain de savoir quoi répondre. Comme il était béant d'admiration devant la seule existence du Seems, il n'y avait pas vraiment beaucoup réfléchi.

— Meilleur? Comment pourrait-il être meilleur?

— Je ne sais pas, mon vieux. Il semble simplement que beaucoup de choses vont mal. Comme les ouragans ou ce jeune que j'ai vu à l'aéroport Charles de Gaulle, il y a quelques jours, qui pouvait à peine parler à cause d'une terrible maladie.

Les yeux de Thib se tournèrent vers le Grand Édifice, qui se dressait de manière imposante à travers les nuages au loin.

— Je me demande pourquoi ils permettent à ces trucs de se produire.

— Je l'ignore.

Becker eut du mal à trouver la bonne chose à dire.

— Je suppose que tout cela fait partie du Plan?

— Ouais, tu as raison. Ça doit être ça.

Thibadeau haussa les épaules, comme si ce n'était pas important.

— Hé, regarde, le Suédois arrive!

Ils se penchèrent sur le bord pour voir le Candidat Larsson arriver au Nœud en troisième place et l'encouragèrent à accélérer l'allure. La question de Thibadeau trottait

dans la tête de Becker, mais il supposa qu'ils avaient ample-
ment de temps pour parler de ces sujets si grisants.

Il se trompait.

Bureau de l'instructeur, IDR, le Seems — presque huit
mois plus tôt

Le bureau du Réparateur Blaque était l'espace le plus convoité
dans tout l'IDR, en grande partie parce que c'était là que
Jayson s'était un jour assis. Derrière le riche bureau d'acajou,
un tas de plaques et de Clés à fourches dorées étaient sus-
pendues sur les murs, de même que des photographies des
plus célèbres Réparateurs de tous les temps. Il y avait Blaque
avec Greg l'Artisan, avec l'Octogénaire, avec Morgan Asher,
et l'Instructeur leva les yeux vers ces images depuis sa
chaise, souhaitant que ses pairs puissent accomplir la tâche
qui l'attendait.

— Entrez, Candidat Drane.

Becker se tint debout dans l'entrée, son survêtement de
l'IDR trempé de sueur. Il venait juste de quitter le Chemin
Battu, où l'un des Mécaniciens lui avait annoncé la nouvelle
dévastatrice.

— Quand est-ce arrivé ?

— La nuit dernière. Deux mille sept cents heures.

Blaque s'appuya contre sa chaise, pesant ses mots soigneusement. Ce n'était pas la première fois qu'il avait une
conversation de ce type, mais la tâche n'en était jamais plus
facile.

— Ils ont fait de leur mieux pour le sortir, mais c'est tout
ce qui restait.

Sur le dessus du bureau se trouvait une boîte d'effets
personnels. Un Manuel. Un Coffre à outils taché de Larmes

de joie. Et un bandana noir de l'IDR, avec des traces de sel aux endroits où il y avait eu de la sueur. Une étiquette sur le rabat du carton disait tout : thibadeau freck.

— J'ai informé le reste de la classe ce matin. Vous êtes le dernier à l'apprendre.

Becker chercha un signe de chagrin sur le visage du Réparateur Blaque. Après tout, Thib avait été son meilleur élève. Mais, comme toujours, les verres bleus révélateurs dissimulaient tout.

— Merci de me le dire, monsieur.

— Assoyez-vous, Becker.

— Ça va, monsieur. J'allais justement sous la dou...

— Assoyez-vous.

Becker s'assit sur la chaise de cuir brun. Il tenta de réprimer ses émotions, mais pour la première fois depuis la Séance d'accueil, il se sentait exactement comme ce qu'il était : un petit garçon dans un Monde qu'il ne comprenait pas.

— Ce n'est pas toujours facile de vivre un événement semblable.

Le Réparateur Blaque fit un mouvement ample avec ses mains, comme pour inclure le Monde et le Seems, et tout l'Entre-deux-mondes.

— Parfois il se produit des événements, et vous commencez à vous poser des questions : y a-t-il vraiment un Plan ? Ou est-ce simplement un moyen de prendre ses désirs pour la réalité — une illusion commode que j'ai inventée pour moi-même ?

Becker hocha la tête, même s'il n'avait rien entendu. Son regard absent erra vers cette vieille photographie sépia d'un Blaque plus jeune avec Lisa Simms et Tom Jackal, équipés et prêts à sauter dans un train. Il se demanda de quelle Mission il s'agissait et pourquoi Blaque ne portait pas ses lunettes, puisqu'il ne l'avait jamais vu sans elles.

— Dans de tels moments, il n'y a qu'une chose sur laquelle nous pouvons nous appuyer…

Le Réparateur Blaque prit l'Insigne fondu de Thibadeau, qui avait maintenant la forme d'un carré déchiqueté.

— Notre foi.

Mais en ce moment, Becker était bien trop en colère pour trouver du réconfort dans une autre des fameuses leçons de son instructeur. Thib était son meilleur ami depuis le décès d'Amy Lannin, et maintenant lui aussi était parti.

— La foi en quoi, Réparateur Blaque ?

Les yeux de Becker commencèrent à s'emplir de larmes.

— La foi en quoi ?

La Fête du sommeil paisible, Département du sommeil, le Seems — maintenant

— Mon vieux, je peux pas le croire !

Becker secoua Thibadeau par le collet, comme s'il essayait de se convaincre que ce qu'il voyait était réel.

— Tu es toujours…

— Vivant ?

Thibadeau sourit devant l'exubérance de son ami.

— Bel et bien vivant.

Après quelques autres poignées de main, Becker finit par le lâcher, et il se joignit au Français à la table privée. Les sons de la Fête du sommeil paisible diminuèrent rapidement, étouffés par les rideaux violets qui pendaient au-dessus de l'alcôve.

— Le Réparateur Blaque a dit que tu étais tombé dans un Puits d'émotions, et qu'ils n'avaient pu t'en sortir et... et... c'est fantastique !

— Bel Insigne.

Thibadeau prit une gorgée de son verre et se recula dans l'ombre.

— Quelqu'un d'autre a-t-il réussi ?

— Pas encore. Mais C-Note et Von Schroëder sont près.

— Von Schroëder ? Voilà une révélation inattendue. J'aurais mis mes euros sur le Suédois.

— Le Suédois ?

Becker esquissa un sourire.

— C'est une Histoire pour un autre Jour.

Il y eut un silence gêné entre les deux, et le jeune Réparateur commença à se sentir mal à l'aise. Lorsqu'il était à l'IDR, alors que Thibadeau et lui étaient les meilleurs amis, il se dégageait un certain *je ne sais quoi* chez le Français. Une aura qui, lorsque vous y pénétriez, vous donnait l'impression que vous étiez spécial vous aussi. Mais, d'une certaine manière, cette impression s'était transformée. Maintenant Becker se sentait un peu effrayé ; cette barbe naissante et ce veston usagé qui conféraient jadis à Thib une certaine élégance et un air suave lui donnaient maintenant une coloration très sinistre.

— Pourquoi ne m'as-tu pas clignoté ? Pourquoi n'as-tu pas pris contact avec moi ?

Becker essayait de ne pas paraître blessé, mais de toute évidence, il l'était.

— Je veux dire, je pensais que tu étais...

— Désolé, *mon frère**. Je sais que j'aurais dû appeler. Mais il se passait des trucs dont je ne pouvais te parler.

* N.d.T. : En français dans l'original.

— Comme quoi?

Une serveuse passa en transportant un plateau de liquides colorés.

— Sérum de vérité, Potion d'amour, Nectar des dieux?

— Pas ce soir, ma chérie.

Thibadeau attendit qu'elle parte.

— Veux-tu la vérité ou veux-tu que je l'enrobe?

— Qu'en penses-tu?

Becker était insulté de se l'être même fait demander.

— C'est difficile à expliquer. J'adorais être Réparateur, tu le sais. Mais il y avait certains trucs que... qui étaient tout simplement illogiques.

Thibadeau jouait machinalement avec son carton d'allumettes de la Fête du sommeil paisible.

— Te souviens-tu de ce temps à la Pierre d'achoppement? Quand je t'ai demandé si le Monde aurait pu être meilleur qu'il ne l'était?

— Ouais?

— Bien, à l'époque, c'était juste une impression, mais je ne pouvais chasser ce questionnement. Si le Monde était si extraordinaire, alors pourquoi y avait-il tous ces problèmes? Pourquoi les Pouvoirs constitués permettaient-ils que tout cela se produise?

— Tout le monde se pose ces questions, admit Becker.

— Bien, moi, je devais trouver les réponses.

Le saxophoniste entreprit son solo, et Thibadeau prit un moment pour savourer le jam.

— Le Réparateur Blaque ne pouvait me les fournir, alors je me suis finalement rendu dans le Grand Édifice, mais tout ce qu'ils faisaient, c'était cracher l'habituel charabia qui expliquait qu'«il y a une raison à tout ce qui arrive» et qu'«on ne peut avoir le bien sans le mal ». Je n'étais tout simplement plus capable de l'accepter.

La foule se mit à applaudir alors que le groupe terminait la deuxième partie du spectacle.

— C'est pourquoi j'ai dû m'éclipser de l'IDR — pour trouver une explication. Toute cette histoire du Puits d'émotions n'était qu'un coup monté. Il fallait que l'on croie qu'il m'était arrivé quelque chose, sinon j'aurais été « rayé de la mémoire humaine », si tu comprends ce que je veux dire.

Becker ne savait que répondre.

— Mais… mais tu étais le meilleur.

— Dans quoi ? Effectuer la Réparation de quelque chose qui ne peut être réparé ?

Le plus âgé des deux hocha la tête.

— Il me fallait quelque chose qui me paraîtrait sans l'Ombre d'un doute valoir la peine que je me batte. Et ce n'était pas le soi-disant Plan.

Becker commençait à avoir la nausée.

— Alors c'était quoi ?

Thibadeau glissa sa main sous sa chemise pour en sortir un collier argenté avec un talisman noir qui pendillait à l'extrémité. L'image d'une vague écumeuse sur le point de s'écraser sur la rive était gravée sur le pendentif.

— Je pense que tu connais déjà la réponse.

À l'intérieur du bar, Simly avait sorti son bloc-notes d'Agent de contact et menait des entrevues au hasard. Il était en train d'interviewer un gros type chevelu habillé d'un tutu.

— Alors, permets-moi d'être direct — tu es une Fée des dents ?

— Ouais, ça te cause un problème ?

— Non. J'ai toujours cru qu'il s'agissait d'un tour que les parents du Monde jouaient à leurs enfants.

La Fée roula des yeux, comme s'il s'agissait d'une mauvaise perception courante (quoique contrariante).

— De nos jours, c'est le cas. Mais jadis, nous le faisions, et laisse-moi te dire, on nous respectait. Puis on a combiné les Collections avec les Objets trouvés, et on nous a évincés. Je ne sais même plus qui je suis maintenant.

— Quelle tuile!

Simly pouvait presque ressentir son chagrin.

— Peut-être devrais-tu aller te chercher un autre diplôme…

— C'est trop tard pour moi, mon vieux. Une fois que tu as connu l'excitation de crocheter une serrure sur une fenêtre, de t'emparer de cette dent et de laisser un dollar en argent sous l'oreiller d'un enfant? Sachant qu'il va se réveiller le matin et dire: «Maman, la Fée des dents est venue!» Eh bien, il n'y a tout simplement aucun autre endroit où aller après ça.

La Fée des dents hocha la tête, perdue dans le souvenir nostalgique, puis s'envoya un autre Coup du hasard…

— Mais nous avons assez parlé de moi. Comment puis-je t'aider, chef?

— En fait, dit Simly, sa voix devenant un murmure, c'est à propos de cette Panne…

Dans la salle VIP, la foule avait commencé à se rassembler, malgré la dispute qui s'envenimait dans le coin.

— Nous ne voulons pas détruire le Monde.

Thibadeau appliqua son poing sur la table, sa voix animée de la ferveur d'un vrai croyant.

— Nous voulons le sauver!

— C'est ce que tu faisais, quand tu as percé des trous dans les Sacs de vents ? hurla Becker en retour. Ou que dire de la Tour de la pluie — j'aurais pu me faire tuer pendant cette Mission.

— Il y a longtemps que nous avons tenté d'appliquer une solution de paix, mais les Pouvoirs constitués refusent d'écouter. Alors, il faut prendre nous-mêmes les choses en mains.

— Mais qu'en est-il des dommages dans le Monde ?

— Il y a toujours un prix au changement. Un jour, quand tout sera différent, tu verras que ça en valait la peine.

Thibadeau attira l'attention de Becker vers une énorme Fenêtre à écran plat, où l'on projetait des images du Monde contribuant à l'ambiance funky du club.

— Le Monde est une cause perdue, Becker.

Au même moment, une image d'un orphelin apparut sur l'écran, pleurant et errant dans les rues de Rio de Janeiro.

— Quel type de Plan permet qu'une telle chose se produise ?

Becker regarda fixement l'enfant, qui disparut lentement dans un volcan en éruption.

— À une époque, tout cela pouvait fonctionner, mais la souffrance est une idée ancienne. Ça ne fait du bien à personne, alors pourquoi existe-t-elle toujours ? Parce que le Plan s'est effondré, il y a très longtemps.

La main de Thib s'avança pour toucher son pendentif.

— Si jamais il y a eu un Plan.

Becker était abasourdi. Durant l'Entraînement, Thibadeau avait souvent fait des réflexions à propos des merveilleuses subtilités du Plan.

— Notre temps est venu, Becker. Nous avons infiltré chaque département, chaque recoin du Seems, et lorsque l'ordre sera donné, la Marée s'élèvera et s'emparera des moyens de production pour créer un monde meilleur. Un monde parfait.

Pendant un moment, l'expression de Thibadeau s'adoucit, et Becker eut l'impression qu'il venait de retrouver son vieil ami.

— Joins-toi à nous, Draniaque. Je te promets, ce sera super.

Becker réfléchit à l'offre de son camarade de classe. Bien sûr, il avait ses propres doutes — tout le monde en avait, et c'était tentant. Surtout quand les choses dans le Monde ne paraissaient pas toujours logiques et qu'il semblait si facile pour le Seems de les changer. Mais Becker avait aussi fait un choix...

— La beauté du Monde, c'est comment il est, Thib. Pas comment il n'est pas.

Thibadeau s'adossa à son siège.

— Blaque a vraiment relayé son message, n'est-ce pas ?

— Je suppose que oui.

— Je suis désolé que ça doive se passer ainsi.

Thibadeau semblait sincère.

— La Marée aurait bien besoin d'un type comme toi.

— Bien, au moins, je sais d'où vient la Panne.

Thibadeau se mit à rire très fort.

— S'il te plaît, nous ne déclencherions jamais rien qu'il soit impossible de maîtriser. De plus, lors de notre prochaine intervention, tu le sauras. Et tu n'auras pas à te demander qui en est responsable.

Becker sentit la colère monter en lui, mais il se contint, parce que sa Mission avait la priorité.

— Y a-t-il quelque chose que tu peux me dire ? Par égard pour le bon vieux temps ?

Thibadeau réfléchit longtemps et intensément, puis il sortit un stylo à bille.

— Je peux juste te dire ce que j'ai entendu sous le Radar.

Il termina d'écrire son mot et tendit à Becker le carton d'allumettes qu'il avait tripoté.

— Mais la prochaine fois que nous nous reverrons, ce ne sera plus la même chose.

Becker se leva et lança une pièce de monnaie dans l'étui à guitare devant le groupe.

— Ce ne l'est déjà plus.

Monte-charge no 3, Département du sommeil, le Seems

Simly et Becker étaient en train de monter dans un monte-charge vers les Chambres du Sommeil aux étages supérieurs. Et même si la Mission était toujours très en péril, le Réparateur semblait hébété et absent.

— Tu as tort, murmura-t-il. Ce n'est pas comme ça…

— Excusez-moi, monsieur ?

Becker avait été ébranlé par sa rencontre avec Thibadeau, et il avait presque oublié où il était et ce qu'il faisait ici.

— Monsieur ?

— Désolé, Simly.

Il chassa le goût persistant de la dispute.

— Continue à faire ton rapport.

— Bien, j'ai obtenu une information utile.

Simly sortit son bloc-notes d'Agent de contact, qui était rempli de gribouillage sur sa conversation avec la Fée des dents.

— D'après mon informateur, la Panne semble avoir… « ses propres idées ».

— Qu'est-ce que c'est censé vouloir dire ?

— Les Pannes se déplacent habituellement de manière aléatoire, exact? Et détruisent tout sur leur passage?

— Ouais…

— Mais celle-ci est plus sournoise. Il est presque impossible de détecter les interruptions qu'elle cause, et elles deviennent de plus en plus destructrices à chaque Chambre que la Panne frappe.

Becker ne pouvait s'empêcher d'être d'accord, et cela le troubla profondément. Une Panne avec un objectif était presque trop terrible à envisager.

— Mon type dit que c'est comme cela que ça s'était passé pendant la Dépression pas si terrible[20].

— Qui l'avait réparée?

— Personne. On a dit qu'au tout dernier moment, la Panne s'est tout simplement... évanouie.

Simly essaya d'humidifier sa bouche avec un morceau de Gomme à problèmes[MC], mais cela ne réussit pas à réprimer la panique qui montait en lui.

— Et vous, monsieur? Avez-vous trouvé quelque chose?

Becker hocha la tête et lui tendit le carton d'allumette déchiré. Le pli intérieur contenait un seul mot.

Rêvatorium

— C'est là que se rend ensuite la Panne.

---

20. Une période au début des années 1990, quand une abondance de Dépression fut accidentellement libérée durant le bris d'une canalisation dans le Département de la pensée et des émotions — et on en ressent encore les effets à ce jour.

Pendant ce temps dans le Monde

12, avenue Grant, Highland Park, New Jersey

Les anneaux de Saturne luisaient d'un vert fluorescent sur le plafond au-dessus du lit en forme de voiture de course de Benjamin Drane. Jupiter s'étalait dans toute sa splendeur, mais Mars était de fait à la mauvaise place, située juste à la périphérie de Pluton. L'ensemble comportait aussi un vaisseau spatial, que Benjamin avait collé au plafond, présumant qu'il s'agissait d'une famille à la recherche d'une maison sur une certaine planète éloignée, une famille entière avec la jeune fille qui rêvait éveillée, le garçon aventureux, et les parents intrépides qui arriveraient un jour à destination et planteraient leur drapeau de rêves.

Benjamin n'avait pas l'habitude de veiller aussi tard, mais cet écart s'accompagnait d'une excitation secrète. Les planètes semblaient un peu plus brillantes, et l'extérieur semblait un peu plus sombre, et la maison semblait un peu…

CRAC.

Un bruit avait retenti à l'intérieur de son placard.

Benjamin s'assit en sursaut et attendit d'entendre un autre bruit qui ne vint jamais. Mais ce fut suffisant pour enflammer son esprit, et immédiatement des pensées se bousculèrent à propos du Croque-mitaine et de *Piñata* (ce film qu'il avait regardé sur USA un soir), et le jeune garçon finit par sortir de son lit pour se glisser dans le couloir.

Il avait déjà épuisé sa collection de jeux vidéo, et la salle de bain n'était pas une très bonne source de réconfort, ce qui réduisait ses options à ses parents ou à son frère aîné. Il savait ce qu'il obtiendrait de sa mère — une longue, quoique chaleureuse, digression sur le fait qu'il ne faisait que déplacer ses peurs les plus profondes de l'intimité, de la solitude, et de la mort. Et son père, un professeur à l'Université Rutgers, ferait exactement le contraire, et se rendrait rapidement au placard pour ensuite donner à Benjamin une preuve scientifique, ici et maintenant, qu'aucun monstre ne l'attendait.

Benjamin tourna plutôt lentement la poignée de porte de la chambre de son frère.

— Becker?

Par le passé, il s'était fait réprimander et avait accepté (sous serment) de ne jamais entrer dans la chambre de Becker sans une permission écrite, mais ce soir, il espérait bénéficier de sa clémence.

— Es-tu réveillé?

Tout ce qu'obtint Benjamin fut un bruit de ronflement, et il marcha lentement à pas feutrés sur le plancher vers le lit de son frère.

— Becker... j'ai besoin de ton aide.

Miraculeusement, les ondes sonores contenant le mot « aide » sortirent de la bouche de Benjamin, se propagèrent dans l'air et pénétrèrent dans le canal auditif du Moi-2 endormi, où elles furent détectées par un microphone miniature qui activa les réglages à l'arrière de son cou, tournant automatiquement le cadran de «Endormi» à «Pilote automatique», sans émettre le moindre clic.

— Becker, réveille-toi!

Benjamin tendit le bras vers ce qu'il supposait être l'épaule de son frère, quand…

— Ne sais-tu pas que j'ai un examen demain?

Le cœur de Benjamin ne fit qu'un bond alors que le Moi-2 se retournait et ouvrait les yeux.

— Si j'en rate un autre, maman me tuera!

Sa voix et son apparence étaient impossibles à distinguer de celle de Becker, et il semblait même avoir la même personnalité.

— Mais je ne peux toujours pas dormir, cria Benjamin.

Le plus jeune Drane était au bord des larmes, en partie parce qu'il craignait de retourner dans sa chambre et en partie à cause de la pire crise d'insomnie qu'il n'avait jamais connue. Le Moi-2 soupira et tapota le côté du matelas.

— Viens ici, vieux.

Benjamin essuya ses larmes et grimpa sur le lit, ses pieds touchant à peine le sol.

— Je vais te dire quelque chose de confidentiel, murmura le double, mais tu dois me promettre de ne pas en parler à âme qui vive.

— Croix de bois, croix de fer, si je mens, je vais en enfer.

Le Moi-2 regarda autour de lui pour faire de l'effet, comme pour s'assurer que personne d'autre ne pouvait l'entendre.

— Ce n'est pas seulement toi qui ne peux dormir, B. C'est tout le monde dans le Monde.

Il ouvrit les rideaux, et les lumières des voisins incapables de dormir s'infiltrèrent dans la chambre.

— Une Panne s'est déclarée dans le Département du sommeil, mais il y a un Réparateur au travail, et c'est l'un des meilleurs.

Benjamin comprit, et ces paroles réconfortèrent son esprit inquiet.

— Y a-t-il quelque chose que je peux faire pour aider?

— En fait, oui.

Le Moi-2 se mit à réfléchir.

— Retourne dans ta chambre et dessine l'image la plus cool que tu peux imaginer de la Panne en train de se faire Réparer — juste pour donner un peu de soutien au type responsable. Tu peux me faire confiance, il peut le sentir!

Benjamin était maintenant investi d'une mission pour lui seul et salua promptement.

— À vos ordres, monsieur!

— Et quand tu auras terminé, pelotonne-toi et attends les prochaines instructions.

Alors que le garçon filait comme un éclair de la chambre pour retourner dans la sienne, le Moi-2 ébaucha un sourire.

— C'est pourquoi ils me paient à gros prix.

Mais ce sourire s'évanouit quand le Moi-2 jeta à nouveau un coup d'œil par la fenêtre et constata que la situation s'était encore plus détériorée. Presque chaque maison dans le quartier était inondée de lumière et grouillante d'activité, alors que devant le 12 de l'avenue Grant, Paul le Vagabond était maintenant la première personne figurant dans les annales à avoir terminé *Guerre et Paix* en une seule séance, et il était retourné à ses anciennes habitudes d'errer dans les rues en délirant.

— Allez, Becker. Il ne faut pas que tu rates celle-ci.

Le Moi-2 allait s'étendre et se remettre d'un clic en mode «Endormi», quand les fibres optiques implantées dans son œil remarquèrent quelque chose reposant sur la minuscule table de nuit : la copie de Becker de *Je suis le fromage*.

Il prit le livre et commença à le lire.

Motel Emmaus, Ulyanovsk, Russie

La télécommande de la télévision était hors d'usage, et les chambres étaient toujours recouvertes de panneaux de bois, mais le petit motel était propre, et le personnel, amical et courtois. Anatoly s'assit sur le lit et tentait avec peine d'enlever ses chaussures. Il avait l'un de ces maux de dos après 40 heures en ligne sur la route, et tout le voyage l'avait complètement épuisé.

— S'il te plaît, *lapuchka*.

Il attendit patiemment alors que le téléphone sonnait sans interruption.

— Réponds.

Anatoly Nikolievich Svar avait été le roi des Territoires du Nord-Ouest, seulement 10 ans plus tôt, lorsque les armoires de Formica avaient fait rage et que les gens avaient un peu d'argent de surplus à dépenser. Mais maintenant que les styles de cuisine étaient revenus aux bois antiques et que les cordons de la bourse étaient resserrés, il avait de plus en plus de difficulté à obtenir un chiffre d'affaires décent.

— Allo ? demanda la voix fatiguée à l'autre bout de la ligne. C'est toi, *zaychik* ?

— T'ai-je réveillée ?

— Non, non… Je suis encore debout. Comment a été le voyage ?

— Bien, bien, les choses se tassent.

Il ne voulait pas que son épouse s'inquiète, alors il essayait d'édulcorer les choses.

— Les gens aiment vraiment la nouvelle ligne.

— C'est merveilleux, répondit Irina. Je suis si heureuse pour toi.

— Tout est prêt pour demain ?

— Tout est prêt. Les ballons sont gonflés et le gâteau est dans le réfrigérateur. Pyotr va venir et dit qu'il va se déguiser en clown.

— Espérons qu'il n'effraiera personne.

Ils se mirent à rire tous les deux à la pensée de son frère avec du fard graisseux sur le visage.

— Bien, ne dis pas à Katrina que j'arrive, parce que je veux que ce soit une surprise.

— Es-tu certain ? Je ne veux pas que tu conduises si tu es trop fatigué.

— Ne t'inquiète pas. Je dormirai au moins six heures avant de prendre la route.

Le vendeur en avait aussi besoin, parce que le voyage de retour à la maison lui prendrait huit autres heures.

— Attends qu'elle voie ce que je lui ai trouvé.

Au pied du lit reposait une grosse boîte enveloppée de papier blanc, avec un chou rose collé sur le dessus. Il lui avait fallu des semaines pour trouver le cadeau parfait, mais celui-ci l'avait presque interpellé sur le bord de la route dans une vente-débarras à Dimitrovgrad.

— Promets-moi seulement que tu te reposeras un peu, implora Irina.

— Je te le promets. Toi aussi.

— Je t'aime, Anatoly Nikolievich.

— Je t'aime aussi, Irinochka.

Alors qu'il raccrochait le téléphone, le vendeur, dans le petit motel, sourit à la pensée du visage de sa petite fille, lorsqu'elle ouvrirait la boîte. Peu importe les difficultés sur la route, tout ce qui lui importait, c'étaient ses précieuses « filles », et son retour à la maison pour le sixième anniversaire de Katrina était d'une importance capitale.

S'il pouvait seulement dormir un peu.

Quartier des affaires de Levent, Istanbul, Turquie

— Oui, M. Demirel, Je devrais avoir les plans pour vous à la fin de la semaine et je vous les télécopierai certainement. Oui, monsieur. Merci, monsieur.

Dilara Saffer raccrocha le téléphone et ferma la lumière qui éclairait sa table à dessin, puis elle sortit dans les rues affairées d'Istanbul. Les voitures partageaient la route avec les poussettes et les chariots, alors que des hôtels somptueux s'élevaient parmi les tours de pierre spiralées et les minarets. C'était ce qu'adorait Dilara dans cette ville, le curieux mélange d'ancien et de nouveau, et les dix millions de gens pris entre les deux.

— Dilara ! Dilara ! Venez ! Venez !

La vieille femme enveloppée d'un fichu qui vendait des fleurs aux passants était devenue en quelque sorte une amie pour la jeune architecte, et Dilara s'assurait toujours d'acheter au moins une tulipe de son chariot.

— Allo, Mme Madakbas. Comment vont les affaires aujourd'hui ?

— Oubliez cela. J'ai quelque chose de spécial pour vous !

La marchande inséra la main dans l'une de ses nombreuses poches pour en retirer un petit morceau de verre bleu attaché à une corde de cuir.

— Ceci vous aidera à enfin trouver un mari !

Dilara se mit à rire, reconnaissant le *nazar boncuk*, une amulette locale dont certains croyaient qu'elle pouvait les protéger du «mauvais œil» et leur apporter la chance. Apparemment, Mme Madakbas croyait que cela pourrait mettre fin à son célibat perpétuel et faire d'elle une bonne femme turque, après tout.

— Je ne vous contredirai jamais, *babaane* !

Dilara prit l'amulette et la glissa autour de son cou.

— Parce que vous avez toujours raison.

Elle donna un baiser sur les doigts de la vieille femme, puis se dirigea vers l'arrêt d'autobus. La vie n'était pas le moindrement mauvaise pour Dilara. Elle possédait tout ce qu'une personne pouvait demander — la santé, une bonne famille et de bons amis, et une carrière qui commençait à démarrer. Mais elle n'avait pas encore trouvé la bonne personne avec qui partager tout cela.

— Je dois être heureuse de ce que j'ai.

C'est ce qu'elle se disait, lorsque les pensées revenaient par des après-midi de solitude, mais elle ne rajeunissait pas. Et quand ses parents lui demandaient à quel moment ils auront leur petit-enfant tant attendu, elle ne savait pas vraiment quoi répondre.

Elle ignorait que les Événements étaient en train de conspirer en sa faveur. Elle ne pouvait voir que dans son district natal de Kadikoy une minuscule souris était tapie dans son trou en face de son appartement. Elle ne pouvait entendre le grondement du camion qui, dans quelques heures, ferait tomber une brique détachée d'un édifice voisin, qui provoquerait la fuite de la souris de son trou, qui effraierait l'âne du marchand d'épices au point qu'il renverserait son chariot, qui ferait jaillir un flot de thé au jasmin dans les airs. Et Dilara ne pouvait pas sentir la rafale de vent voyageant actuellement à travers les sables du désert, qui soulèverait ce flot pour le souffler par la fenêtre au-dessus d'elle, ce qui pourrait la réveiller de sa sieste de l'après-midi, et la pousser à sortir pour voir la source de toute cette agitation.

Partout dans le Monde, de telles Chaînes étaient constamment en mouvement — les stratagèmes de multiples départements travaillant main dans la main avec les Agents de cas dans le Grand Édifice. Mais une par une, elles se démêlaient, car chacune avait un maillon faible à l'intérieur de sa structure : le Sommeil… le Sommeil qui débrouille l'écheveau confus de nos soucis.

Ainsi, pendant que Dilara Saffet montait dans l'autobus et rentrait à son appartement pour l'heure du repas et pour prendre un repos bien nécessaire, les chances qu'elle sorte dehors et qu'elle se heurte «accidentellement» à Ati le facteur commençaient lentement à s'effriter.

Monastère Gandan, province de Sühbaotar, Mongolie

— *Quelqu'un est réveillé ?*

L'incomparable Li Po monta au sommet du clocher, lisant le message texte qui venait juste d'apparaître sur son Clignoteur. En bas, les plus jeunes membres de l'Ordre pratiquaient leurs formes et leurs prostrations, complètement inconscients de la crise qui continuait de s'envenimer.

— *On l'est tous, non ?* tapa-t-il sa réponse.

Avec sa tête rasée et ses vêtements traditionnels, Po aurait pu ressembler aux innombrables autres qui fréquentaient ce sanctuaire, mais il détenait un secret partagé par seulement 36 autres personnes : même si sa patrie d'adoption ne ressentirait pas le plus gros du choc de la Panne de sommeil avant plusieurs heures encore, si la situation dans le Seems n'était pas maîtrisée, des Effets en chaîne pourraient semer le chaos dans toute la campagne.

— *Les choses sont-elles aussi mauvaises qu'ici ?* arriva la réponse sur le Clavardage des Réparateurs[21].

C'était l'Octogénaire (nom d'usager : 80etquelques), depuis son domicile en Afrique du Sud.

— *Pas encore,* texta Numerouno, communiquant de la seule façon que le lui permettait son Vœu de silence. *Mais le sera bientôt.*

— *J'avais bien dit que c'était une erreur,* dit un troisième usager, qui surgissait dans la conversation — Ømains, c'est-à-dire Phil-sans-mains. *Ce n'est pas un emploi pour des enfants.*

— *Ce n'est pas juste,* se défendit l'Octogénaire.

— *La vérité fait mal.*

Po s'appuya contre une statue en ruines, toujours amusé par la caractéristique rudesse de son camarade. Po savait que Phil avait beaucoup aimé être « le nouveau jeune du quartier », et peut-être que son jugement était voilé par un ego légèrement malmené.

— *Quelle était ta note au Test pratique, no 36 ?* tapa le Réparateur Po, attendant une réponse qu'il savait qui ne viendrait jamais. *Et quelle était celle du no 37 ?*

Le Réparateur no 1 sourit, certain que Phil-sans-mains était en train de mijoter dans son jus quelque part dans les Caraïbes, ou dans la localité où son bateau était ancré. Même si Becker Drane avait été son Agent de contact à deux occasions et qu'il l'avait toujours impressionné autant par son talent que par ses qualités de cœur, les murmures du 7e sens de Po commençaient vraiment à l'effrayer.

— *Donne une chance au jeune,* intervint l'Octogénaire. *Il réussira. :-)*

Li Po allait lui manifester son accord, quand Phil lui coupa l'herbe sous le pied.

— *Il a intérêt.*

---

21. Le canal privé de communication accessible seulement aux membres actifs du Tableau de service.

Un demi-monde plus loin, Anna et Steven Kaley faisaient nerveusement les cent pas dans leur nouveau salon éclairé. Même s'ils habitaient cette maison depuis plus d'un mois, les boîtes étaient toujours à moitié défaites et le ruban-cache gisait en tas sur les planchers de bois dur.

— Que crois-tu que nous devrions faire ? demanda Anna.

Elle tenait dans ses mains une tasse de tisane Nuit calme, mais elle était trop anxieuse pour le boire.

— Ça va passer.

Son mari essayait de la réconforter.

— Ça se passe toujours ainsi avec les nouveaux venus.

— Mais je crois que c'est pire que ce que nous en savons. Elle dissimule des choses, simplement pour ne pas nous inquiéter.

Steven se pencha et serra sa femme dans ses bras. Le travail à Toronto avait semblé être l'occasion de sa vie, et même s'il se sentait mal d'avoir déraciné sa famille, il avait espéré une meilleure transition.

— Elle est solide, ma chérie. Elle passera à travers…

Il s'arrêta au milieu de sa phrase alors que la porte de la chambre d'en haut s'ouvrit et que Jennifer bondissait dans l'escalier.

— Hé… Un de vous deux aurait vu mon collier d'argent ?

Jennifer portait des pantalons en molleton et un T-shirt extralarge — son vêtement de nuit typique —, mais elle ne semblait pas fatiguée du tout.

— N'es-tu pas censée être endormie, jeune fille ?

— Je suis censée avoir voyagé à travers le monde, mais cela non plus, ça n'est pas encore arrivé.

— Ha ha! rechigna son père. As-tu regardé dans ta boîte à bijoux?

— Je l'aurais fait, si j'avais pu la trouver.

— Ma chérie, je crois qu'elle doit être dans le garage, suggéra sa mère.

Jennifer roula ses yeux devant les lacunes organisationnelles de ses parents, puis sortit pour y jeter un œil. Le garage ressemblait à une zone sinistrée, avec des boîtes empilées jusqu'au plafond. Une après l'autre, elle fouilla parmi les caisses, et elle finit par trouver sa boîte à bijoux dans le désordre, mais il n'y avait aucune trace de son collier préféré. Mais elle trouva quelque chose d'autre qui fit naître un sourire sur son visage.

— Wow! — je vous avais oubliés.

Les deux premiers jours de classe de Jennifer à l'école secondaire Gary n'avaient pas été si mal. Certainement, il n'était pas facile de laisser ses amis derrière, et ce n'était jamais amusant de voir la classe entière se retourner et vous regarder, quand le professeur avait annoncé : «Nous avons une nouvelle amie», mais, dans l'ensemble, cela semblait un endroit relativement cool. Jusqu'au matin du troisième jour.

Ce fut quand deux autres filles avaient commencé à murmurer dans le couloir à propos des cheveux blonds «sales» de Jennifer, de ses shorts coupés et de ses bracelets de cheville. À Vancouver, c'était cool en même temps que confortable, mais ici, les gens semblaient trouver son accoutrement bizarre. Même si elle était assez forte pour encaisser quelques quolibets, la situation dégénéra rapidement en quelque chose de bien pire.

Dans les jours qui suivirent, les filles *et* les garçons s'étaient mis à se moquer d'elle, et même ces jeunes qui n'avaient normalement jamais harcelé personne le faisaient juste pour s'intégrer au groupe. On répandit des rumeurs sur les raisons de son départ de son ancienne école, on dessina des caricatures sur les bureaux de bois, et à plusieurs reprises, on l'enferma dans la salle de bain, juste pour le plaisir. À travers cette épreuve, personne en dehors des professeurs ne prit sa défense.

Mais cela ne fit qu'ajouter de l'huile sur le feu.

Jennifer remonta dans son lit et ouvrit le petit classeur rouge qu'elle avait retiré de la boîte de livres. À l'intérieur, il y avait des photos d'elle à Vancouver — tout, à partir du gâteau en forme de chat noir avec les yeux en bonbons M&M que sa gardienne et elle avaient cuisiné un jour d'Halloween jusqu'à une photo de sa bien-aimée Mamie, de qui sa mère disait qu'elle tenait son « indépendance ». Chaque fois qu'elle tournait une page, un sourire s'esquissait sur son visage, jusqu'à ce qu'elle trouve une photographie détachée parmi les pochettes de plastique.

— Salut, les copains.

C'était une photographie d'elle et de Solomon et de Joely, debout dans un champ de pissenlits en bordure du parc Johnson.

— La vie est nulle, ici. Comment allez-vous ?

Solly et Jo étaient les plus jeunes de sept enfants de la famille Peterson, qui avaient été voisins des Kaley, avant même la naissance de Jennifer. Les premiers temps après son déménagement à Caledon, elle leur avait parlé au téléphone sans arrêt, mais à mesure que les jours s'étaient écoulés, les appels s'étaient espacés, et elle ne pouvait s'empêcher d'avoir le sentiment que leur relation se faisait de plus en plus distante.

— C'est cool. Dis à tout le monde bonjour de ma part, d'accord?

Jennifer fixa la photographie au-dessus de son lit et essaya de s'accrocher à ses souvenirs du mieux qu'elle le pouvait. Ce jour-là, ils avaient joué dans une conduite de béton et fait semblant qu'il s'agissait d'un sous-marin, dessinant à la craie les boutons et les leviers et les commandes en différentes couleurs. Mais à ce moment précis, il semblait que beaucoup, beaucoup de temps s'était écoulé.

Elle ferma la lumière et se pelotonna sous les couvertures sur son lit. Pour une raison ou pour une autre, elle n'avait pas été capable de dormir toute la nuit, mais quelle importance de toute façon? Lorsqu'elle se réveillerait demain, la situation serait inchangée, sinon pire.

Jennifer ferma les yeux, posa sa tête sur l'oreiller, et pour la première fois depuis qu'elle avait déménagé de Vancouver à Caledon, la jeune fille se mit à pleurer.

Votre pire cauchemar

Rêvatorium, Département du sommeil, le Seems

De retour à la Mission, l'indice de Thibadeau avait mené Becker et Simly à la seule Chambre dans le département où tous les Ouvriers infatigables avaient tenté de se faire transférer. Et à en juger par la façon dont le 7e sens de Becker fourmillait, il semblait bien que son vieil ami l'avait dirigé dans la bonne direction.

— C'est la première fois que je vais au Rêvatorium, fit remarquer Simly, levant les yeux à travers le Tube de transport de verre qui servait de porte d'entrée.

— Eh bien, ce soir, ce ne sera probablement pas ta soirée.

En raison de la sensibilité et de l'intimité de la vie onirique des gens, il s'agissait de l'une des Chambres les plus sécuritaires du Département du sommeil. Malheureusement pour l'Agent de contact Frye, il fallait un niveau d'habilitation de huit et plus pour y entrer, mais il était relégué à six.

— Mais vous ne pouvez monter là par vous-même !

Simly était apoplectique.

À tout le moins, les Agents de contact étaient farouchement fidèles à leurs Réparateurs et détestaient s'éloigner d'eux.

— Les Règles sont les Règles, mon ami, répondit Becker. Fais-moi confiance, je préférerais que tu sois avec moi.

— Vous êtes un Réparateur — utilisez votre droit de dérogation prioritaire !

— C'est ma première Mission, et je veux la mener selon les Règles.

— Mais ils ne voudraient jamais que vous affrontiez une Panne seul, implora l'Agent de contact. Surtout après ce qui est arrivé lors du Grand Séisme[22].

— On n'a pas le temps de discuter maintenant. L'Aurore arrivera ici, dans... dit Becker en vérifiant son Compteur de temps, trois heures et demie.

— Mais, mais…

Simly avait de la difficulté à parler.

— Cette conversation est terminée. J'ai pris ma décision.

Becker se sentait mal d'adopter un ton aussi dur, mais peu importe à quel point il appréciait son assistant, il devait garder une distance professionnelle.

— D'accord.

Simly semblait très affecté alors que Becker glissait son Insigne sur le bloc de graphite. Une voix automatisée répondit :

— *Habilitation neuf. Accès autorisé.*

Sur cette note, un bruit de succion commença à s'amplifier à l'intérieur du tube, et Becker abaissa ses Lunettes de transport et y entra.

---

22. Le Réparateur Fresno Bob Herlihy subit une blessure fatale lorsqu'il essaya de réparer une Panne par lui-même, déclenchant par inadvertance un tremblement de terre dévastateur dans le Secteur 81 (San Francisco, États-Unis) en 1906.

— Pendant que je suis parti, passe un coup de bigophone et trouve tout ce que tu peux sur la Dépression pas si terrible. Je crois que ta source peut avoir une bonne piste.

— Oui, monsieur !

Simly se ragaillardit.

— J'appellerai le Bibliothécaire de l'IDR et je lui dirai de me clignoter le Rapport de mission le plus tôt possible.

— Et garde la tête haute, Frye. Le simple fait que tu ne montes pas ne veut pas dire que je n'ai pas besoin de toi.

Simly salua avec une fierté retrouvée.

— Je vous vois à l'Autre face, monsieur.

Becker sentit que la succion du Tube de transport commençait à tirer sur sa chemise.

— À l'Autre face.

Alors que Becker filait à travers les courbes de verre comme du lait au chocolat le long d'une paille torsadée, il était bien trop conscient que les jours commençaient à être comptés. Même si dans le Monde, il y avait 24 Fuseaux horaires distincts, le Seems n'en avait qu'un seul, et l'arrivée de l'Aurore déclenchait toutes les Chaînes des événements programmées. Mais si Aujourd'hui ne correspondait pas à Demain, alors l'Effet en chaîne redouté se produirait.

— *Préparez-vous pour l'arrivée au Rêvatorium*, annonça l'ordinateur.

Pour être honnête, Becker aurait souhaité avoir été un peu mieux préparé. Durant l'Entraînement, il s'était rendu dans cette Chambre une fois, mais il s'agissait beaucoup plus d'une visite guidée que d'une formation pratique.

— *Arrivée au Rêvatorium dans 3… 2… 1…*

Dès l'instant où le Réparateur sortit du Tube de transport — « Wow ! » —, il se retrouva entouré de bulles, violettes et étincelantes, flottant dans l'air, sauf que ces bulles avaient la taille de ballons de basket-ball. La Chambre elle-même semblait construite pour les accommoder, car les murs étaient renforcés d'oreillers et on n'y voyait aucune extrémité pointue. Becker allait ouvrir son Manuel et effectuer d'autres recherches, quand...

— Taïaut!

Il tourna brusquement la tête au son d'un cri étouffé. De toute évidence, la voix provenait de l'intérieur de la pièce, mais aucun Ouvrier infatigable n'était en vue.

— Plus haut, plus haut!

Il y eut un nouveau cri, plus fort, cette fois-ci.

— Ils ne soupçonneront jamais un assaut aérien!

Il fallut un moment à Becker pour se rendre compte que la voix qu'il entendait ne provenait pas de sa radio ou d'un quelconque endroit dans la pièce, mais de *l'intérieur* de l'une des bulles. Une inspection plus poussée de celle qui était le plus près de sa tête révéla la source de tout ce bruit.

Un jeune garçon d'à peine sept ans était assis à califourchon sur la selle d'un oiseau géant, qui volait à travers le ciel vers une cité de verre chatoyant. Dans sa main, il y avait un cimeterre, et derrière lui, une armée de guerriers sur leurs propres coursiers ailés.

— Venez, les gars! Nous montrerons à ces misérables qui était censé être le R...

Alors que la bulle se perdait parmi ses semblables, Becker découvrit rapidement qu'il ne s'agissait pas d'un phénomène isolé. Chaque sphère dans la pièce paraissait contenir un autre univers, tout à fait unique par rapport aux autres... et c'est alors qu'il se souvint de la véritable nature de ces bulles.

— Becker à Simly. Réponds, Simly.

— *Simly i… i. Qu'… e t-ce… q i… se pa e… là-ha t ?*

— Cet endroit fourmille de Rêves !

Ce n'était pas exagéré. Il y avait une bulle avec un vieil homme à l'intérieur, qui regardait fixement dans un miroir de salle de bain le visage de son plus jeune moi et qui hochait la tête avec tristesse. Un labrador chocolat se roulait dans un champ d'herbes infini, avec tous les jouets à mâcher en cuir qu'il ne pourrait jamais désirer. Et une adolescente était debout au marbre dans un stade des Yankees, avec deux hommes retirés et les buts remplis, et la chance d'inscrire son nom au palmarès de la Série mondiale.

Mais les Rêves n'étaient pas tous fantastiques. Beaucoup d'entre eux montraient des scénarios quelconques, comme des gens qui bavardaient ou qui attendaient l'autobus, alors que d'autres étaient si bizarrement construits qu'ils étaient indescriptibles. Tous flottaient sans but, comme s'il n'y avait pas de rêveurs pour les rêver.

— J'ai un mauvais pressentiment, Agent. Aucun d'entre eux n'a été envoyé à l'Expédition centrale.

— *… peux pas… t'en… tendre… ça disparaît…*

La transmission était confuse, ce qui n'était pas surprenant, étant donné les murs renforcés d'oreillers.

— Affirmatif. Laisse-moi voir si je peux avoir une meilleure réception.

Becker remit son Récepteur sur sa base. C'était assez dommage qu'il ait perdu le contact avec son Agent de contact, mais maintenant ses tempes étaient douloureuses, et il sentait que sa gorge était serrée. Il n'y avait aucune autre explication pour cela : la Panne était dans cette pièce, et il était maintenant devant la possibilité de la réparer seul.

Pour être juste, Becker envisagea d'appeler du renfort. Il restait encore une poignée de Réparateurs actifs qui avaient fait partie de l'opération Nettoyage et balayage et qui auraient été plus qu'heureux de faire le Saut dans le Seems pour apporter leur expertise. Mais Becker était un débutant avide de faire sa marque, et parfois, la fierté peut être votre pire ennemi.

Il retroussa donc ses manches et décida d'y aller seul.

———

— Allez, mon bébé. Viens voir papa.

À l'étage plus bas, Simly avait téléchargé le Rapport de mission de la Bibliothèque de l'IDR et il travaillait maintenant très fort pour réassembler le Pannomètre.

— Celui qui est la fierté et la joie de maman Frye a besoin d'Éloges particuliers.

Il essaya non sans hésiter d'actionner la commande réparée, et l'aiguille recommença à bouger, se remettant de nouveau à zéro.

— Ouais, bébé… voilà ce que je veux dire !

Mais juste au moment où l'appareil commençait à ronronner, une fumée noire se mit à jaillir à nouveau sur les côtés, en même temps qu'un flot de liquide vert.

— Merde !

L'Agent de contact poussa l'appareil de côté, complètement découragé. Dans toute l'histoire de l'IDR, seuls deux seemsiens avaient été promus au rang de Réparateur[23], et si Simly ne réussissait pas à faire bientôt quelque chose de prodigieux, il serait condamné au même destin que tous les Frye qui l'avaient précédé — une Fraternité professionnelle d'Agents de contact (totalement respectable, mais peu

———

23. Alannis Niboot, et Al Penske (alias le Maître des outils) qui avait été l'inventeur de la majorité des Outils dans les éditions actuelles du Catalogue.

glorieuse) — ou à accepter un emploi de bureau au Commandement central.

— Concentre-toi, Simly. Imagine-toi que tu viens du Monde.

En fermant les yeux tellement fort que la vapeur lui sortait presque par les oreilles, Simly tenta de faire ce que Becker avait suggéré plus tôt. Il s'imagina être un étudiant d'Amsterdam ou de São Paulo (des endroits qu'il avait toujours voulu visiter, mais n'en avait pas eu la chance), et il chercha à isoler le sentiment que quelque chose allait mal dans le Seems. Mais essayer de localiser son 7e sens, c'était comme tenter d'utiliser un muscle inexistant, et les faits étaient les faits : Simly était né ici…

… et les Réparateurs étaient nés là-bas.

SHHH-HUH… BUBBA… GLUBBA… RATTA-TATTA… WHOOSH.

L'appareil qui s'élevait au-dessus de Becker était un engin comparable à nul autre dans le Seems. Bien, ce n'est pas tout à fait vrai. Le Lave-souhaits du Département de tout ce qui n'a pas de département était aussi alimenté par un réservoir, mais au lieu d'un détergent bleu, ce monstre employait un liquide tacheté d'or. Une fois que le liquide avait quitté le réservoir, il était projeté à travers une toile de systèmes de filtration, combiné à un agent nettoyant, puis soigneusement soufflé à travers un tube pivotant à quatre dents, qui faisait bouillonner les bulles contenant un monde, une précieuse bulle après l'autre.

SHHH-HUH… BUBBA… GLUBBA… RATTA-TATTA… WHOOSH.

Becker n'eut pas besoin de consulter son Manuel pour savoir qu'il était en train d'observer le Tisseur de rêves, et à en juger par la netteté frappante des mondes qu'il créait, il semblait être en parfait état de marche.

— Simly, tu es là ?

Il murmura dans son Récepteur, mais il n'obtint que de la friture. À ce point, Becker n'avait pas d'autre choix que de forcer l'ouverture de l'appareil complexe et d'essayer de localiser la Panne à l'intérieur de la circuiterie entrecroisée. Mais avant qu'il ne puisse insérer la main dans son Coffre à outils, quelque chose d'inattendu passa devant ses yeux.

C'était une grosse bulle de Rêve noire — ou du moins d'une nuance plus foncée — et la première en son genre que Becker ait vue. Un univers s'y déroulait toujours, mais c'était différent, moins amusant, et assez étrangement, quelqu'un qu'il reconnaissait se trouvait à l'intérieur.

— Jennifer Kaley est timbrée et elle n'a pas d'amis !

Becker fut abasourdi de voir Jennifer Kaley, la fille du Canada qui était devenue sa Mission à l'intérieur de la Mission. Elle se trouvait sur le terrain de jeu de son école, encerclée par un groupe de jeunes railleurs.

— Laissez-moi tranquille ! suppliait-elle.

— Mais Jenny… nous t'aimons ! dit l'une des filles d'une voix sarcastique. Nous sommes *si* heureux que tu viennes à notre école.

Jennifer essaya d'appeler à l'aide les professeurs affairés à bavarder près de la clôture, mais au milieu de la cacophonie de la récréation, ils ne semblaient pas remarquer ce qui se passait.

— Pourquoi me faites-vous ça ?

— Parce que c'est amusant ! dit l'un des garçons, impénitent.

Tous les jeunes se mirent à rire, et Jennifer tenta de s'enfuir en bordure du cercle, mais elle fut rapidement repoussée vers le centre.

— Où t'en vas-tu? demanda un autre du groupe. Tu ne nous aimes plus?

Désespérée, Jennifer refoula ses larmes, jusqu'à ce que quelqu'un dans la bande lui lance violemment un ballon rempli d'eau qui la frappa en plein visage. Elle tomba à genoux, où elle enfonça sa tête dans ses mains et se mit à pleurer. Mais alors que la foule riait encore plus fort, aucun ne remarqua quelque chose de très haut au-dessus d'eux dans le ciel...

L'énorme visage de Becker Drane, flou et déformé par les parois de la bulle.

Le Réparateur ne comprenait pas ce qu'il était en train de regarder. Il savait que ce devait être le 532 de Jennifer Kaley — le rêve qui était censé lui faire du bien —, mais tout ne semblait pas fonctionner selon le Plan. Au lieu de raviver ses espoirs en l'avenir, la situation allait plutôt conduire à leur anéantissement complet, et il n'y avait qu'une explication à ce qui allait mal. Il arrivait trop tard, et la Panne avait déjà saccagé le Tisseur de rêves, qui vomissait maintenant des rêves mêlés et tordus.

— Jennifer? tenta-t-il de crier à travers la membrane floue. M'entends-tu?

À l'intérieur, il n'y eut aucune réaction, sauf que d'autres jeunes étaient en train de se rassembler autour de l'affreux spectacle.

Le Livre des règles était explicite, surtout en ce qui concernait le Plan, et Becker savait qu'il ne devrait probablement pas s'en mêler, mais il ne pouvait se contenter de rester les bras croisés à regarder quelqu'un en train de se faire torturer sans raison apparente. Il ne savait même pas ce qu'il essayait de faire — peut-être réparer le rêve ou au moins disperser la foule —, mais dès que sa main toucha la surface de la bulle, celle-ci commença à osciller et à trembler, et bientôt par la suite…

POP-VLAN!

Quand Becker retrouva ses esprits, il était immergé dans une totale obscurité. Tout ce qu'il pouvait entendre, c'était la chute de débris et la friture qui retentit dans sa radio, lorsqu'il essaya de joindre son Agent de contact. Il fouilla rapidement dans son Coffre à outils pour prendre ses Lunettes de nuit^{MC}, afin de mieux voir ce qui l'entourait.

Où qu'il puisse être, ce n'était certainement plus le Rêvatorium. L'explosion l'avait projeté à travers le mur de cette chambre dans l'une des pièces scellées qu'il avait remarquées sur les plans du Contremaître du sommeil. À travers les lunettes infrarouges, il voyait ce qui ressemblait à un laboratoire abandonné, rempli d'éprouvettes poussiéreuses, de béchers et de réservoirs de la même marque et du même modèle que ceux qui s'adaptaient au Tisseur de rêves.

Il balaya la saleté de ses vêtements et s'approcha des murs couverts de fils d'araignée, essayant toujours de s'expliquer où sa Mission l'avait conduit. La face extérieure des vieux réservoirs portait des étiquettes blanches partiellement décollées, où étaient inscrits des symboles mystérieux qu'il avait de la difficulté à déchiffrer. Heureusement pour Becker, ses Lunettes de nuit étaient munies d'un filtre de langage dont il fit défiler les réglages — « gaélique », « toltèque », « araméen » « obbinglobbish » — jusqu'à ce qu'il trouve ce qu'il cherchait.

— Ancien seemsien.

Les étiquettes se traduisirent instantanément, et Becker fut en mesure de lire ce qui était écrit :

MONSTRE DANS LE PLACARD
EN RETARD POUR L'EXAMEN FINAL
ET A OUBLIÉ D'ÉTUDIER LE GOUFFRE SANS FOND

Une vague de panique envahit rapidement son cerveau. Il amorçait sa fuite, car il savait dans quel territoire il avait involontairement atterri, quand un terrible bruit le paralysa sur place.

Des rires… mauvais et remplis de jubilation malicieuse.

— Allez, Becker. Sors vite d'ici.

Il fonça à nouveau, mais le passage à l'arrière était bloqué par des débris de l'explosion, et le laboratoire ne semblait comporter aucune issue. Soudainement, les lumières s'allumèrent.

— Bien, bien, bien. Qu'avons-nous ici ?

Il y en avait trois, chacun portant un sarrau de technicien de laboratoire muni de l'insigne de l'unique œil fermé. Cela signifiait qu'ils étaient officiellement des Ouvriers infatigables, mais leurs dents étaient pourries, leur peau était terreuse, et leurs yeux, gonflés à force d'avoir travaillé dur dans l'obscurité.

— Un si beau spécimen…

— Si jeune… si tendre…

Les techniciens le tâtèrent comme un melon.

— Enlevez vos mains de sur moi.

Depuis qu'il était un petit garçon, la maman de Becker lui avait donné le même avertissement juste avant de fermer les lumières. Un avertissement qu'elle croyait sans signification concrète — sans se rendre compte que beaucoup des dictons de notre Monde provenaient d'obscurs recoins du Seems. Il se trouvait maintenant face à face avec les origines de l'un de ces dictons, un groupe de savants fous dont la spécialité était de concevoir les plus horribles Rêves inimaginables, «affectueusement» nommés…

Les Punaises de lit.

— J'ai envoyé une requête pour un Goûteur, grogna le plus gros du trio. Mais je n'aurais jamais pensé qu'il viendrait.

— Il est à peu près temps. Ils se demandent pourquoi les Cauchemars ne sont plus effrayants de nos jours, ensuite ils coupent notre budget comme si nous étions des citoyens de second ordre.

— Je t'ai dit que nous aurions dû faire la grève.

Becker essaya de s'en sortir en engageant la discussion.

— Écoutez, les gars — c'est fantastique de vous voir et tout, mais je ne suis pas le Goûteur que vous cherchez. Je suis un Réparateur sur une Mission pour trouver une Panne.

Les Punaises de lit se regardèrent, confuses, comme si ces mots leur étaient totalement inconnus.

— J'ai simplement rencontré un petit obstacle dans ma recherche, alors si nous en avons tous fini, ici…

— J'adore la façon dont il fabrique des histoires, dit celle avec la chemise collante de sueur. Une telle imagination !

— Ça devrait se prêter à un degré élevé de terreur !

— Peut-être devrions-nous tester le nouveau lot sur lui !

Elles éclatèrent de rire et commencèrent à courir dans tous les sens, rassemblant une série d'instruments : un filet à papillon, une balle de ficelle, un ensemble de broches en métal.

— Sérieusement, les gars. C'est une grosse erreur. Je sais que vous avez un travail à faire, mais je dois vous avertir. Je suis formé dans l'art de la Réparation et rien, mais vraiment *rien*, ne peut compromettre ma Mission.

De son Coffre à outils, Becker retira sa Volée de coups de bâton[MC] et allait donner des coups de pied au cul assez sérieux, quand il sentit la morsure de quelque chose de pointu sur le sien. Becker se retourna pour voir une quatrième Punaise de lit, celle-ci courte et boutonneuse et tenant une aiguille hypodermique — qui venait juste d'être vidée dans le postérieur du Réparateur.

— Ne t'inquiète pas. Notre dernier Goûteur s'est complètement rétabli.

Elles éclatèrent toutes de rire de nouveau, mais le mauvais médicament s'était déjà répandu dans le système sanguin de Becker. Les murs devinrent flous et les étagères tordues encore plus gauchies, et les Punaises de lit elles-mêmes commencèrent à changer de forme, se transformant en des bêtes insectoïdes horriblement grandes.

— Quoique, presque

––––––––––

Après le bruit de l'explosion, Simly avait envoyé un message radio au Commandement central, mais il n'obtenait pas la réponse qu'il espérait.

— Avec tout le respect qui vous est dû, monsieur le Répartiteur, le Manuel est assez clair sur cette question.

La force de la détonation de la bulle avait arraché un tas de tuiles d'oreillers du plafond, mais Simly avait libéré un espace sous le Tube de transport.

— Annexe B, paragraphe 6, ligne 4 : «En situation de crise, ou si le Réparateur assigné est rendu inapte, un Agent de contact *peut* se faire accorder une hausse temporaire de son niveau d'habilitation. »

— *Je répète*, dit le Répartiteur, aussi impassible que jamais, *Habilitation refusée.*

— Mais monsieur, c'est une urgence ! J'ai été sans contact radio depuis…

— *Faites-vous une demande de renfort, Agent de contact Frye ?*

Simly allait dire «Bien sûr, je veux des renforts, espèce de fêlé du bocal», mais il se mordit la langue. Appeler une équipe d'urgence lors de la première Mission de Becker embarrasserait énormément le Réparateur, et peu importe les circonstances, une tache subconsciente serait écrite pour toujours dans son dossier.

— Négatif, monsieur.

— *Alors continuez. Commandement central terminé.*

Simly déposa bruyamment son Récepteur, puis regarda à nouveau le tube au-dessus de lui. Il était paralysé entre son respect des règles et sa responsabilité à l'égard de son Réparateur.

— Où diable êtes-vous, Becker ?

La lumière dans le congélateur-chambre s'alluma automatiquement, quand la porte s'ouvrit pour laisser entrer le chef des Punaises de lit.

— Où est-ce ? Où est-ce ?

L'air était glacial, et des casiers de flacons reposaient sur les étagères de grillage métallique. Mais les contenants avaient des emballages beaucoup plus modernes que ceux dans l'autre pièce.

— Marty ! Où est l'Horreur d'aujourd'hui ?

— Regarde sur l'étagère à l'arrière, lui parvint la voix du boutonneux.

Sur l'étagère à l'arrière se trouvait un casier, emballé sous pellicule plastique moulante et muni d'une étiquette écrite dans la police seemsienne moderne (22 points) :

HORREURS D'AUJOURD'HUI : UNE NOUVELLE SÉRIE DE CAUCHEMARS DU DÉPARTEMENT DU SOMMEIL

Les fioles portaient des noms comme ANGOISSE EXISTEN-TIELLE, BOMBE RADIOLOGIQUE et VOUS ALLEZ CHEZ LE MÉDECIN POUR UN BILAN DE ROUTINE, ET IL DÉCOUVRE CETTE ÉTRANGE « EXCROISSANCE » SUR VOTRE CORPS ET CELA PIQUE VRAIMENT ET C'EST ROUGE ET CELA GROSSIT ENCORE ET ENCORE JUSQU'À CE QUE… Mais à l'écart des autres, il y en avait une portant une étiquette avec un symbole de tête de mort.

— Ahhh… te voici, mon mignon.

C'était étiqueté :

VOTRE PIRE CAUCHEMAR (BETA)

Becker était encore hébété et confus à cause du sédatif, mais il était assez conscient pour comprendre que la situation était critique. Il était immobilisé sur une vieille chaise de métal, ses bras attachés par des cordes de cuir, et les Punaises de lit étaient en train de poser un casque de cuir conducteur sur son crâne.

— Qu'est-ce que vous êtes en train de me faire ?

— La seule façon de mesurer le facteur de peur de nos Cauchemars consiste à les tester à l'aide d'une Poule mouillée.

Becker blêmit, car il croyait que cette méthode primitive utilisée pour mesurer l'horreur abjecte avait été bannie depuis longtemps. Depuis l'introduction même du concept du Rêve, la notion de Cauchemar avait fait l'objet de féroces débats. La décision avait été prise d'accorder aux Punaises de lit l'autonomie nécessaire pour infliger une quantité limitée de « mal nécessaire ». Après tout, une petite dose de Peur est parfois juste ce que le médecin a prescrit.

— Est-il bien attaché ?

Le chef des Punaises de lit se retourna, tenant la fiole avec ses pinces de métal. Elle contenait un liquide jaune fluorescent qui dégageait des vapeurs nauséabondes.

— Seymour, non ! Celui-ci est encore en développement !

— Mais quand aurons-nous un spécimen en provenance de l'autre côté, juste ici dans notre propre laboratoire ?

Marty, la Punaise de lit boutonneuse, parut profondément inquiète.

— Mais que faire s'il ne revient pas ? Que faire s'il... meurt de peur ?

— Alors nous saurons que c'est efficace !

Toutes leurs réserves s'évanouirent alors qu'elles saisissaient brusquement le génie du plan de Seymour. Les Punaises de lit éclatèrent en une nouvelle ronde de gloussements et de tapage de dos, comme si elles étaient sur le point de faire une extraordinaire découverte.

— Vous allez le regretter, menaça Becker, retrouvant finalement ses esprits.

— Nous serons deux !

Le Réparateur lutta vigoureusement pour se libérer des contraintes de la chaise, mais les courroies de cuir grugeaient sa peau. Derrière lui, l'aiguille sur la Poule mouillée remonta l'échelle graduée de « légèrement dérangé » à « attaque d'anxiété » à « je suis totalement en train de flipper, mon vieux ! ». Et il y avait quantité d'autres graduations à venir.

— Tiens-le bien !

Pendant que deux Punaises de lit lui retenaient la tête, Marty inséra un entonnoir dans la bouche de Becker, et Seymour versa lentement « Votre pire cauchemar » directement dans sa gorge.

— Fais de beaux rêves, gamin.

L'Effet en chaîne

Becker se réveilla quatre heures plus tard, et les Punaises de lit n'étaient nulle part en vue. Il était toujours attaché à la Poule mouillée et l'aiguille avait atteint « articulations blanches », une seule graduation en bas du niveau de peur le plus élevé. Heureusement, Becker ne se souvenait pas beaucoup de son Cauchemar — il se rappelait rarement de ses rêves —, mais la preuve qu'il s'était produit quelque chose de mauvais était incontestable. De profondes brûlures de courroie marquaient ses poignets, sa chemise était trempée de sueur, et son corps était endolori d'épuisement, comme s'il venait d'escalader une montagne le jour précédent.

— Allo ? Il y a quelqu'un ?

De quelque part dans les plus profonds recoins du laboratoire lui parvenait le son qui ressemblait à une fête. Il y avait de la musique, des rires, le cliquetis de coupes de champagne, mais l'invitation de Becker avait dû se perdre dans le courrier.

— Vous avez eu ce que vous vouliez ! Maintenant, je dois retourner à ma Mission !

Les Punaises de lit devaient être en train de célébrer le succès de leur expérience, mais dans leur jubilation, elles avaient négligé de vérifier à nouveau les entraves de Becker. Le cuir sur son poignet droit s'était un peu relâché — suffisamment pour qu'il puisse atteindre sa manche de chemise et en sortir son Coupe-ongles[MC].

C'était un Outil idiot, et beaucoup de Réparateurs s'en moquaient comme si c'était quelque chose que MacGyver pouvait utiliser, mais Becker aimait MacGyver parce qu'il se sortait toujours du pétrin. Comme il se libérait frénétiquement en coupant ses liens, les pires scénarios se bousculaient dans sa tête. Quatre heures en dehors de l'action, c'était une éternité, et l'Aurore devait être déjà arrivée et repartie. Le temps que Becker réussisse à couper la dernière courroie, le trou dans son estomac était devenu un abîme.

— Becker à Simly ! Simly, réponds.

Toujours que de la friture.

— Réparateur no 37 à Commandement central, répondez. Terminé !

Rien.

Rien du tout.

De retour dans le Rêvatorium, Becker commença à comprendre que les choses étaient même pires qu'il l'avait craint. Aucune bulle ne flottait plus dans l'air, les seules traces qui restaient étant le liquide savonneux sur le plancher où elles avaient éclaté. Il savait que c'était le résultat du Rêve qu'il avait involontairement fait exploser, et pour empirer les choses, l'appareil qui les avait produites s'était arrêté.

— *Préparez-vous pour le départ du Rêvatorium*, annonça la voix de l'ordinateur alors que Becker se tenait au-dessus du Tube de transport.

Il lui fallait entrer en communication avec son Agent de contact. Il devait parler à ses supérieurs. Et plus que toute autre chose, il devait remettre la Mission sur les rails.

— *Départ du Rêvatorium dans 3… 2…*

Lorsque les pieds de Becker heurtèrent le sol, il attrapa son Récepteur, mais il fut brutalement interrompu par le bruit strident de son Clignoteur.

194 APPELS MANQUÉS.

Oh oh! Quelqu'un avait essayé de le rejoindre depuis un bon moment — pas mal de monde — et à en juger par le drapeau rouge accompagnant chaque communication, il n'était pas certain de vouloir entendre ce qu'ils avaient à dire. Il allait affronter l'épreuve et écouter le premier message, lorsqu'il entendit le bruit de quelqu'un qui pleurait au milieu d'une pile de pierres d'oreillers tombées.

— Simly? C'est toi?

Son Agent de contact ne leva pas les yeux, sa tête nichée entre ses genoux.

— Simly? Qu'est-ce qui ne va pas?

— Je suis désolé, monsieur. Je ne sais pas quoi faire.

La voix de Simly était cassante, et ses yeux étaient rouges à force d'avoir pleuré.

— Ils n'ont pas voulu me donner l'Habilitation pour entrer.

— Calme-toi et raconte-moi ce qui s'est passé.

Simly se leva et essaya de se dépoussiérer, mais Becker pouvait constater qu'il était à peine capable de se contenir.

— Quand nous avons perdu le contact, j'ai essayé d'obtenir une dérogation prioritaire, mais ils ont refusé. Alors après une heure, j'ai dû appeler une équipe de renfort. Je suis désolé, Becker. Je ne voulais pas vous faire cela.

— Ne t'inquiète pas, Sim. Tu as fait ce qu'il fallait faire.

— Mais ça n'avait pas d'importance.

L'Agent de contact s'arrachait les cheveux.

— Il n'y avait pas d'équipe de renfort disponible!

— Que veux-tu dire par il n'y avait pas d'équipe de renfort…?

— À ce moment, la Panne avait quitté le Département du sommeil et avait infiltré trois autres départements! Tout se passait si vite, personne ne pouvait même imaginer où commencer! Vous ne savez pas ce qui est en train d'arriver là-bas, mon vieux. Vous ne savez juste pas…

Soudainement accablé par le poids de l'énormité du désastre, Simly tomba sur le sol en larmes.

— Qu'est-il arrivé là-bas, Becker?

Il se mit à pleurer.

— Où étiez-vous?

Station des veilleurs de nuit, Département du sommeil, le Seems

EFFET EN CHAÎNE! EFFET EN CHAÎNE!

Lorsque Becker retourna à la station des Veilleurs de nuit, il s'attendait à voir un bourdonnement d'activités, mais tout ce qu'il trouva fut une pièce caverneuse, illuminée par des lumières rouges d'urgence, et une Équipe en devoir réduite. Sur chacun de leurs écrans, le même affreux message clignotait encore et encore et encore.

EFFET EN CHAÎNE! EFFET EN CHAÎNE!
EFFET EN CHAÎNE!

La plupart des Veilleurs de nuit fixaient leur Fenêtre d'un air hébété, pendant que près de la table de régie, le VN no 42 était en train de pleurer sur l'épaule de son superviseur.

— Quelqu'un peut-il me dire, s'il vous plaît, où je peux trouver le Veilleur de nuit no 1, demanda Becker.

Un groupe d'employés épuisés l'entendirent, mais au lieu du respect immédiat qu'on lui avait accordé lors de sa première entrée, il y avait quelque chose d'autre dans leurs yeux : un mélange de rage, de mépris et de choc devant ce qui se passait dans le Monde qu'ils adoraient. Et à la façon dont ils se retournèrent, la personne qu'ils tenaient pour responsable était assez évidente.

Becker avala sa salive et se mit à chercher le Veilleur qui l'avait aidé plus tôt, et le trouva encore à son poste — rivé à l'écran avec son casque d'écoute pendillant, inutile, autour de son cou.

— Vous êtes arrivé trop tard.

À la manière dont il regardait droit devant lui, Becker eut l'impression d'être un homme invisible.

— N'y a-t-il personne capable de la réparer ?

— Po et Philadelphie ont neutralisé la Panne, mais la Chaîne des événements a déjà dérapé trop loin. C'est d'abord la Nature qui s'est mise en mode autonome, puis la Météo, et à partir de là, c'était comme un effet boule de neige. Le Plan est en lambeaux, et avant de s'en rendre compte, la Réalité elle-même a commencé à perdre son intégrité...

— Mais certainement que les Pouvoirs constitués...

— Ils ne peuvent rien faire ! Ne comprenez-vous pas ?

Sa voix s'étouffa en un murmure de terrible défaite.

— Il n'y a rien...

Le Veilleur de nuit no 1 se leva de sa chaise, tendit son casque à Becker et s'éloigna lentement.

— Regardez par vous-même.

Becker mit le casque d'écoute et regarda fixement le moniteur, et quand il vit ce qui se passait secteur après secteur, il ne put en croire ses yeux.

Au Bangladesh, les pluies de la mousson étaient constituées de clous au lieu d'eau.

À Reykjavik, la température avait atteint 243 degrés.

Et à Mexico, la Gravité avait perdu sa force et tout ce qui n'était pas attaché volait dans le ciel. Les gens hurlaient et essayaient de s'accrocher désespérément, et la peur délirante dans leurs yeux trahissait l'expérience insondable d'être emprisonnés dans un Monde qui devenait dingue.

La même torpeur qui affectait les autres commença à envahir Becker. Comment avait-il pu laisser tout cela se produire? Ses doigts trouvèrent mécaniquement leur chemin vers le clavier et il tapa les chiffres du Secteur 33, Réseau 514.

— Oh non!

Highland Park, New Jersey, États-Unis

Aussitôt que Becker eût reculé à travers la porte, il laissa tomber son Coffre à outils et arracha son Insigne, et il pédala frénétiquement vers le 12 de l'avenue Grant. Il n'était plus Réparateur (parce qu'il n'y avait plus rien à réparer), mais simplement le fils des Dr et Dre F. B. Drane, et le frère aîné d'un petit garçon nommé Benjamin. Et il était plus effrayé qu'il ne l'avait jamais été de toute sa vie.

Pendant que Becker courait le plus vite qu'il le pouvait, les voitures et les gens se dirigeaient dans la direction opposée, essayant désespérément de sortir de la ville. Mais même s'ils l'ignoraient, il n'y avait plus aucun refuge sûr.

L'écorce fondait littéralement des arbres, et très haut dans le ciel, la lune s'était brisée en deux.

— Becker, vous prenez la mauvaise direction!

Dr Kole courait en peignoir, en serrant contre lui un sac d'où débordaient ses livres bien-aimés.

— Il faut atteindre les hauteurs!

Becker voulait arrêter et lui dire que, d'une certaine façon, tout irait bien, mais il savait dans son cœur que c'était faux, et il se contenta donc de passer devant lui sans dire un mot.

— Maman, papa!

Un peu comme il l'avait fait le jour précédent, Becker laissa tomber son vélo sur la pelouse et se précipita dans la maison. Sur le sofa dans le salon, son père serrait contre lui Benjamin qui pleurait comme un bébé, pendant que sa mère le regardait fixement, incrédule.

— Becker, mais... je ne comprends pas.

— Maman, j'ai essayé. Je le jure. J'ai essayé du mieux que je le pouvais. Mais les Punaises de lit, elles m'ont assommé, et la Panne…

Pendant qu'il était en train de bégayer une explication, Becker avait le souvenir distinct de la fois où il avait brisé les lunettes préférées de sa mère qu'il avait empruntées sans le lui demander. Mais contrairement à l'époque, quand elle l'avait rassurée en lui disant «ce n'est pas grave, mon chéri», aucun apaisement de la sorte ne venait.

— Comment est-ce possible? Qui es-tu?

— De quoi parles-tu? Je suis moi!

Ses parents se regardèrent, totalement confus, en même temps que le portrait tout craché de Becker arrivait tant bien que mal de la cuisine. Dans les mains du Moi-2, il y avait une ration de nourriture en conserves, et il parut aussi surpris de voir Becker que Becker était surpris de le voir.

— Que diable fais-tu ici? dit le Moi-2. Pourquoi n'es-tu pas en train de Réparer la Panne?

— Parce qu'il est impossible de Réparer la Panne!

Le Moi-2 allait demander pourquoi, quand…

— Quelqu'un va-t-il me dire que diable se passe-t-il ici? cria le professeur Drane alors que les gémissements de Benjamin devenaient un hurlement à vous casser les oreilles.

— J'expliquerai tout plus tard, mais à présent, il faut…

Becker et le Moi-2 cessèrent tous les deux de parler, parce qu'ils disaient exactement la même chose en même temps avec exactement la même voix.

— La ferme, Moi! Je m'en occupe!

— Comme tu as réglé la Panne? Non merci!

Becker commença à répondre avec colère, mais il se rendit compte que le Moi-2 avait raison. Il avait gâché la Mission et le Monde le payait chèrement.

— Je… je…

Enragé, le Moi-2 se rua brusquement sur Becker et le saisit à la gorge. Pendant qu'ils luttaient sur le plancher, sa mère se mit à pousser des hurlements, qui ne trouvaient leur analogue que dans les cris d'horreur qui leur parvenaient par la fenêtre.

— Tu nous a tous condamnés à la ruine, toi, idiot d'incompétent!

Becker était toujours en train de lutter pour respirer, quand sa main finit par trouver le cadran à l'arrière du cou du Moi-2. Il le tourna à « Arrêt », et instantanément, le sosie commença à se dessouffler, mais non sans lancer une dernière flèche.

— Tout… est… de… ta… faute…

La voix du Moi-2 finit par s'éteindre.

Becker se remit sur ses pieds, mais le plus mince soulagement qu'ait pu lui procurer la fin du combat fut rapidement balayé par la vue de sa mère s'effondrant sur le plancher.

— Becker, s'il te plaît, que se passe-t-il ?

— Je n'ai pas de temps pour t'expliquer, papa ! Nous devons sortir d'ici !

Becker se figura que s'il pouvait juste ramener sa famille à la Porte, il serait capable de les conduire dans la sécurité du Seems, avant qu'il ne soit trop tard. Mais soudain, de l'extérieur de la maison leur parvint un terrible bruit de déchirement, suivi bientôt d'une lumière bleue aveuglante — et Becker n'avait même pas besoin de regarder pour savoir ce dont il s'agissait. Il le fit quand même, cependant, et la vision lui apparut : le Tissu de la réalité se déchirait comme un morceau de vêtement au milieu de son quartier pour exposer l'Entre-deux-mondes derrière.

Et comme le sol sous ses pieds commençait à se rompre et à trembler, la pensée frappa Brecker Drane comme une tonne de briques. Il savait exactement qui il fallait blâmer pour la fin du Monde. C'était lui.

— Marty, tu es stupide !

Laboratoire des Punaises de lit, Département du sommeil, le Seems

Seymour, la Punaise de lit, fulminait.

— Qu'est-ce qu'il va te falloir pour mélanger un vrai Cauchemar ?

Marty était dévasté. Même si le test beta de VOTRE PIRE CAUCHEMAR avait fonctionné à merveille (à en juger par les

167

gesticulations du Goûteur inconscient sur la chaise), la Poule mouillée disait le contraire.

— Mais ça s'est rendu aux articulations blanches…

— Articulations blanches ! Si j'avais voulu des articulations blanches, j'aurais pris MONSTRE DANS LE PLACARD pour la 34e fois !

Marty et les autres Punaises de lit dans la pièce baissèrent la tête de honte.

— Tu as entendu ce qu'a dit le VP : «Si vous ne me livrez pas un Cauchemar qui le fait "se pelotonner en position fœtale et pleurer pour que maman vienne le chercher", vous êtes congédiés, et j'appelle l'équipe de Hubie».

— Hubie ? cria Dr Glorp, la chemise en sueur. Hubie ne pourrait concocter un Cauchemar, même si sa vie en dépendait !

— Ne crois-tu pas que je suis au courant ?

Seymour lança à son collègue un bécher vide, qui se fracassa sur le mur.

— Maintenant trouve-moi VIEUX FIDÈLE avant que cet imbécile ne se réveille !

Sur la chaise devant eux, Becker Drane avait finalement commencé à remuer. Cela avait été un horrible Rêve, digne de son nom, et il n'était toujours pas libéré de son sort dévastateur.

— Ce n'est pas ma faute… maman, papa… nous devons aller chercher le… Benjamin…

— Ne t'inquiète pas, avorton. Je vais t'envoyer très, très loin de tout ça.

Seymour se mit à rire et se pencha sur le Réparateur à demi-conscient.

— Vers un endroit encore bien pire.

Juste au même moment, Glorp revint avec une vieille carafe poussiéreuse.

— Je ne comprends pas, Seymour. Je croyais que nous avions retiré le VIEUX FIDÈLE.

— Ces Cauchemars du Nouvel Âge me rendent malade. Il y a une raison pour laquelle les classiques sont des classiques !

Seymour remua les derniers millilitres de VOTRE PIRE CAUCHEMAR au-dessus du contenant encroûté.

— Et avec une goutte de ceci…

Dès l'instant où les deux Cauchemars se combinèrent, le liquide commença à bouillonner et à mousser.

— … ce qui est vieux devient neuf !

Seymour souleva la fiole au-dessus de sa tête, triomphant, et ses partenaires se réjouirent.

— Quelqu'un a appelé un exterminateur ?

Les Punaises de lit pivotèrent pour voir un grand Seemsien dégingandé qui arrivait en volant dans la pièce. Son corps était couvert d'Outils de la tête aux pieds, et imprimé sur sa poitrine, il y avait la lettre majuscule « A » qu'il portait aussi fièrement que tous les Agents de contact qui s'étaient jamais appelés Frye.

— Alors, enlevez vos mains de mon Réparateur, exigea Simly, sinon…

Les Punaises de lit restèrent stupéfaites pendant une seconde avant que Seymour ne fasse un sourire aux dents jaunes.

— C'est trop beau pour être vrai ! Deux Goûteurs en une seule journée.

Les autres saisirent leurs filets et se préparèrent pour attraper leur seconde victime, mais Simly était plus que prêt.

Il tira une mince bombe aérosol (respectueuse de l'ozone) de son Ceinturon utilitaire et la leur vaporisa en plein visage. Immédiatement, les Punaises de lit commencèrent à tousser et à s'étouffer, puis tombèrent au sol, se tordant dans d'atroces douleurs. Simly s'assura de les asperger chacune une seconde fois, puis il détacha son compatriote hébété.

— Becker! Becker! Ça va?

Une rapide claque au visage sembla ramener le Réparateur à cette réalité.

— Simly! Qu'est-ce... qu'est-ce qui se passe?

— J'essaie de vous sortir d'ici!

— Mais l'Effet en chaîne... il déchire le Monde en deux!

— Ce n'était qu'un mauvais rêve, Becker. Il n'y a jamais eu d'Effet en chaîne. Du moins, pas encore!

Au tout début, Becker ne le crut pas — c'était trop frais dans son esprit —, mais comme la vraisemblance des paroles de Simly lui apparaissait nettement, son esprit et son corps furent remplis d'une nouvelle force. Il avait encore le temps de poursuivre son travail et de le mener à bien.

— Maintenant dépêchez-vous, monsieur, dit Simly, retirant la dernière courroie. Ce truc perd de son effet après quelques minutes.

— Qu'est-ce que tu as employé avec ces types?

— Quelque chose que mon grand-père m'a remis, quand il a découvert que je plongeais dans le Sommeil.

Il souleva la bombe aérosol, où était imprimée l'image d'un type vêtu d'un sarrau de laboratoire à l'intérieur d'un cercle traversé d'une ligne rouge.

— Anti-punaises de lit[MC]! hurla Seymour, qui se relevait péniblement du plancher en haletant. Très intelligent, en effet.

— Mais pas assez intelligent! lança Marty, la couleur revenant sur son visage.

De fait, toutes les quatre Punaises de lit avaient commencé à ressentir l'atténuation des effets du liquide.

— Ça aurait pu fonctionner à l'époque de Milton Frye, mais nous avons passé les 20 dernières années à bâtir une résistance contre son mélange pathétique!

— Hum...

Simly était perplexe pour la première fois, cette nuit-là.

— Je suis à court d'idées, patron.

Becker aurait normalement sorti prestement son Démon de la vitesse^{MC} dans un moment comme celui-ci, mais dans toute la précipitation de sa première mission, il l'avait laissé dans le placard près de ses chaussures Chuck Taylor. Avec ses souliers ordinaires et les Punaises de lit qui bloquaient chacune des entrées, il n'y avait qu'une façon de s'échapper.

— Mon vieux, mets tes Caoutchoucs de béton^{MC}.

— Pourquoi? Qu'allons-nous faire?

— Contente-toi de le faire.

Chambre ronflorchestrale,
Département du sommeil, le Seems

Directement sous la Chambre des horreurs, au huitième étage du département, il y avait un auditorium bondé, complet avec une conque d'orchestre, des sièges de velours rouge et des loges de balcon pour les Pouvoirs constitués. Le même ensemble légendaire avait joué à guichets fermés depuis le début du Temps, et ce soir ne faisait pas exception.

— Chut!

Dans la quatrième rangée, le Maître du roupillon se frayait un chemin devant plusieurs clients ennuyés pour atteindre les sièges 4D et 4E.

— Je suis désolé, *mon chéri*[*], mais zette Penne...

Le jeune concepteur d'arômes qui l'accompagnait à la soirée ne voulait pas l'entendre.

— Tu dois comprendre que je dois reconstruire ze Roupillon à partir du Né...

— Chut !

Le reste de la seconde rangée ne voulait rien entendre non plus, car sur scène, le Ronflorchestre entrait dans son mouvement le plus fort. Les musiciens jouaient un tas d'instruments étranges — des casseroles, des timbales, un morceau de bois que l'on sciait — pendant qu'un chœur de moucheurs laissait échapper une harmonie de mucosités. Dans la fosse d'orchestre plus bas, un Chef d'orchestre agitait sa baguette pendant que des techniciens enregistraient chaque son de l'affreuse clameur sur des bobines grand format destinées à l'Expédition centrale.

— Merveilleux ! Merveilleux ! s'exclama le Maître du roupillon alors qu'une cacophonie particulièrement horrible s'échappait de la scène. Heureusement pour lui et pour le reste de l'auditoire, on leur avait distribué des écouteurs protecteurs à l'entrée, qui traduisaient les ronflements discordants en tonalités douces et suaves.

— Et voizi la finale.

La musique s'enfla en un crescendo, et la foule commença à se lever, mais avant que la Grosse Dame puisse entamer son chant, un essaim de monstres en sarrau de laboratoire s'abattirent sur le sol.

— Des Punaises de lit !

---

[*] N.d.T. : En français dans l'original.

Dans une vague de panique, les amateurs de concerts se dispersèrent vers les portes, pendant que les infortunés savants se remettaient péniblement sur leurs pieds. Ils sortirent indemnes de la chute, mais ils se heurtaient maintenant à quelque chose d'encore pire.

— Non. Pas le Ronflorchestre, cria Seymour, pressant ses mains contre ses oreilles non protégées. Faites-le arrêter. *Faites-le arrêter !*

Mais le Ronflorchestre ne pouvait arrêter, car le Ronflement lui-même était l'un des sons les plus anciens et les plus exaspérants jamais créés, et les musiciens qui le jouaient se consacraient entièrement à en livrer chacune des notes.

Plus haut, Becker et Simly flottèrent doucement vers le sol. Quelque temps auparavant, le poids combiné de leurs Caoutchoucs de béton avait fait s'effondrer le plancher de la Chambre des horreurs, entraînant tous ses habitants dans un brusque plongeon. Heureusement, le Réparateur et l'Agent de contact étaient beaucoup mieux préparés pour une chute libre que les Punaises de lit — déployant leurs Serpents et Échelles^MC et enfilant une paire de Bouchons d'oreilles^MC —, mais si le stratagème réussit, il ne vint pas sans un prix à payer.

— Ce n'est pas bien, monsieur, dit Simly, pointant vers le chaos sous leurs pieds.

— C'est pire.

Lorsque Becker leva son Clignoteur, l'Agent de contact sut qu'il ne plaisantait pas, car une lumière rouge clignotait, et un simple et douloureux message était en train d'apparaître sur l'écran :

VIOLATION ! RÉPARATEUR NO 37 SUSPENDU
DE SES FONCTIONS ! VIOLATION !

Une Lueur d'espoir

La porte donnant sur le bureau de l'employé le plus haut gradé du Département du sommeil était fabriquée de verre dépoli et peinte au stencil du nom de l'homme qui travaillait à l'intérieur.

DOMINIC DOZENSKI
ADMINISTRATEUR, DÉPARTEMENT DU SOMMEIL

Derrière cette porte, il y avait Dominic lui-même, avec sa moustache à la gauloise, son habit trois-pièces, et sa montre de poche plaquée or (où était gravé l'insigne du département). Il était assis silencieusement derrière son bureau en désordre, feuilletant délibérément les pages d'un livre épais à couverture rigide pendant que, devant lui, Becker et Simly étaient adossés dans deux causeuses de cuir synthétique.

— Excusez-moi, monsieur, mais...

L'Administrateur fit taire Becker d'un signe avec son doigt qu'il lécha ensuite et dont il se servit pour tourner une autre page. Sur le mur au-dessus d'eux, l'horloge avançait en tictaquant, et Becker voulut dire : « Allez, mon vieux, finissons-en, pour que je puisse retourner à ma Mission », mais l'homme était d'un rang bien supérieur au sien, et il n'eut pas d'autre choix que de se mordre la langue.

Alors que Dominic écrivait une note dans la marge, Becker laissa son regard errer dans la pièce. Des messages ésotériques reliés au sommeil couvraient les murs, alors que les étagères étaient remplies de best-sellers seemsiens, tels que *Le miracle non autorisé* et *Pourquoi devraient-ils avoir tout le plaisir ? : Comment vaincre votre ressentiment et réapprendre à aimer le Monde*. Et suspendu bien en évidence sur le mur derrière le bureau, comme dans le bureau de tous les autres Administrateurs, se trouvait la célèbre peinture connue sous le nom de *La treizième chaise*[24].

— Hum, hum.

Dominic s'éclaircit la gorge et referma brusquement le livre d'un claquement.

— Savez-vous ce qu'est ce livre, Réparateur Drane ?

— C'est le Livre des règles, monsieur.

— C'est exact. C'est le Livre des règles — et savez-vous pourquoi nous avons un Livre des règles ?

Comme Becker était suffisamment intelligent pour savoir que c'était une question rhétorique, il s'abstint de répondre.

— Les Règles sont la base de toute bonne organisation, mon garçon. Car sans Règles, même une organisation aussi… organisée que le Seems peut se gâter. Comme une pomme qui pourrit jusqu'au cœur.

— Je m'en rends compte, monsieur, mais…

— Ne m'interrompez pas, mon garçon.

— Oui, monsieur.

---

24. Ce chef-d'œuvre, peint par l'artiste original, représente les 12 membres fondateurs des Pouvoirs constitués rassemblés autour de leur table de conférence dans le Grand Édifice, dont la chaise au bout de la table est manifestement vide.

— Quand vous et moi avons accepté ces emplois, nous avons accepté de suivre les Règles au meilleur de notre capacité. Même lorsque cela ne semblait pas être la bonne chose à faire!

Becker et Simly échangèrent un regard, incertains de l'objectif de tout cela, pendant que Dominic faisait tourner un écran sur son bureau pour qu'il leur fasse face.

— Ce n'est pas une très bonne chose que votre Agent de contact ait dévasté la Chambre des horreurs sans Habilitation...

Sur l'écran, une caméra de sécurité à circuit fermé montrait le laboratoire de Seymour, toujours fumigée par l'Anti-punaises de lit.

— Ce n'est pas une très bonne chose que vous ayez interrompu le Ronflorchestre au milieu de leur performance!

Dans la Chambre ronflorchestrale, le Chef d'orchestre était en train de réprimander son Promoteur pendant que les Punaises de lit étaient transportées sur des civières.

— Et ce n'est vraiment pas une très bonne chose que la Panne de sommeil n'ait toujours pas été Réparée!

Au Commandement central, la pile de Bonne nuit de sommeil non postés avait atteint des proportions épiques.

— Mais le plus offensant de tout, dit Dominic en refermant brusquement le Livre des règles sur le bureau pour l'ouvrir à une page visiblement marquée, vous avez violé la Règle empirique!

— De quoi parlez-vous? rétorqua Becker, sidéré. Je n'ai rien fait de tel!

— Oh vraiment? Me permettez-vous de vous la lire?

Becker ne le voulait pas, parce qu'il savait déjà ce qu'elle signifiait. Tout le monde était au courant. Dans le Seems, la

Règle empirique était la seule règle à laquelle personne ne voulait déroger.

— Ce ne sera pas nécessaire, monsieur.

— Oh, je crois que ce le sera, jeune homme. Je crois que ce le sera.

Dominic prit le livre et commença à le lire.

La Règle empirique : Aucun employé du Seems, présent, passé ou futur, ne doit sciemment (ou non sciemment) interférer avec le bien-être de toute personne, habitant, entité ou individu dans le Monde, sans le consentement préalable des Pouvoirs constitués. *Cicae luci combustem periodi!*

Dominic referma le livre, et sa voix parut s'adoucir.

— En d'autres mots, vous ne pouvez courir çà et là en jouant avec la vie des gens.

Becker se remémora rapidement tout ce qui s'était passé cette nuit-là, et au plus profond de lui, il sut ce dont parlait Dominic.

— Ai-je besoin de vous l'épeler?

L'Administrateur donna un coup sur son clavier, puis apparut le Rêvatorium, qui était vide, à part une équipe de concierges envoyée pour nettoyer les restes des Rêves brisés. Mais d'une poussée sur un bouton, il fit revenir l'image au moment où une explosion avait projeté Becker à travers le mur, et encore plus loin dans le passé, au moment où il était entré dans la pièce la première fois.

— Maintenant, niez-vous que c'est vous?

— Non, dit Becker, avec hésitation. Mais je ne vois pas comment…

Dominic appuya sur la touche de lecture, et l'action se déplaça lentement vers l'endroit où Becker avait découvert une bulle plus foncée que les autres. Celle qui contenait une jeune fille qui avait grandi à Vancouver, en Colombie-Britannique, mais qui vivait maintenant à Caledon.

— Et c'est ici que vous avez si brillamment *détruit* le Rêve no 532 — une rare et délicate pièce de travail.

— C'était un accident. Et de plus, ajouta Becker, se levant et frappant lui aussi sur le bureau, j'ai cru que Jennifer était censée obtenir un Rêve qui lui permettrait de se sentir mieux! Un rêve *spécial*!

— Elle devait l'avoir!

— Mais, ça me paraissait être un Cauchemar! Je n'avais pas d'autre choix que d'y entrer…

— Vous n'aviez pas reçu suffisamment d'*information* pour prendre ce type de décision!

Les deux n'étaient qu'à quelques centimètres de distance, et Simly craignait qu'ils n'en arrivent aux coups.

— Si vous aviez accompli votre travail au lieu d'essayer de jouer les héros, alors vous auriez fait confiance au Plan…

Dominic donna un coup sur la barre d'espacement de son clavier, accédant à la Base de données oniriques.

— … et vous auriez eu la patience d'attendre le reste du 532.

Sur l'écran, Jennifer Kaley était à nouveau entourée par la bande de harceleurs qui s'acharnaient contre elle. Ses cheveux étaient encore mouillés à cause du ballon d'eau (et des larmes), et on aurait dit qu'il n'y avait pas de fin à sa souffrance. Mais alors, quelque chose d'étrange se passa : la foule se dispersa, et un regard émerveillé apparut lentement sur son visage. Quelque chose (ou quelqu'un) semblait s'approcher, et elle ne pouvait en croire ses yeux…

— Maintenant voici la partie intéressante, expliqua Dominic.

Mais le vidéo et lui-même furent interrompus par un coup frappé à la porte.

— Entrez !

L'un des Ouvriers infatigables passa la tête à l'intérieur.

— Elle est ici, monsieur.

— Eh bien, il est à peu près temps !

Comme l'assistant de Dominic allait chercher la nouvelle arrivée, Becker sentit qu'il commençait à transpirer. Pour la première fois, il commençait à comprendre l'ampleur de son infraction.

— Vous avez sonné ?

Mais lorsque la porte s'ouvrit à nouveau, et que Becker vit qui entrait, il se rendit compte qu'il *n'avait pas* compris l'ampleur de son infraction.

— Est-ce… demanda Simly, la bouche ouverte à s'en décrocher la mâchoire.

— Ouais. C'est elle.

À en juger par ses pieds nus et l'eau salée dans ses cheveux, le réparateur Casey Lake venait tout juste d'être arrachée à une vague assez savoureuse. Et elle ne semblait pas du tout contente.

— Je suis venue aussi vite que j'ai pu.

Casey hocha la tête vers Becker comme pour dire : «Salut, camarade», et Becker hocha la tête en retour, embarrassé que les choses en arrivent là.

— Je suis désolé de vous avoir appelée à cette heure tardive, s'excusa Dominic. Mais les choses sont devenues complètement hors de contrôle.

— Qu'est-ce qui semble être le problème ?

— Qu'est-ce que j'en sais ! J'ai un Réparateur avec une violation de la Règle empirique, un Agent de contact avec une 318…

Dominic tira de son bureau ce qui semblait être des billets de stationnement.

— Et une Panne sans Réparateur qui saccage le Plan.

— Hé! dit Simly sans réfléchir. Becker a fait un travail génial ce s…

Mais Dominic le fit taire d'un regard.

— À une certaine époque, un Réparateur arrivait et s'occupait des affaires en deux temps, trois mouvements.

— Une Panne n'est pas une tâche facile, Administrateur Dozenski.

Casey remercia l'Ouvrier infatigable qui lui avait apporté une serviette et elle s'assit à l'extrémité du bureau de Dominic.

— De fait, ce n'est que le bitzer le plus épineux du livre.

— C'est pourquoi j'ai besoin de vous pour terminer le travail — parce que Junior ici a tout saboté!

— Vous êtes en train de parler d'un Réparateur, monsieur, dit Casey d'une voix plus ferme, et vous parlerez de lui avec respect!

Les Réparateurs et les Agents de contact étaient une famille très unie, liée par les dures épreuves qu'ils avaient endurées pendant l'Entraînement. Mais Dominic n'était pas impressionné.

— J'ai parlé à tout le monde à qui je devais parler — incluant le Commandement central — et je vous assure que je réussirai à avoir l'Insigne de ce petit garçon.

Le sang disparut du visage de Simly, et Becker eut l'impression qu'il allait vomir. Il savait que les pénalités pour une infraction à la Règle empirique étaient sévères, mais il n'avait jamais envisagé qu'il pourrait de fait perdre son emploi.

— La Cour de l'opinion publique entendra son cas demain, mais pendant ce temps, l'Aurore arrive, et si elle arrive ici avant qu'il soit trop tôt, alors vous pourriez voir un Effet en chaîne généralisé!

La seule mention de cette possibilité fit frissonner Becker, car il venait tout juste de voir de première main à quoi ressemblaient les Effets en chaîne. Et même si Casey était prête à se battre pour son collègue à travers toutes les épreuves (après tout, c'était elle qui l'avait proposé en premier lieu pour sa promotion), il ne fallait pas permettre qu'une telle chose se produise.

— Je suis désolé, collègue. Peut-être que si je suis capable de Réparer tout ça rapidement, je pourrai dire un bon mot en ta faveur.

C'était presque pire que son Pire cauchemar, car au moins il s'en était réveillé. Ses yeux tombèrent sur son insigne et sur la clé à fourches qui y était dessinée. Avec quelqu'un d'aussi puissant que Dominic qui le désignait à la vindicte, il y avait peu de doute quant à la décision de la Cour, et à la même heure demain, le meilleur emploi qu'il pourrait espérer en serait un de Gratte-papier. Mais il était plus que probable qu'il soit tout simplement renvoyé dans le Monde pour redevenir un garçon ordinaire.

— Je suis désolé, Casey. J'essayais juste de l'aider.

— Ne t'inquiète pas, Drane.

Lake lui donna un coup de coude pour le rassurer.

— Tout le monde fait parfois des erreurs.

Becker hocha la tête d'un air abattu, puis il tapota l'épaule de Simly, qui essayait de retenir ses larmes. Mais comme il prenait son Coffre à outils et marchait sans se presser vers la porte, quelque chose surgit dans la tête du Réparateur. Un Souvenir — remontant à seulement cinq semaines — qui avait déjà été submergé dans tout ce qui s'était produit depuis. Peut-être que c'était le moment dont son vieil Instructeur lui avait parlé.

Peut-être qu'il y avait encore une lueur d'espoir.

Institut de dépannage et de réparation, le Seems, cinq semaines plus tôt

Sur les terrains de l'IDR se dressait un petit pavillon sous forme de tente où l'on donnait des conférences, célébrait des mariages et organisait des symposiums. L'événement d'aujourd'hui était la Cérémonie de l'élévation d'un certain F. Becker Drane, un Agent de contact qui s'était distingué dans 17 Missions difficiles, mais surtout pour sa récente assignation au Département de la météo.

Le corps entier des Réparateurs et des Agents de contact exhibaient leur uniforme, pendant que les plus hauts gradés du Grand Édifice sirotaient des cocktails et mangeaient des « saucisses enrobées de pâte » dans l'air de la fin de l'été. Près du bol de punch, Becker tentait de s'offrir un moment de tranquillité, car même s'il était amusant d'être le centre de l'attention pendant un petit moment, les interminables bavardages, poignées de main et tapes dans le dos avaient commencé à dépasser la mesure.

— Ça vaut son pesant d'or, hein?

Le réparateur Blaque surprit Becker en train d'admirer son nouvel Insigne tout brillant.

— Plus encore.

L'instructeur s'avança vers lui. Son attitude cérémonieuse et ses lunettes teintées de bleu qui brillaient au soleil lui donnaient un air encore plus impressionnant.

— Puis-je vous déranger pour une minute?

— Bien sûr, monsieur.

Ils prirent leurs tasses de plastique et se mirent à marcher nonchalamment sur la pelouse vers l'étang Finnegan[25].

— Quelque chose ne va pas, monsieur?

— Non, pas du tout, Cand… je veux dire, Réparateur Drane. Je veux tout simplement vous montrer quelque chose.

Rendus à mi-chemin, ils croisèrent les Réparateurs Carmichael et Von Schroëder.

— Nous sommes juste sur vos talons, salut.

— Ouais, les potes. *Wir sind* juzte zur vos talonz.

— *Wunderbar!*

Becker se mit à rire alors que C-Note et Frau Von Schroëder se cognèrent les poings.

— Je suppose que je vous verrai de l'Autre face.

— De l'Autre face, répondirent-ils à l'unisson.

Le Réparateur Blaque sourit, puis il conduisit Becker vers la gloriette au bord de l'eau.

— Il est bon d'avoir des amis — surtout dans un travail comme celui-ci.

— Oui, monsieur.

La gloriette elle-même était peinte en blanc, et Blaque pointa vers la dédicace plaquée or gravée au-dessus de l'escalier :

Dédié à la mémoire du Réparateur Tom Jackal
Perdu dans le Temps, 13 444
L'un des nôtres a péri

— Tom était mon meilleur ami, le saviez-vous?

— Non, monsieur.

---

25. Nommé d'après Michael Finnegan, l'inventeur de l'eau douce des lacs, des rivières et des étangs.

— C'était un homme bon, et le meilleur Réparateur que j'aie jamais connu. Même si je sais qu'il est dans un Meilleur endroit, il me manque terriblement.

Une brise se mit à souffler, et un éclat étincela sur l'étang, et Becker, pressentant que le Réparateur Blaque avait quelque chose à dire qui lui pesait, demeura silencieux.

— La dernière Mission où nous sommes allés tous les deux portait le nom de «Sources éternelles d'espoir».

Becker n'en avait jamais entendu parler, mais il était tout ouïe. Pour lui, entendre parler des Missions légendaires était presque aussi bon que de s'en charger.

— À cette époque, le Monde était rempli de désespoir, et tous les efforts ici dans le Seems pour réparer le problème échouaient. On avait donc pris la décision d'envoyer un groupe de Réparateurs au Milieu de nulle part de façon à ramener un peu d'Espoir.

— Je croyais que le Milieu de nulle part était interdit.

— Ce l'est.

Le Réparateur Blaque prit une autre gorgée de punch, puis il continua.

— Trois d'entre nous ont été choisis — Tom, Lisa Simms et moi, avec qui vous avez déjà travaillé.

— Oui, monsieur. Sur la «Fibre du cœur brisé».

— De toute façon, nous avons pris le Train vers la Fin de la ligne, et croyez-moi, rien ne peut vous préparer à ça. Le Temps, la Nature, la Réalité — ça n'existe pas là-bas — ce ne sont que des terres à l'abandon remplies de Rien.

Becker ne pouvait qu'imaginer ce à quoi cela ressemblait, parce que les seules personnes qui avaient vu le Milieu de nulle part n'en sont pas revenues. C'était probablement l'histoire derrière la photographie sur le « Mur des célébrités » de Blaque.

— Tom et Lisa ont pris le chemin des montagnes, j'ai pris celui du lit de la rivière morte, et pendant 18 jours, nous avons cherché en vain. Mais au crépuscule du 19e jour, j'ai remarqué quelque chose : une caverne avec une étrange lumière scintillante à l'intérieur. J'aurais probablement dû attendre les secours, mais mon Récepteur ne recevait pas de signal et il ne restait pas beaucoup de temps. J'y suis donc entré par moi-même.

À la façon dont les doigts massifs de Blaque s'agrippaient à la balustrade de la gloriette, on aurait dit qu'il était de retour dans la caverne.

— J'aimerais pouvoir vous le décrire. L'Espoir, flottant comme l'eau d'une source dans les rochers — et tellement lumineux que je pouvais à peine supporter de me trouver en sa présence.

Becker crut voir son Instructeur grimacer au souvenir d'une ancienne blessure.

— Je sais que j'ai rempli deux pots, mais à mi-chemin avec le troisième, j'ai dû m'évanouir. La première chose dont je me souviens, c'est Tom et Lisa qui me traînaient hors de là. Comment ils m'avaient trouvé, je n'en ai toujours aucune idée — mais nous avons réussi. Nous avons rapporté un petit peu d'Espoir pour le Monde.

— Cool.

La cérémonie étant terminée, les équipes avaient commencé à défaire les kiosques, et la foule revenait par petits groupes vers le monorail qui les ramènerait à leurs maisons et à leur travail. Le professeur les observa pendant un moment, avant de baisser enfin les yeux vers son étudiant.

— Vous êtes l'un des Candidats les plus talentueux que j'aie vus à l'IDR depuis un long, long moment, Becker. Pas seulement à cause de vos habiletés et de votre 7ᵉ sens, mais à cause de votre dévouement envers la Mission. Et ne vous y trompez pas, vous méritez de porter cet Insigne.

Becker sentit son propre élan de fierté.

— Mais j'oublie parfois que vous n'avez que 12 ans.

— Oui, monsieur. Il m'arrive parfois de l'oublier aussi.

L'Instructeur se mit à rire de bon cœur, un son que Becker adorait toujours parce qu'il était tellement contagieux. Mais cela ne dura pas longtemps, car c'était le moment qu'il avait choisi pour livrer son plus précieux cadeau.

— Il arrive un moment dans la vie de tout Réparateur alors que tous vos efforts ont échoué, et qu'il semble n'y avoir aucune issue — et faites-moi confiance, cela nous arrive tous —, mais quand ce moment arrivera pour vous, je veux que vous vous souveniez...

Le Réparateur Blaque glissa la main dans sa poche pour en retirer un souvenir de la plus dangereuse Mission de sa carrière.

— Il vous restera toujours *ceci*.

Bureau de l'Administrateur, Département du sommeil, le Seems

— Où, au nom du Plan, avez-vous obtenu *ça*?

Même l'extraordinaire Casey Lake était abasourdie à la vue de ce que tenait Becker.

— Un présent de remise des diplômes.

— Ça bat une carte-cadeau de chez Williams-Sonoma.

— Je dirais que oui.

Dans la paume de la main de Becker, reposait un petit cube de verre, avec une minuscule tache de lumière à l'intérieur.

— Qu'est-ce que c'est ? demanda Simly.

— Une Lueur d'espoir, répondit Casey, comme si ce n'était pas la première fois qu'elle voyait cela.

Becker l'avait cachée dans le Compartiment secret de son Coffre à outils par une journée pluvieuse, comme lorsqu'il avait été affecté à sa 24e mission, suspendu au Bord de la folie. Mais il n'en aurait jamais une 24e (sans mentionner une 2e) sans compléter sa première.

— C'est... superbe, s'émerveilla Dominic, un bref instant sous le charme de la précieuse substance. Mais cela ne change rien ! Nous avons toujours une Panne du sommeil qui doit être Réparée !

— Pas pour longtemps, dit Becker, sentant sa confiance renaître.

— C'est trop tard pour les manœuvres sophistiquées, le jeune ! Vous êtes congédié !

L'Administrateur tendit le bras pour arracher l'Insigne de Becker de sa poitrine, mais Casey lui claqua la main pour l'en empêcher.

— Pas si vite, collègue. À moins que je n'entende parler d'une meilleure idée, c'est la seule chose que nous avons.

Le visage de Dominic tourna au rouge, mais affronter Casey Lake était une bataille bien plus difficile que de défier un Réparateur débutant à sa première Mission.

— Parfait ! Mais si l'Effet en chaîne se produit, tout repose sur vos épaules, pas sur les miennes !

— Qu'il en soit ainsi.

Casey semblait se délecter de l'occasion.

— C'est maintenant toi qui commande, Réparateur Drane.

Avec tous les yeux fixés sur lui, Becker déposa le cube sur le bureau de Dominic et essaya de se souvenir des instructions que le Réparateur Blaque lui avait données. Il ouvrit le petit loquet qui maintenait le couvercle fermé, et comme en réponse, la minuscule Lueur s'éleva doucement dans les airs.

— Maintenant, tout le monde, purifiez vos pensées parce que nous ne voulons aucun signal d'interférence.

La seule façon d'activer une Lueur d'espoir, c'est d'espérer ce que l'on désire avec tout ce que l'on possède, et si les pensées sont assez pures, il est presque certain que ce désir se réalisera. Mais le seul problème, c'est qu'il est impossible de tromper l'Espoir — il faut vraiment le *ressentir*. Donc Becker repensa à la Mission et conjura de tout son cœur tout ce qu'il espérait le plus cette nuit-là.

— Avez-vous besoin d'aide pour espérer, monsieur ? demanda Simly, réfléchissant à *sa* Mission à l'intérieur de la Mission — le vendeur du motel Emmaus.

— Non, mon vieux. Je me charge de tout.

Becker ferma les yeux et commença à espérer pour tout ce qui lui était précieux. Il espéra pour la femme en Turquie que les Événements qui conspiraient en sa faveur ne soient pas compromis, et qu'elle rencontre le facteur solitaire qui lui convenait tellement. Puis, il espéra pour l'espoir de Simly — qu'Anatoly Svar puisse faire le chemin de retour à temps pour l'anniversaire de sa fille.

— Ça marche ! cria Simly, la Lueur d'espoir s'élevant manifestement plus haut et s'élargissant encore plus.

Le flot de Becker fut presque interrompu par l'exubérance de son Agent de contact, mais il réussit à se concentrer à espérer pour Jennifer Kaley, qu'elle obtienne son Rêve après tout, et que demain soit un meilleur jour.

— Que se passe-t-il ? cria Dominic alors qu'une lumière blanche exquise remplissait la pièce.

— Fermez les yeux ! cria Casey, plaquant sa propre paire de Lunettes de nuit sur ses yeux.

Mais Becker les entendait à peine, car il tremblait violemment et était complètement paralysé par son dernier (mais non le moindre) espoir : pour un certain signe — un signal, une allusion, un présage, un indice — qui les conduirait directement vers la Panne afin que tous ses autres espoirs puissent ultimement se réaliser.

Tout à coup, la lumière redoubla d'intensité jusqu'à la limite du tolérable, et tout le monde dans la pièce tomba au sol de crainte d'être aveuglés par les possibilités de matérialisation imminentes.

Il y eut un éclair, un craquement et un **POUF!** Puis, lorsqu'ils ouvrirent les yeux, la Lueur d'espoir avait disparu.

Mais à sa place, il y avait quelque chose d'autre.

La Panne de sommeil

Au Marché noir, qui avait lieu les samedis et les dimanches entre 9h et 18h, le client régulier peut acheter pratiquement toute substance fabriquée dans le Seems — depuis les Révélations et les Soupirs de soulagement jusqu'aux Dernières gouttes et aux Agréables surprises — s'ils veulent en payer le prix. Mais de toutes les commodités offertes sur les tables portables et dans les kiosques pliables, peu sont plus difficiles à trouver que le Sommeil.

Reposant sur le bureau de Dominic, où la Lueur d'espoir s'était trouvée, il y avait une petite quantité de la précieuse poussière. C'était une lumière jaune, avec l'occasionnel éclat argenté, hermétiquement enfermée à l'intérieur d'une pochette de plastique. Un unique œil fermé était estampillé sur le dessus, indiquant son authenticité, en plus du lieu de fabrication.

— Ce n'est pas possible! murmura Dominic, clignant toujours des yeux pour en chasser les points lumineux. La Chambre principale est inattaquable — même par une Panne.

— Peut-être s'est-elle glissée à travers l'une des Canalisations de repos, proposa Becker.

— Trop petites, répliqua Casey. Mais elle a pu descendre à travers le Système de scintillement.

— Pas possible. Absolument pas.

L'administrateur commençait à s'indigner.

— J'ai personnellement surveillé la construction de toute la pièce!

— Alors, pourquoi ne les appelez-vous pas? suggéra Casey.

— Parfait! Mais c'est un total gaspillage de Temps.

Comme Dominic prenait l'interphone, Simly leva le sachet de Sommeil et se mit à l'examiner de plus près.

— Je ne comprends pas.

— La Lueur nous indique une Chambre où je n'ai jamais cru que la Panne pouvait pénétrer.

Becker déposa la boîte vide dans son Coffre à outils pour la Postérité.

— Mais d'un autre côté, l'Espoir ne ment jamais.

— Ici, l'Administrateur Dozenski à la Chambre principale, Chambre principale, à vous.

Dominic écouta pour voir s'il obtiendrait une réponse, mais lorsqu'il se remit à parler, il n'avait plus la même assurance.

— Chambre principale, veuillez répondre!

L'Administrateur baissa lentement le Récepteur.

Pas de réponse.

C'était toute la confirmation dont Casey avait besoin, et elle prit rapidement les commandes.

— Je veux un confinement de Niveau 5 à travers tout le département, quatre ensembles de Pyjamas^MC et la Patrouille de nuit placée sur chaque route inimaginable à l'intérieur ou à l'extérieur de cette pièce !

— Fait !

Dominic entreprit de répondre tant bien que mal aux requêtes de Casey.

— Mais si c'est dans la Chambre principale, il peut déjà être trop…

— Permettez-nous de nous inquiéter nous-mêmes à ce sujet.

Becker s'empara de son équipement et se prépara lui-même pour l'action. Même si techniquement il devait encore se rendre à la Cour le lendemain, il avait des choses beaucoup plus importantes en tête.

— Maintenant, comment fait-on pour nous y rendre ?

Chambre de décompression,
Département du sommeil, le Seems

En haut d'un escalier en spirale richement orné se trouvait l'entrée de la chambre principale, où la substance du Sommeil était mélangée et fabriquée. Mais avant d'entrer, on devait subir une décompression[26], parce que même si les ingrédients individuels sont essentiellement inoffensifs, lorsqu'on les combine, ils produisent un effet extrêmement enivrant. D'où la nécessité de prendre toutes les précautions nécessaires en cas de risque d'exposition au puissant composé.

— Ils n'ont pas l'air de pyjamas, fit remarquer Simly en même temps qu'il entrait dans le vêtement épais protecteur. Ils n'ont même pas de petits pieds !

---

26. Le Sommeil ne peut être fabriqué que sous 16 hectopascals (6 millibarres [8 kgf/cm^2]).

— Ils ne sont pas censés en avoir, répondit Dominic, mettant ses épais gants orange. Les Pyjamas ont été conçus pour protéger mes Ouvriers infatigables des matières dangereuses qui se trouvent au-delà de la porte.

La gorge de Simly se serra et il boucla sa botte d'un cran additionnel.

— *Début de la Décompression du Sommeil*, dit l'ordinateur, et une jauge sur le mur tomba de jaune à orange.

Becker et Casey étaient fin prêts, et ils étaient en train de passer en revue leurs Coffres à outils pour trouver la plus récente technologie anti-Panne. L'un après l'autre, ils installèrent leurs rallonges avec un déclic et retirèrent les dispositifs de sûreté pendant que Simly fouillait dans sa Mallette.

— Que croyez-vous que je devrais apporter, les gars ?

— Seulement toi, le jeune.

Becker sourit, faisant de toute évidence référence au film classique d'Entraînement des Réparateurs *Ne soyez pas un outil*, et Simly se força à sourire. Mais la tension dans l'air était palpable.

— *Décompression du Sommeil complétée.*

La lumière sur le compteur devint verte, et tous sentirent leurs oreilles se déboucher simultanément.

— On met les Casques, conseilla Dominic, remuant légèrement le sien pour le mettre en place. Scellé et pressurisé.

Tous les quatre appuyèrent sur le même bouton sur le devant de leurs combinaisons, et des visières de verre s'abaissèrent sur leur visage. Mais alors que Becker tendait le bras vers la porte renforcée menant à la Chambre principale, l'excitation qui courait dans ses veines était aussi tempérée par l'appréhension. De l'autre côté se trouvait la Panne qu'ils avaient poursuivie toute la nuit, et personne, pas même Casey, ne semblait impatient d'y faire face.

— N'ayez pas peur d'avoir peur, les gars, dit le Réparateur Lake, crispant deux fois ses Poings de fureur[MC]. Maintenant, allons botter le derrière de ce petit fauteur de troubles !

Chambre principale, Département du sommeil, le Seems

Lorsqu'ils entrèrent par la porte, rien n'était comme ils s'en attendaient. Le vestibule de la Chambre principale était rempli d'un étrange scintillement jaune, presque comme un brouillard, et Becker le laissa lentement glisser à travers ses doigts gantés orange. Il n'était pas difficile de comprendre de quoi il s'agissait.

— Le Sommeil.

Même si les Ouvriers infatigables étaient normalement en devoir 25/7[27], on ne les trouvait nulle part. De fait, il n'y avait pas le moindre son, à part le ronronnement motorisé des unités de congélation au loin et du climatiseur au-dessus.

— Je ne comprends pas, murmura Dominic. Il est censé y avoir un détachement de sécurité, ici, en tout temps.

Près de la porte avant, il y avait une série de crochets, chacun avec une étiquette où un nom était inscrit, mais la plupart des pyjamas qui étaient habituellement suspendus là n'y étaient pas. Simly s'avança vers la pointeuse des employés et tira la carte la plus récente.

— Roy Ponsen a poinçonné en entrant à 4 h 17.

---

27. La journée seemsienne comporte 25 heures (une supplémentaire, juste au cas).

Cela signifiait que peu importe de quel événement il s'agissait, il s'était produit quelque chose à peine quelques minutes plus tôt.

— Ressentez-vous ça? demanda Becker.

— Juste où ça fait mal, répondit Casey.

Les deux ressentaient des serrements majeurs au niveau de leur 7e sens, mais pour le Réparateur de grade supérieur, c'était beaucoup plus que cela. Non seulement la magnitude des secousses la troublait de façon profonde et sérieuse, mais elle éprouvait aussi un sentiment de familiarité.

— Je déteste dire ceci, mais il y a beaucoup de terrain à couvrir et pas beaucoup de temps pour le faire, alors peut-être devrions-nous nous séparer?

— D'accord, dit Becker, examinant les couloirs qui se divisaient à partir du vestibule.

La Chambre principale était essentiellement une suite — un paquet de petites chambres satellites (où se trouvaient peut-être les salles de bain et les penderies), mais au lieu du lit requis en forme de cœur, au centre se trouvait le célèbre Somnolheim 4000 seemsien.

— Je me dirige vers la RD.

— Je vérifie les registres de sortie, annonça Casey. Simly, pourquoi ne vous occupez-vous pas de l'Inventaire?

— L'Inventaire? Vous voulez dire, par moi-même?

— Non, je veux dire avec l'autre Simly.

— Et moi? carillonna Dominic, pas du tout pressé de se rendre quelque part.

— Vous restez ici près de la porte, commanda Becker, et cette fois-ci, l'administrateur ne lui répondit pas. Nous vous informerons quand nous aurons quelque chose.

Les trois échangèrent une Poignée de mains pour faire bonne mesure, puis s'engagèrent dans les couloirs séparés et disparurent dans le brouillard.

— Allo ? demanda Becker, entrant avec précaution dans la section réservée au Département de la recherche et du développement. Il y a quelqu'un, ici ?

C'était à la RD que certains des plus brillants esprits du département cherchaient inlassablement à perfectionner la formule du Sommeil, et il était disposé comme une usine à penser. Il y avait des sofas pour évacuer la vapeur, une table de ping-pong et un rafraîchisseur d'eau rempli d'Inspiration — tout cela pour encourager les nouvelles idées audacieuses. Et sur un tableau il était écrit une série de formules mathématiques :

$$S = (r + t)/s$$
$$I = ((Stress + Caféine + Rumination + \pi)^* ASN)$$
$$Remède\ pour\ I = S + (Quatre\ vérités + Élément\ J + ????)$$

D'après l'allure de la pièce en désordre, une séance avait eu lieu récemment, mais il n'y avait plus personne, seulement une mince couche de jaune sur le plancher. À la ceinture de Becker, le Récepteur commença à vibrer en mode sans sonnerie.

— *Lake à Drane, à vous.*

— Qu'avez-vous trouvé ?

— *Rien.*

— Moi non plus, dit Becker, qui aperçut toutefois plusieurs séries d'empreintes de pieds conduisant au cœur de la Chambre principale.

— Du moins, pas encore…

BLIP... BLIP... BLIP... BLIP...

À l'Inventaire, Simly tenait son Pannomètre réparé qu'il pointa vers les cuves géantes qui contenaient les ingrédients pour le Sommeil. Repos, Scintillement et Roupillon étaient les trois principales composantes, et en raison de la demande toujours croissante de Sommeil dans le Monde, il fallait garder l'Inventaire à des niveaux les plus élevés possible. Mais si la Panne avait infiltré l'un de ces bidons, l'appareil de Simly ne détectait rien.

BLIP... BLIP... BLIP... BLIP...

— Pannomètre, mon œil! Par mon grand fessier seemsien!

Simly écarta l'appareil avec colère, résolu à ne plus jamais l'activer. Il était là, sur une Mission avec Cassiopeia Lake elle-même — dont l'affiche décorait le mur de sa chambre de dortoir à l'IDR — et il n'avait encore rien fait d'autre que de poser un paquet de questions stupides et de vaporiser un flacon de Raid.

— C'est ça, *french* Frye. Si tu ne peux y arriver maintenant, tu ne mérites pas d'être un Réparateur!

Simly ferma les yeux, et à nouveau, il essaya d'appliquer les conseils de Simly sur l'activation du 7e sens. Il s'imagina être le même élève qu'auparavant, sauf que cette fois-ci, il était plus spécifique et se vit en train de grandir sur une petite ferme à Dubuque, en Iowa (sans raison apparente), où il conduisait un tracteur avec son père à travers les champs de maïs, réglé sur les rythmes de la Nature de la façon la plus humaine possible. Il alla aussi loin que se visualiser en train de se glisser dans son lit, brûlé par le soleil et épuisé à la fin d'une autre longue journée, et prêt à une Bonne nuit de sommeil plus que bienvenue.

— Quelque chose ne fonctionne pas dans le Seems, imagina-t-il désespérément, comme Becker ou Casey ou n'importe quel véritable Réparateur aurait pu le faire. Maintenant, isole l'impression sur l'endroit où pourrait se trouver la Panne.

Mais malgré l'intensité ou la sincérité de ses efforts, rien ne lui venait. Aucun sentiment, aucun sens, aucun picotement, rien.

— Frye à Réparateur Drane, dit-il, sa main saisissant avec découragement son Récepteur, je n'ai rien non plus.

— Lake ? Est-ce vous, Lake ?

Dans la Chambre de décompression, l'esprit de Dominic avait commencé à lui jouer des tours. Dès la disparition des Réparateurs, il s'était convaincu qu'il y avait une petite déchirure dans sa combinaison et il s'était recouvert de ruban à masquer et de colle.

— Identifiez-vous !

Il ne criait à personne en particulier.

L'absence de réponse ne servit qu'à lui détraquer davantage les nerfs. Alors que ses fonctions d'Administrateur avaient été peu mouvementées, il n'y avait pas eu non plus beaucoup de progrès dans l'art. Son plus grand espoir et le Saint Graal du Sommeil avaient consisté à découvrir la cure tant attendue pour guérir l'Insomnie, et il avait mené durement ses hommes, mais le sentiment croissant d'anxiété dans le Monde (plus les réductions budgétaires) avaient conspiré contre une telle innovation.

— Je savais que j'aurais dû rester au Département des travaux publics ! J'aurais pu avoir un bon emploi de commis à l'Usine de fleurs, mais nonnnn… j'ai voulu devenir un gros bonnet et être transféré au Département du sommeil !

Mais le pire dans tout ça, c'est qu'avec l'arrivée des révisions annuelles et les Pouvoirs constitués qui cherchaient chaque fois à réduire les effectifs, et à cause de ce parfait fiasco, le poste de Dominic risquait d'être totalement supprimé. Il vérifia sa bien-aimée montre-bracelet, mais cela ne fit qu'aggraver le problème, car l'Aurore arriverait dans 40 minutes.

— Est-ce vous, Lake ? Est-ce vous ?

Malgré son désappointement, Simly Frye garda la tête haute et se dirigea vers le Département de l'emballage. C'était une pièce faiblement éclairée remplie de longues tables, de balances de précision et de sacs de plastique, exactement comme celui révélé par la Lueur d'espoir. Chaque sac était plein du même Sommeil qui remplissait l'air et était accroché à des crochets miniatures conçus pour le transport vers l'Expédition centrale — mais la chaîne de montage s'était arrêtée net. De même que les gens qui y travaillaient.

Il y en avait des rangées et des rangées, tous portant des Pyjamas protecteurs comme celui de Simly, mais ils étaient effondrés à leur poste et immobiles. Le brouillard de Sommeil était encore plus épais, ici, et des piles de la substance avaient recouvert le sol et les gens comme de la neige.

— Allo ?

Simly pouvait sentir une peur froide se répandre dans son ventre.

— Vous les gars, ça va ?

Ils n'avaient pas l'air d'aller bien.

— Qu'est-ce qui ne va pas avec vous autres ?

Dès l'instant où Simly toucha un Ouvrier infatigable, celui-ci s'écroula sur le sol et roula sur le dos. Il paraissait mort, son visage hideusement encroûté et ses narines totalement bouchées par une épaisse saleté jaune.

L'Agent de contact recula, gagné par l'hyperventilation, mais il se ressaisit.

— Concentre-toi, Simly !

Il était évident que sur sa route de dévastation, la Panne était passée par ici, mais il restait toujours la question de savoir où elle se trouvait maintenant.

— Tu peux y arriver.

Pour la toute dernière fois, il ferma les yeux et visualisa son alter ego iowan au lit sur la ferme de sa jeunesse. Écoutant attentivement, il élargit sa conscience et capta les bruits de craquement des lames de parquet, le balancement du maïs dans les champs, et les hennissements des chevaux dans la grange à l'extérieur.

— Continue, Simly… continue…

Il avait l'impression que le moment était réel, plus réel que jamais auparavant. Mais ce ne fut que lorsqu'il conjura Rufus, le vieux chien de la famille (qui dormait 23 heures sur 24), s'avançant dans la chambre avec une vigueur inattendue dans sa démarche, que Simly sentit quelque chose comme jamais auparavant dans sa vie.

Un minuscule frisson sur ses bras voyagea rapidement vers ses orteils. C'était une sensation qui lui parlait presque, murmurant dans son oreille, pointant vers le principal Tuyau d'épuisement qui conduisait à chacun des becs d'emballage individuels. Si cette impression était juste, alors la Panne *était* encore ici. Il retira donc avec précaution un Filet de sécurité[MC] de sa Mallette, et il allait ouvrir le tuyau, quand — **WHOOSH!**

Un jet de poudre jaune explosa du tuyau, fracassant sa visière de verre et remplissant ses poumons de Sommeil.

— Au secours ! Aidez-moi !

Mais il était trop tard. Ses yeux tournèrent à l'envers, et il glissait dans le Sommeil paradoxal.

— Simly !

Casey apparut par-dessus son épaule, l'attrapant juste avant sa chute.

— Reste avec moi, Agent. Reste avec moi.

Elle inséra la main dans son Coffre à outils pour en sortir un petit ballon duquel Simly aspira rapidement. Presque instantanément, il revint à lui.

— Que s'est-il passé ? Où étais-je ?

— Tu vas bien, Simly. Tu as juste besoin d'une Bouffée d'air frais^{MC}.

Casey enleva le casque de l'un des Ouvriers infatigables inanimés et le glissa sur la tête de Simly.

— Que s'est-il passé ?

— La Panne, Casey — elle est dans ce Tuyau d'épuisement !

Le Réparateur bondit sur ses pieds, mais lorsqu'elle retira le joint de résine époxyde, la seule chose qu'il y avait à l'intérieur, c'étaient des câbles et des tubes de fibre de verre.

— Si elle était là, elle est maintenant partie.

Ses yeux suivirent le tuyau, qui serpentait le long du plancher, montait vers le plafond, et était de retour au centre de la Chambre principale.

— Mais il ne reste qu'un endroit où elle peut aller.

Le Somnolheim 4000 était la dernière des technologies du réacteur de Sommeil et produisait trois fois la quantité de son décevant prédécesseur, le Ewanu-I 42. Pourtant, la machine accomplissait le même dangereux travail de synthèse du Rafraîchissement, du Scintillement et du Roupillon dans le précieux baume appelé Sommeil. Son cœur était situé derrière une vitre de 20 centimètres d'épaisseur, qui protégeait les gens de l'extérieur de toute débâcle possible, mais pour Becker Drane, il semblait qu'une débâcle s'était déjà produite.

De fait, le Centre de contrôle devant lui avait l'air fraîchement sorti d'une scène de film que Benjamin et lui avaient regardé un jour sur AMC, intitulé *Le Syndrome chinois* (qui avait fait paniquer son petit frère presque autant que *Piñata)*. Partout étaient étendus des ouvriers inanimés — pas seulement l'équipe du réacteur, mais le Détachement de la sécurité, les Emballeurs et même quelques types de la RD, qui avaient dû arriver en courant lorsque les alarmes avaient retenti. Les moniteurs et les jauges étaient tous dans le rouge, et le Sommeil dégorgeait des buses d'évacuation par à-coups, créant le nuage jaune qui s'épaississait toujours plus dans l'air.

Pire encore, derrière le verre, le réacteur lui-même vacillait et étincelait, comme s'il était prêt à éclater à tout moment.

— *Lake à Drane, m'entendez-vous, terminé!*

Becker prit le Récepteur.

— Je t'entends fort et clair.

— *Amène-toi au Somnolheim — je crois que la Panne est peut-être à l'intérieur!*

— Il n'y a pas de peut-être. Je suis ici en ce moment même et je n'aime pas ce que je vois.

— *On est en route.*

Becker accrocha son Récepteur et consulta le chapitre 6 de son Manuel. D'après les plans-coupes, le Somnolheim était construit comme une Poupée russe, avec une coque de protection ou «blindage» à l'intérieur d'une autre, à l'intérieur d'une autre — le tout étant conçu pour protéger le cœur interne de l'exposition.

— Laisse-moi jeter un coup d'œil.

Casey arriva, avec l'Agent de contact Frye derrière elle, et elle pointa vers le centre du diagramme.

— Il reste encore du temps pour le réparer, mais nous devons arrêter la Panne avant qu'elle y parvienne — c'est-à-dire dans le cœur.

— Mais les coques sont munies de fils-pièges magnétiques! cria Simly. Si quelque chose touche les côtés…

— Si c'était facile, ce ne serait pas amusant.

Casey fit un clin d'œil à Sim, qui rougit comme un écolier (de Dubuque).

— Comment veux-tu régler ça? demanda Becker, prêt à suivre Casey aux confins du Seems.

— C'est à vous de nous le dire, no 37. C'est votre Mission.

Becker sourit et releva le gant.

— Installe une Table à outils^{MC}, Simly.

— À vos ordres, monsieur.

On avait souvent comparé la Réparation à une opération sur un être humain, pas simplement à cause des enjeux évidents, mais à cause du grand nombre de gadgets et d'Outils impliqués. Becker remplaça ses gants de Pyjama par des gants de latex blanc, alors que Simly étendait tout un étalage d'instruments argentés sur le dessus de la Table à outils stérilisée.

— Prêt, monsieur?

L'Agent de contact était excité.

— Prêt.

Simly fit craquer ses jointures, se préparant à tenir sa part du marché.

— Retirör^MC! demanda Becker.

— Retirör!

Simly tendit à Becker une paire de forceps de titane, qu'il utilisa pour défaire les sceaux du blindage extérieur du réacteur. Comme si elle manipulait de la fine porcelaine, Casey souleva la première coque et la déposa sur le plancher.

— Coupör^MC!

— Coupör!

Avec un petit scalpel à pointe de diamant, Becker découpa quatre petits trous dans la seconde coque à des intervalles équidistants. À côté de lui, Simly attendait patiemment à chaque mouvement.

— Soulevör^MC!

— Soulevör!

Becker inséra les quatre pinces élastiques à l'intérieur des trous et commença à soulever la seconde coque. Immédiatement, un son de ronronnement émana de l'intérieur — le son des mécanismes de défense du blindage. S'il le laissait tomber ou si les côtés touchaient n'importe quelle partie du réacteur, c'était la fin.

— Ça va? demanda Simly.

Le Réparateur leva la coque plus haut, et le bruit de ronronnement s'intensifia, se transformant en un sifflement perçant.

— Les doigts dans le nez.

Juste au moment où le bruit menaçait de leur déchirer le tympan, Becker retira finalement la deuxième coque, et tout devint mortellement silencieux. Au-dessous, il y avait une forêt entremêlée de fils multicolores, serpentant comme des vignes sur le dessus de la dernière coque protectrice.

— Je. T. Vu.[MC]

— Je. T. Vu.

Simly tendit à Becker une lentille en forme de monocle, que ce dernier avança contre la coque du réacteur. Un sourire de satisfaction se dessina sur le visage du Réparateur, alors que l'outil lui permettait de voir à travers le métal ce qui se trouvait de l'autre côté.

— Te voici, espèce de garce de Panne.

Comme pour lui répondre, un flot de scintillement s'élança droit sur eux, menaçant de les atteindre aux yeux, mais le liquide fut rapidement aspiré par l'espace vide entre les mains de Casey — sa Pompe à vide portative[MC].

— Continue.

Becker hocha la tête, puis s'arma de courage pour attaquer le dernier obstacle.

— Ces Choses qui ressemblent beaucoup à des pinces avec lesquelles tu coupes les fils[MC] !

Simly allait répéter, puis il regarda simplement Becker avec l'air de dire : « Tu veux rire » et il les lui tendit. Avec une remarquable rapidité et une stupéfiante précision, le jeune Réparateur commença à couper les fils à petits coups de ciseaux, se taillant un chemin vers le cœur. Mais plus il s'approchait, plus le réacteur crépitait et tremblait.

— On s'en va vers une débâcle ! cria Simly, effrayé par la violence du tremblement.

— Pas ce soir.

Sous le fouillis emmêlé se trouvait un dernier fil, enfoui dans un profond renfoncement et semblant impossible à atteindre.

— Extension à pincettes^{MC}.

Mais Simly était toujours paralysé par la terreur.

— Extension à pincettes!

Casey gifla Simly au visage.

— Merci, monsieur. Puis-je en avoir une autre?

— Contente-toi de rester dans le jeu, camarade.

— Désolé, monsieur.

Simly prit l'Outil requis sur la table.

Becker fixa l'extension et abaissa Ces Choses qui ressemblent beaucoup à des pinces avec lesquelles tu coupes les fils profondément dans le renfoncement, juste comme il l'avait fait quand il avait saisi le petit os la dernière fois qu'il avait joué à *Opération*. Sauf que cette fois-ci, ce n'était pas un jeu.

— Maintenant, à la seconde même où je coupe ce fil, prépare-toi à entrer.

Il plissa les yeux pour enlever la sueur qui l'aveuglait et se prépara à couper.

Mais de l'intérieur du Somnolheim, un nouveau bruit émergea — quelque chose de provoquant — suivi d'une violente lumière bleue. C'était maintenant ou jamais, de sorte que Becker serra la poignée de l'Extension et trancha le dernier fil.

La dernière coque éclata…

Il y eut un éclair d'un bleu aveuglant…

Et finalement…

Une fois pour toutes…

Elle était là…

La Panne de sommeil.

L'Effet en chaîne (reprise)

— À quoi vous attendiez-vous ? demanda la Panne, relevant sa visière d'un air suffisant. Une sorte de bip médiocre ?

La Panne ne faisait que 10 centimètres de haut, mais avec ses cheveux en bataille, sa gueule aux dents irrégulières et ses yeux jaunâtres en colère, elle avait certainement de quoi faire peur. L'image dans le Manuel de Becker ne lui rendait pas justice et elle ne montrait pas non plus le curieux réacteur dorsal en aluminium attaché fermement sur son dos. Une torche à l'acétylène ressortait de l'équipement, et la propriétaire était en train de s'en servir pour se frayer un chemin dans le cœur du réacteur.

— Pas un geste ! cria Simly, la tenant à distance avec une Menace voilée[MC].

— Comme tu veux, le jeune, se gaussa la petite monstruosité, laissant tomber la torche et levant les mains en l'air.

Mais l'Agent de contact a baissé sa garde trop tôt, ne se rendant pas compte (ou ayant oublié) que les Pannes sont les maîtres de la duplicité — et qu'elles avaient *trois* bras, dont le dernier cherchait à atteindre subrepticement un petit bouton près de sa poitrine.

— Je ne veux pas de problème.

— Attention ! hurla Casey alors qu'un épais nuage de fumée noire crachait de l'un des tuyaux d'échappement de son réacteur dorsal et remplissait la pièce.

Avec la Pompe à vide portative du Réparateur Lake déjà épuisée, ils n'eurent d'autres recours que de se déplacer tant bien que mal à travers le brouillard pour essayer de s'orienter.

— Où est-elle ?

— Où est-elle allée ?

La fumée était trop épaisse pour naviguer, mais ils pouvaient entendre quelque chose qui ronronnait comme un hélicoptère tout autour d'eux. Et puis…

— Là !

La Panne s'était rematérialisée à l'*extérieur* de l'enceinte de verre, une hélice située sur le dessus de son réacteur dorsal surmontant sa petite tête déformée.

— Réparez ceci !

De ses trois mains, elle fit rapidement le même geste vulgaire, puis elle fila à travers les chevrons et disparut de la vue.

— Drane à Patrouille de nuit !

Becker tira son Récepteur de sa ceinture.

— Patrouille de nuit, à vous !

— *Patrouille de nuit à l'écoute, monsieur. Nous vous entendons fort et clair !*

— La Panne est en liberté dans la Chambre principale. Je répète, rien n'entre ni ne sort de cette pièce sans que le Réparateur Lake ou moi-même ayons donné personnellement notre accord.

— À vos ordres, *monsieur* !

— Et souvenez-vous, carillonna Casey, cette salope est un peu timbrée, alors n'essayez pas de vous en prendre à elle par vous-mêmes !

— *Compris* !

— Réparateurs, terminé !

Becker raccrocha pendant que Casey pompait ses Poings répétitivement à nouveau, activant leur charge ionique.

— Allez, les copains. Cette fois-ci, il est préférable que nous restions ensemble.

Les Pannes faisaient partie du système depuis le fameux Jour, et personne ne savait vraiment comment et pourquoi elles sont apparues — on savait seulement qu'elles passaient leur temps à bousiller les travaux. Pendant d'innombrables années, elles avaient tourmenté Jayson et les gens de son espèce jusqu'à ce que les Pouvoirs constitués finissent par dire qu'assez était assez. Peu après, l'opération Nettoyage et balayage (à laquelle avaient participé tous les Réparateurs et tous les Agents de contact) avait été lancée, et en fin de compte, ce fut un véritable succès, où presque tous les traînards les plus malins furent ramassés et enfermés dans une prison à sécurité maximum.

Becker se demanda quelle était l'histoire derrière celle-ci, alors que l'équipe se dirigeait à nouveau vers la RD. Était-ce une nouvelle Panne, jamais vue auparavant, qui annonçait la venue d'une seconde attaque terrible ? Ou une ancienne, qui avait survécu au Nettoyage et au Balayage et avait juré de se venger de cette défaite ignominieuse ? Peu importe, il fallait la neutraliser, parce qu'une vérification de son Compteur de temps lui indiqua que l'Aurore serait là dans 30 minutes.

— Nous manquons de Temps, patron! murmura Simly. Si nous ne remettons pas le Somnolheim en état de marche…

— Une étape à la fois, répondit Becker, se concentrant sur maintenant. La Panne d'abord, Somnolheim en deuxième, et ensuite, nous sauverons le Monde.

Casey les fit taire tous les deux, puis elle pointa droit vers le haut, comme si elle avait repéré leur proie. Mais malheureusement, c'était plutôt leur proie qui les avait repérés.

— Vous arrivez trop tard!

Une voix profondément démentielle se déversa sur eux d'en haut.

— Le Sommeil m'appartient! Puis ce sera la Nature aussi! Et bientôt, je déchirerai le Tissu de la réalité lui-même!

La bouche de Becker s'assécha alors que la menace de la Panne reflétait son propre Pire cauchemar.

— Le Plan est maintenant de mon côté, et vous ne pouvez rien faire pour l'arrêter! Rien!

Une fois de plus, un gros éclat de rire psychotique résonna d'en haut.

— La folie des grandeurs! dit Casey. Ce sera tout simplement aussi facile que lorsque nous avons descendu vos copains durant le Nettoyage et le Balayage!

— Qui ose parler de ce jour? La souffrance atroce d'un millier de Pannes résonne encore dans mes oreilles!

— Ne t'inquiète pas, bitzer, défia le Réparateur Lake. Tu les reverras assez tôt — quand nous te ramènerons en Seemsbérie!

— Jamais!

Prise d'une rage folle, la Panne descendit en flèche depuis les chevrons.

Les chasseurs se dispersèrent, et un combat chaotique de volontés s'ensuivit.

Les meilleurs de l'IDR étaient dans une forme superbe, protégeant les plus récentes innovations du Maître des outils — les Fosses de sable^{MC}, les Sphères d'influence^{MC}, même l'Invention de Jayson^{MC} —, mais avec la Panne, ils avaient affaire à un adversaire de taille.

Son Coffret d'attaques^{MD} était comme un Anti-coffre à outils, où se trouvaient tous les gadgets et armes inimaginables.

— Simly, baisse-toi! avertit Becker, une seconde avant que l'Agent de contact ne soit pris au piège dans un Tissu de mensonges^{MD}.

— Je vais bien, marmonna-t-il à travers les brins fibreux. Allez-y sans moi.

La vue de son Agent de contact enveloppé dans des fils enroulés tout collants mit Becker dans une impitoyable furie, et il sortit précipitamment son Retour à l'expéditeur^{MC} qu'il lança violemment en direction de la Panne de toutes ses forces.

Le monstre se baissa, inconscient que Becker n'essayait pas de le frapper, mais qu'il ne voulait que l'emprisonner dans la force magnétique du boomerang. Au début, le Réparateur sentit un élan d'excitation alors que l'Outil revenait vers lui avec l'ennemi qui y était accroché, mais le triomphe se transforma en terreur quand la Panne renversa la polarité du Coffret d'attaques et renvoya violemment le projectile vers son propriétaire à deux fois la vitesse originale. L'objet atteignit directement Becker dans la poitrine et le projeta violemment vers l'arrière, l'enveloppant profondément dans une montagne de Sommeil.

— Qui est le prochain ?

La réponse de Casey Lake fut de bondir dans les airs en utilisant son Cric à sauts^MC et de frapper la Panne d'un coup de pied circulaire au visage. Lorsque le démon retrouva ses esprits, une haine née de la reconnaissance de son adversaire brûlait dans ses yeux jaunes.

— Toi !

Casey retomba sur ses pieds et adopta une position de félin.

— Nous nous rencontrons à nouveau.

C'était vrai. Elles s'étaient affrontées auparavant — le dernier jour du Nettoyage et du Balayage, lorsque Casey n'était qu'une Agente de contact. Ce combat l'avait presque tuée, mais lorsqu'elle avait repris connaissance entre le Marteau et l'Enclume, la Panne avait disparu, ne laissant derrière elle qu'une simple goutte de sang.

— J'ai beaucoup appris depuis notre dernière rencontre, Lake.

— Moi aussi.

Elles se préparèrent à se battre comme deux puissants ninjas, s'apprêtant à terminer un match impossible à terminer. Puis, avec une fureur extrême, elles attaquèrent.

Pendant que le combat épique faisait rage, des étincelles et des éclats de métal volants pleuvaient sur Simly qui, de son poste d'observation à l'intérieur du Tissu de mensonges ne pouvait que capter des images fugitives de l'échauffourée. Des nuages de fumée et de Sommeil s'élevaient en tourbillons autour de lui, et il était impossible de voir qui était en train de gagner. Il tenta de repérer Becker dans la mêlée, mais son Réparateur était toujours perdu sous la pile de Sommeil.

Soudain, il y eut une forte explosion, et tout devint complètement silencieux.

— Casey? cria Simly, cherchant à travers les décombres. Casey?

— Je suis désolée, elle ne peut venir au téléphone, maintenant.

Il ne restait que la Panne, brûlante de la fièvre du combat, et pratiquement indemne.

— Puis-je vous demander qui l'appelle?

À l'extérieur de la Chambre de décompression, le Capitaine de la Patrouille de nuit montait la garde avec ses hommes.

— Concentrez-vous. Ce n'est pas un exercice.

La force de sécurité connue sous le nom de Patrouille de nuit était composée d'un petit groupe de professionnels du Sommeil, renforcé par des ouvriers ordinaires qui se portaient volontaires, surtout à cause du généreux programme d'avantages.

— Je ne me suis pas engagé pour ça, Cap. Je n'étais censé travailler que deux fins de semaine par année.

— Eh bien, dit le survivant bourru de la Bataille du haut de la colline, je suppose que vous avez choisi les mauvaises fins de semaine.

BANG! BANG! BANG!

— Qu'est-ce que c'était?

Les coups frappés à la porte venaient de l'intérieur de la Chambre principale, poussant le capitaine à faire immédiatement taire son escouade.

— Identifiez-vous!

— Ouvrez, espèce d'idiots! C'est moi, Dominic, votre patron!

— Désolé, monsieur. Nous avons reçu des ordres stricts de ne laisser personne entrer ou sortir de cette pièce sans le consentement personnel d'un Réparateur.

— Les Réparateurs ont terminé — pour de bon! Maintenant, ouvrez cette porte ou vous serez condamnés aux Mines de saveurs à extraire l'Âpreté pour le reste de votre vie naturelle!

— Peut-être devriez-vous lui ouvrir, monsieur, suggéra le jeunot. Il paraît un peu fâch...

— Taisez-vous, fils. Pour ce que nous en savons, ce pourrait être la Panne, ici, en train d'imiter l'Administrateur.

Le Capitaine considéra ses choix, puis cria à nouveau à travers la porte.

— Je suis désolé, qui que vous soyez...

— ... mais les ordres sont les ordres!

Dans le vestibule, Dominic sombra dans un état d'abattement.

— Mais vous ne comprenez pas. Ils sont partis... ils sont tous...

Le bruit de l'hélice ronronnante retentit de nouveau dans l'air rempli de Sommeil, et Dominic tourna la tête pour voir ce qui arrivait.

— S'il vous plaît! Vous devez me faire sortir d'ici! C'est...

— On part si tôt?

Se matérialisant hors du brouillard, apparut la minuscule abomination, et Dominic chercha désespérément à fuir, mais il ne put aller bien loin.

— S'il vous plaît! Je viens tout juste de payer mon hypothèque!

Pendant que la Panne plongeait et piquait vers lui, elle sortit un rouleau de ruban à conduits et décrivit un cercle à toute vitesse autour de l'Administrateur, l'enveloppant de la tête aux pieds comme une momie. Dominic tomba au sol, incapable de bouger ni même de parler, car la seule partie de son corps découverte, c'étaient ses yeux — ouverts juste assez pour voir la Panne abaisser la lame d'une scie circulaire tournoyante directement vers sa tête.

— Il est temps de faire cette funeste sieste!

Les appels à l'aide de Dominic étaient étouffés. Personne ne pouvait l'entendre hurler, jusqu'à ce que...

— Hé, la demi-portion!

La Panne se tourna pour apercevoir une silhouette indistincte émergeant d'un nuage de poussière jaune.

— Pourquoi ne t'attaques-tu pas à quelqu'un de ta taille?

Le Réparateur no 37 tenait bon, contusionné, mais nullement découragé, une main immobile derrière le dos et l'autre faisant signe à la Panne d'approcher.

— Avec plaisir!

Émettant un cri de combat à vous glacer le sang, la Panne se lança dans les airs et fonça sur Becker. Elle actionna un commutateur sur son Coffret, et des dizaines d'armes s'abattirent — des épées, des couteaux, des ciseaux, même un bâton de baseball Louisville Slugger, mû par des bras mécaniques — mais le Réparateur refusa de flancher.

Le philosophe grec Zénon d'Élée était reconnu principalement pour son fameux paradoxe : «Que se passe-t-il lorsqu'une force que rien ne peut arrêter rencontre un objet impossible à bouger?[28]» et la réponse à cette énigme

---

28. À la K.I.T.T. contre K.A.R.R.

séculaire allait être résolue. Mais à la toute dernière minute, Becker plongea pour s'écarter du chemin, évitant le coup de justesse avec sa tête encore sur ses épaules. Alors que la Panne le dépassait comme une flèche, il roula pour se remettre sur ses pieds et réussit à brandir l'outil qu'il cachait derrière son dos.

Cela ressemblait à un fusil-harpon, sauf à un endroit à l'extrémité, où se trouvait une large main de Kevlar, de la forme d'un gant de baseball ou la main sur la boîte du Hamburger Helper. Becker visa et tira, et la main explosa vers la Panne, connectée à la base par un câble de métal déployé.

La Panne aperçut le projectile dans son rétroviseur et essaya d'exécuter un dangereux tonneau.

— Nnnnon!

Mais c'était un coup parfait.

La main s'empara brusquement de la Panne et l'arracha durement de son Coffret d'attaques. Puis, un contact du bouton, et la corde se rétracta comme un ruban à mesurer, traînant la cause de tous les problèmes de la nuit qui donnait des coups de pied et hurlait vers le Réparateur, qui le coinça.

Ferdinand Becker Drane.

— Je t'ai eue!

Habituellement, quand vous entreprenez une odyssée majeure pour découvrir quelque chose et que vous réussissez à le trouver, elle se révèle être une déception parce que « le but est censé être le voyage » et tout le truc. Mais dans le cas présent, Becker devait admettre qu'il se sentait assez sacrément…

— Agghgh fhgjdu fh ejdgghd!

La Panne essayait de dire quelque chose, mais l'index de l'outil lui couvrait la bouche, et Becker l'écarta.

— Impressionnant, admit la Panne. Je ne l'ai jamais vue dans le Catalogue.

— Elle n'est pas dans le Catalogue, répondit Becker. Je l'ai moi-même fabriquée dans l'atelier.

— Comment l'appelles-tu ?

— La Main secourable[29].

— J'espère que tu as eu un A.

— C+.

— La poisse.

Même s'ils venaient tout juste de se livrer un combat mortel, ils semblaient éprouver un respect mutuel.

— Bien, le jeune, tu m'as eue.

Leur conversation fut écourtée par le bruit de la voix de l'ordinateur résonnant à travers la Chambre principale.

— *Alerte ! Alerte ! Arrivée de l'Aurore dans 18 minutes. Alerte !*

— C'est dommage que ça ne t'apportera rien de bon.

Expédition centrale, Département du sommeil, le Seems

Le contremaître prit une autre gorgée de son café froid et essaya de ne pas penser à ce qui pourrait se produire, si le pire scénario se réalisait. Il chercha un moment d'intimité pour ouvrir son porte-monnaie et regarder sa femme et ses enfants le jour où ils avaient tous fait l'école buissonnière pour aller à ville Géniale, et cela lui donna de la force pour ce qu'il se préparait à faire.

— Très bien, les gars, écoutez !

Tout son personnel était maintenant disponible — l'ensemble des quatre quarts de travail du jour seemsien — et ils étaient prêts à faire tout ce qu'il fallait.

---

29. Brevet en instance.

— Nos gens sont maintenant en haut à essayer de réparer le Somnolheim, mais c'est hors de notre contrôle. Tout ce que nous pouvons faire, c'est être prêts quand il sera remis en état de marche — pour sceller les Bonne nuit de sommeil, les emballer et les envoyer à tous les gens dans le monde !

À cause de la Panne, il allait falloir tout réemballer, parce qu'il n'y avait pas moyen de déterminer quelles composantes dans chaque boîte avaient été compromises d'une certaine façon, ou sous une certaine forme. Tout le département avait fait des pieds et des mains pour que les nouveaux colis soient prêts, mais il manquait encore le seul élément absolument nécessaire aux Bonne nuit de sommeil.

— Tout le monde en position, et attendez que je vous donne le signal !

Les ouvriers infatigables s'avancèrent vers les rangées de courroies de convoyeur et prirent leur poste. Devant eux, il y avait des boîtes ouvertes (étiquetées et adressées) et des crochets vides qui pendillaient en l'air. Des crochets qui, avec un peu de chance, par la volonté du Plan, transporteraient bientôt les précieuses enveloppes elles-mêmes.

— Tout est prêt, no 9 ?

— La dernière fois que je me suis battu à deux poings, c'était à la Nuit blanche !

Près de la Trappe principale, l'Inspecteur no 9 exhibait deux estampeurs saturés d'encre au lieu d'un seul.

— Voilà qui sera amusant !

— C'est ce que je voulais entendre.

Satisfait de voir que son équipe était prête, le Contremaître prit son Récepteur et appela la Chambre principale.

— Nous sommes tous installés ici, patron !

— Bien joué! dit Dominic, essayant toujours d'enlever le dernier morceau de ruban à conduits de sa moustache. Prêt pour d'autres instructions.

À l'intérieur de la chambre du réacteur, Becker était en train de replacer la coque extérieure du Somnolheim et de sceller bien fermement le cœur.

— Boulons éclairs[MC]!

— Boulons éclairs!

Simly lui tendit quatre boulons électriques qui se vissèrent d'eux-mêmes instantanément en place.

— Tout est prêt, dit le réparateur Drane.

— Sortons d'ici au plus vite…

Derrière le verre protecteur, Dominic fut rejoint par Casey, qui avait reçu le plus gros de l'arsenal de la Panne, mais qui était encore vivante pour raconter l'histoire.

— Comment ça va, Lake?

— Je n'ai jamais eu de rincée aussi forte depuis que j'ai essayé de surfer sur les Vents du changement.

Casey se mit à rire avec plaisir, puis elle attendit que Becker et Simly se retrouvent en terrain sécuritaire.

— Mise en marche du Somnolheim 4000!

Un fort grondement vibra à travers les lattes du plancher, et le réacteur se mit à tousser et à hoqueter pendant un moment, comme s'il n'allait pas se mettre en marche, mais il ronronna bientôt paisiblement.

— Bien joué, no 37.

Casey leva les pouces en signe de la victoire à Becker, puis attrapa l'interphone.

— Lake à l'Emballage. Le Somnolheim est remis en état de marche!

— *Je répète* — *le Somnolheim est en marche !*

À l'Emballage, les Ouvriers infatigables avaient fini par se réveiller et étaient prêts à reprendre leurs tâches.

— Affirmatif ! L'Emballage est prêt et en attente !

Sur la longueur de la table d'ébonite, il y avait des rangées de petits robinets, et après quelques gargouillis, le Sommeil commença à pomper des quantités parfaitement dosées des ingrédients (les niveaux de Roupillon baissés et ceux du Repos augmentés pour compenser le Temps perdu). Les Ouvriers remplissaient à nouveau les pochettes, et le générateur qui acheminait les crochets vers l'Expédition centrale démarra lentement.

— *Alerte ! Alerte…*

— *… Arrivée de l'Aurore dans 3,4 minutes. Alerte !*

— Nous n'y arriverons pas ! cria Dominic, allumant le moniteur de sécurité. Elle arrive dans le couloir !

Sur le petit écran à circuit fermé, une petite fille avec des nattes blondes et un grand sourire s'avançait dans un long corridor, escortée par des Gardes de sécurité du Grand Édifice. Dans sa main, elle tenait un mince attaché-case, qui contenait le Plan pour une toute nouvelle Journée. Sur son revers, elle portait un Insigne, où il était écrit à la main au crayon rouge ce simple mot : Aurore.

— Restez cool, suggéra Casey. C'est absolument certain que si les Bonne nuit de sommeil sortent par la porte avant qu'elle n'entre, nous sommes lancés.

L'Aurore ne pouvait ralentir, bien sûr, car une fois qu'elle avait quitté le Sommeil, elle était ensuite attendue au Temps et à la Météo et à la Nature et finalement à Divers, où les petites cloches et les sifflets étaient accrochés sur les branches du Plan.

— Parle-moi, Jonesy ! cria Dominic dans son Récepteur.

Expédition centrale, Département du sommeil, le Seems

— L'Expédition centrale est en marche ! annonça le Contremaître.

Tout autour de lui, sur le plancher de l'Expédition, il y avait du remue-ménage — les Ouvriers couraient en tous sens, les courroies de convoyeur étant en mouvement.

— *Que se passe-t-il avec les Bonne nuit de sommeil ?*

Dans la Trappe, l'Inspecteur no 9 pompait comme un engin à vapeur, pendant que des colis longtemps attendus étaient éjectés dans l'Entre-deux-mondes et précipités vers le Monde.

— En route, patron !

Chambre principale, Département du sommeil, le Seems

— *Les Bonne nuit de sommeil sont en route !*

Dans la Chambre principale, la bonne nouvelle fut accueillie avec des soupirs de soulagement, mais ils n'étaient pas encore sortis de l'auberge.

— Les avons-nous expédiés assez rapidement ? s'enquit Simly, se demandant si les Chaînes des événements avaient dépassé le point limite. Avons-nous arrêté l'Effet en chaîne ?

— Nous le saurons bien assez vite.

Dominic pointa le moniteur où l'Aurore, sous bonne garde, était sur le point d'échanger Hier pour Aujourd'hui.

Si les Bonne nuit de sommeil avaient atteint leurs destinations à temps, alors les Plans pour les deux journées correspondraient, mais si ce n'était pas le....

— *Alerte! Les Chaînes des événements se désassemblent! L'Effet en chaîne commence dans 30 secondes! Alerte!*

— Attendez! hurla Casey, alors que tout le monde s'agrippait à quelque chose le plus près d'eux.

Becker savait que dans chaque département du Seems, la même scène précise se répétait — des employés terrifiés se fermaient les yeux et murmuraient des prières silencieuses —, mais dans le Monde, c'était tout à fait l'opposé. Endormis ou non, les gens vaquaient à leurs affaires, complètement inconscients du fait que leur vie allait changer irrévocablement, ce qui n'était qu'une question de...

— *10... 9... 8... 7...*

— Tout le monde a des plans cool pour la fin de semaine?

Les autres regardèrent Casey, comme si *elle* était dérangée, mais elle ne fit qu'éclater de rire, comme si elle s'amusait follement.

— *6... 5... 4... 3...*

L'ordinateur s'arrêta pendant un temps long, terrible et non divulgué.

Simly grugeait ses jointures...

Dominic avalait un Tums...

Et Becker, pour une raison ou pour une autre, songea à l'époque où sa maman, son papa, Benjamin et lui avaient fait une promenade autour du lac Mendota et trouvé un trèfle à quatre feuilles.

— *Effet en chaîne évité! Effet en chaîne évité! Chaînes des événements en train de se rassembler! Tous les systèmes procèdent tel que planifié!*

Le cœur de Becker recommença à battre, et il tomba sur un genou, saisi de soulagement. Casey attrapa Simly et planta un énorme baiser sur ses lèvres (ce qui faillit tuer le pauvre Agent de contact, qui prit une teinte cramoisie pour laquelle des Coordonnateurs de la couleur seraient prêts à tuer). Au milieu des applaudissements et des étreintes, Dominic prit l'interphone du département.

— *Attention, Département du sommeil…*

Expédition centrale, Département du sommeil, le Seems

— *… c'est votre Administrateur qui parle !*

À l'Expédition centrale, le personnel arrêta ce qu'il était en train de faire, et même l'Inspecteur no 9 figea net.

— *… l'Effet en chaîne a été évité !*

La salle éclata en des cris joyeux.

— *Je répète…*

Station des veilleurs de nuit, Département du sommeil, le Seems

— *… L'Effet en chaîne a été évité et la Panne de sommeil est réparée !*

Au milieu des réjouissances de ses camarades, le Veilleur de nuit no 1 enleva son casque d'écoute, s'adossant doucement dans sa chaise Aeron, épuisé. Sur sa Fenêtre, le pêcheur sur glace à Irkutsk, les jumeaux qui jouaient à se taper dans les mains et même le vendeur dans le petit motel avaient fini par tomber endormis. Et à Istanbul, en Turquie, une jeune architecte du nom de Dilara Saffet avait été réveillée brutalement à peine quelques minutes après le début de sa sieste. Étrangement rafraîchie, elle suivit l'odeur du thé au jasmin dans l'escalier étroit et sortit dans la rue, ne se rendant pas compte que si elle ne se retournait pas dans quelques secondes, elle entrerait littéralement en collision avec Atakar Bayat (aussi appelé Ati le facteur), qui avançait tant bien que mal pour attraper la souris qui avait effrayé l'âne qui avait traîné le chariot appartenant au fils du vendeur d'épices.

Le Veilleur de nuit croisa les jambes et posa ses mains derrière sa tête et attendit patiemment le dénouement final.

La Fête du sommeil paisible,
Département du sommeil, le Seems

Pendant ce temps, sur le côté est du Département du sommeil, la Fête du sommeil paisible jadis plutôt calme s'était transformée en un sauvage rave de victoire — des étrangers s'étreignaient, pleurant, se promettant que maintenant que leurs prières avaient été exaucées, ils changeraient définitivement leurs habitudes.

Mais dans la section VIP, une silhouette solitaire était assise paisiblement sur un banc de l'alcôve privée. Le corps de l'ancien Candidat était parcouru par un flot d'émotions, qui le poussa à prendre une autre gorgée de son Thé de la certitude. D'un côté, il y avait tout ce qu'il avait juré de faire dans les prochains jours, mais d'un autre côté, il y avait la fierté qu'il ressentait pour son ancien ami. L'ami qui deviendrait bientôt son ennemi.

— Bravo, Draniaque, dit Thibadeau Freck en levant son verre pour porter un toast. Bravo !

Un rêve devenu réalité

Chambre de privation de sommeil,
Département du sommeil, le Seems

Lorsque la crise fut dénouée, la Panne fut soigneusement transférée de la paume de la Main secourable de Becker à la Chambre de privation de sommeil, une cellule de détention provisoire sécuritaire située dans le sous-sol du département. Elle était maintenant enfermée dans une caisse de transport, avec des trous sur le côté qui fournissaient la bonne ventilation et permettaient à la menace de parler, si jamais elle souhaitait des conseils ou qu'elle avait quelque dernière requête.

— Tu aimes les gadgets, exact, le jeune ?

En ce moment, elle essayait de raisonner avec Simly, qui avait reçu comme instructions de surveiller la créature pendant que ses supérieurs étaient en train d'organiser l'extradition.

— Le Coffret d'attaques ? Prends-le ! Fais-moi simplement sortir de cette boîte !

— J'ai reçu l'ordre de te garder avant que tu soies expédiée en Seemsbérie.

— Tu ne comprends pas, implora la Panne. Ce n'est qu'un immense malentendu. Je suis en Mission confidentielle du Contrôle de la qualité pour tester le système et m'assurer que tout fonctionne comme sur des roulettes. Regarde — les papiers sont dans ma poche arrière.

La Panne fit signe à Simly de glisser le bras à l'intérieur, mais celui-ci ne se fit pas si facilement tromper et cita plutôt un texte du Manuel :

— Page 103, paragraphe 2. « Les Pannes sont des créatures fourbes : rusées et convaincantes. N'écoutez jamais, jamais une Panne. »

— Surtout celle-ci, ajouta le Réparateur Lake alors qu'elle et Becker entraient dans la chambre avec les papiers de transfert de la Panne en mains.

— Lake, tu dois me croire — ce n'est pas ce que tu penses !

— Alors, qu'est-ce que c'est ?

— J'ai essayé d'être bonne. Je le jure. Après ce qui est arrivé entre nous, je me suis dit, c'est ça, plus de Pannes pour interrompre le travail. Je dois devenir un membre productif de la société.

Casey roula ses yeux alors que la voix de la Panne prenait un ton conciliant.

— Je suis déménagée en Périphérie, où je ne serais plus jamais tentée de blesser quiconque. J'ai même acheté une ferme. Nous faisions pousser les Fruits du labeur de même que des courgettes, et je menais une bonne vie — je veux dire, j'étais en train de construire quelque chose, n'est-ce pas ? Au lieu de détruire ! Mais alors…

Une ombre sombre passa sur son visage.

— J'ai recommencé à avoir… ces envies.

Tout en sachant qu'il faisait une erreur, Becker commençait effectivement à se sentir désolé pour la Panne, et Simly ne pouvait pas non plus s'en empêcher.

— Au début, c'était juste quelques fantaisies innocentes — une petite destruction de masse ici ou là — et j'ai essayé de m'immerger dans le travail. Mais peu importe ce que je faisais, je ne pouvais me débarrasser de l'impression que j'étais en train de vivre un mensonge — que je n'étais pas celle que j'étais censée être ! Je veux dire, est-ce que je ne fais pas partie du Plan ? Et si tout dans le Plan est bon, alors ne suis-je pas bonne, peu importe ce que je fais ?

— Le Plan permet toujours le libre arbitre.

Casey prit une page de l'école de Pensée.

— Qui et comment vous êtes est votre choix.

— Alors je choisis d'être… moi !

La Panne commença à donner des coups dans sa cage avec ses trois mains, grinçant des dents, et crachant des jurons qu'il n'est pas possible de reproduire ici. Les gens rassemblés attendirent que la petite ogresse ait terminé sa crise, mais elle n'en eut pas la chance, car il y eut un coup frappé à la porte du bureau.

— Ne vous inquiétez pas. Nous prenons la relève à partir d'ici.

Deux Conseillers en orientation de la Seemsbérie entrèrent, exsudant une vibration agréable et accommodante. Contrairement aux prisons dans le Monde, la Seemsbérie est reconnue pour ses succès dans la réhabilitation des âmes rebelles (même si les Pannes représentent certains des Cas les plus difficiles, pourtant aussi les plus gratifiants).

— Allez, Panne. Est-ce vraiment nécessaire?

La Panne finit par faire une pause dans son entreprise de destruction de sa cellule.

— Je vous montrerai ce qui est nécessaire, espèce de charlatans de pacotille.

Les Conseillers hochèrent la tête, comme s'ils avaient déjà observé ce type de comportement auparavant.

— Une fois que nous vous aurons ramenée dans un décor plus «confortable», je pense que vous trouverez certains des nouveaux traitements des plus vivifiants.

— Surtout le contact avec son Enfant intérieur…

— Ça fait des miracles.

Casey et Becker donnèrent la main au personnel de la prison et le transfert de garde fut complété.

— Réparateur, ne les laisse pas me faire cela, suppliait la Panne à Becker. Là-bas, on va me transformer en guimauve!

— Je suis désolé, ma sœur, mais c'est pour le mieux. Tu pourras finalement trouver l'aide dont tu as besoin.

— Mais peut-être que je fais partie de l'ordre naturel! Comment saurez-vous si le Seems fonctionne bien si ce n'est pas constamment testé par une Pan…

Mais la porte claqua en se refermant, et avec ce claquement, le règne de terreur de la Panne prenait brusquement fin.

— Bien, je suppose que c'est terminé, pépia Simly. Il y a des sous-marins à mes frais au Bar-salon des Agents de contact.

— Pas encore, Sim.

Becker mit son coffre à outils sur son épaule.

— Il me reste encore une autre chose à faire.

Même si les Punaises de lit et les Rêveurs agréables avaient toujours été gardés dans des laboratoires différents, six mois plus tôt, toute la division du Rêve avait été placée sous l'autorité d'une nouvelle Vice-présidente. Au début, elle était perçue comme un tyran de l'organisation, étant donné que le Rêve avait toujours été une opération très informelle, où l'art était plus valorisé que la science, et où les chiens et les tables de foosball étaient *de rigueur**. Mais au contraire, elle s'avéra être une administratrice très efficace et montrait au personnel que la productivité et la créativité n'étaient pas nécessairement incompatibles.

— C'est très irrégulier, dit la VP, intimidante dans son costume gris à rayures lui donnant un air de pouvoir. Surtout considérant les charges qui pèsent contre vous.

— Je sais, madame, acquiesça Becker. J'espère que cela peut aider mon cas.

— Appelez-moi Carol.

— Cela me tient beaucoup à cœur, Carol.

Becker l'observa alors qu'elle donnait de petits coups de crayon sur la table, évaluant les mérites de sa requête.

— Je considérerais cela comme une faveur personnelle.

Cet argument devait avoir fait pencher la balance, car un tel marché de la part d'un Réparateur n'était pas accordé si facilement.

— D'accord, se laissa-t-elle fléchir, attrapant une mèche blonde qui était tombée de ses cheveux retenus très serrés à l'arrière. Mais il y a certaines règles de base que vous devrez suivre.

— Compris.

---

* N.d.T. : En français dans l'original.

— D'abord, les soi-disant éléments négatifs d'un no 532 ne peuvent être retirés de la séquence. Ils sont essentiels pour créer les enjeux émotionnels nécessaires, pour que la phase finale du Rêve puisse produire le résultat escompté.

— Oui, c'était mon erreur. J'ai compris cette partie après le fait accompli.

Carol lui lança un petit regard fixe supplémentaire pour s'assurer que la leçon avait fait son effet.

— Deuxièmement, il peut être assez dangereux d'entrer dans un Monde de rêve. C'est un endroit très séduisant, et vous pourriez être tenté d'y rester.

Becker promit d'en tenir compte.

— Troisième et dernière chose, je suis certaine que vous êtes conscient des restrictions de la Règle d'or, et étant donné la profondeur évidente de votre attachement à ce Cas, je suis assez inquiète au sujet…

— Je comprends ce que vous voulez dire, Carol, mais je vous assure, ce ne sera pas un problème, sourit Becker, affichant son attitude la plus professionnelle jusqu'à maintenant. J'ai déjà brisé suffisamment de Règles pour une nuit.

Carol sembla satisfaite et vérifia le mince Compteur de temps sur son poignet.

— Venez avec moi.

Rêvatorium, Département du sommeil, le Seems

La Vice-présidente renvoya Becker à la salle des bulles, où il avait commis son erreur critique et où il espérait avoir l'occasion de mettre les choses au clair. Dressé de manière imposante au-dessus de lui se trouvait le Tisseur de rêves, à nouveau en train de produire à la chaîne les royaumes informes et savonneux qui seraient bientôt habités par les rêveurs du Monde.

— Donne-lui encore quelques secondes, patron.

Becker était accompagné d'un Rêveur agréable junior, qui avait été assigné pour l'aider à construire un 532 en remplacement de celui qu'il avait détruit.

— Il manque encore quelques gouttes pour *De retour à l'école secondaire*.

L'un des réservoirs contenant le liquide du rêve doré alimentait encore la machine, et Becker tenait patiemment et délicatement son propre contenant dans sa main. Le processus pour synthétiser le nouveau 532 avait été étonnamment facile, principalement parce que la solution de base était déjà prémélangée, mais il avait jeté quelques-unes de ses touches spéciales extraites du Casier à épices.

— Prêt pour le départ.

Alors qu'une bulle flottait à proximité avec à l'intérieur, un petit nouveau de 45 ans essayant d'obtenir un rôle dans la pièce de l'école, le RA commença une fouille exhaustive de Becker.

— Surveille tes mains là, mon pote.

— Juste pour m'assurer que tu n'as pas d'extrémités tranchantes.

Le Réparateur s'était dévêtu dans les limites de la décence — n'ayant pas même conservé son Insigne — et avec son blouson d'athlétisme et ses anciens pantalons en velours côtelé de l'école, il pouvait facilement passer à nouveau pour un jeune régulier de Highland Park.

— Autre chose que je dois savoir ? demanda Becker.

— Sors simplement de là avant qu'elle ne se réveille. Sinon…

— J'ai compris.

Le RA mit le réservoir de Becker en place dans la machine, et le liquide de couleur brillante commença à s'écouler. Il circula le long des tuyaux de filtration, se mélangea avec le détergent savonneux, puis remonta lentement vers les volutes, où il fut finalement expulsé sous forme d'une bulle avec un monde complètement formé à l'intérieur. Becker resserra ses bras contre lui et attendit que la sphère chatoyante flotte doucement vers son corps.

— Advienne que pourra.

Rêve 532 (b)

Une fois qu'il fut complètement englouti, Becker ouvrit les yeux et embrassa la réalité qu'il avait en partie conçue. C'était le même terrain de jeux qu'il avait vu auparavant, avec les mêmes professeurs bavardant près de la même clôture métallique et les mêmes bruits de jeunes remplissant l'air. Malgré sa formation et son expérience, le Réparateur n'avait jamais pénétré dans le Rêve de quelqu'un d'autre, et il était surpris de l'attention donnée aux détails. La fraîcheur de l'air et la sensation du soleil sur son visage étaient aussi bonnes, sinon meilleures, qu'en réalité.

— Qui es-tu?

Becker se retourna pour voir un élève de quatrième année en train de dessiner une maison dans la terre avec un bâton, et qui semblait choqué d'avoir vu un jeune avec des cheveux hirsutes sortir directement d'un arbre pour se retrouver au milieu de sa récréation du midi.

— Je suis un Réparateur du Seems.

L'enfant était sidéré (bien qu'impressionné), et Becker se contenta de lui faire un clin d'œil et de poursuivre son chemin.

Pour être honnête, Becker avait espéré arriver *après* le début du harcèlement, pour ne pas avoir à l'observer à nouveau, mais il n'eut pas une telle chance. C'était même pire en personne, alors que la foule se rassemblait à nouveau et que le ballon d'eau volait, et cette fois-ci, il pouvait littéralement l'entendre la gifler en plein visage. Cela lui prit tout son Entraînement combiné pour garder son sang-froid et résister au vif désir de les rejoindre et de cogner quelques têtes, mais il ne pouvait faire deux fois la même erreur.

— À plus tard, balthazar, dit la plus mesquine des filles mesquines, et la foule se dispersa à contrecœur.

C'est à cet endroit que Becker était intervenu la dernière fois et il resta là à observer alors que la fille avec les cheveux blonds maculés et les yeux verts se relevait du sol et se rendait pesamment vers un banc solitaire. Mais cette fois-ci, quelqu'un vint l'accueillir.

— Quelqu'un est-il assis, ici ?

Jennifer Kaley leva les yeux vers Becker, ses cheveux encore mouillés et le visage en pleurs. Elle hocha la tête négativement, présumant que cet étranger n'était qu'un autre ennemi qui venait ajouter l'insulte à l'injure.

— J'ai vu ce qui s'est passé, avant.

— Ouais, et puis ?

— Et puis, je suis désolé que tu aies dû traverser ça.

— Moi aussi.

Jennifer ne semblait pas exactement souhaiter parler à un jeune rencontré par hasard, et après ce qui venait tout juste de se passer, Becker ne pouvait la blâmer.

— Ça te dérange si je m'assois ? demanda le Réparateur.

— C'est un pays libre.

Il prit la réponse pour une invitation, puis il observa le corbeau qu'il avait inclus dans le Rêve, au moment où une agréable distraction atterrissait sur le dessus du portique d'escalade exactement comme prévu.

— Je suis Becker.

Il lui tendit la main et, après une longue période de débat silencieux, elle finit par lui saisir la main en retour et répondre.

— Jennifer.

— Hum... c'est un peu difficile à expliquer, mais tu sais...

Il n'y avait pas d'autre façon pour Becker de le dire.

— Je suis ce qu'on appelle un Réparateur dans cet endroit appelé le Seems — qui est un endroit qui fabrique notre Monde — et hum, ils ont essayé de t'envoyer un rêve cette nuit, mais à cause d'une Panne dans le Département du sommeil, ils n'ont pas pu te le faire parvenir, et puis par accident, j'ai fait éclater ton Rêve parce que...

Jennifer le regardait comme s'il était complètement fou, et Becker fut inquiet d'être en train de tout bousiller.

— Désolé, je sais que ça peut paraître insensé... c'est juste... il y avait quelque chose de spécial dans ce Rêve, et à cause de moi, tu n'y as pas eu accès. Alors ils m'ont permis d'en fabriquer un nouveau et de le livrer moi-même.

Jennifer jeta un coup d'œil dans la cour d'école — l'endroit qui avait été son cauchemar personnel depuis qu'elle avait déménagé de Vancouver à Caledon.

— Tu es en train de me dire que ceci est un Rêve ?

— Oui. Je l'ai fabriqué dans le Seems.

— Alors pourquoi l'as-tu fait si atroce ?

— Eh bien, ce sera bientôt beaucoup mieux, si tu veux que ça le soit...

Becker voyait bien que Jennifer ne croyait pas tout à fait son histoire, mais elle ne disait pas exactement non.

— Alors suis-moi.

Après un moment d'hésitation, elle finit par se lever du banc, et Becker la conduisit en direction des arbres à travers lesquels il était arrivé. Le jeune était toujours là, dessinant dans la terre un garage double en collaboration avec un jeune de troisième année au visage plein de taches de rousseur.

— Qui est-ce ? demanda le plus petit des deux.

— Personne. C'est simplement un Réparateur du Seems.

Les enfants haussèrent les épaules, comme si c'était évident, puis retournèrent à leurs plans architecturaux. Aucun d'eux ne sembla noter que les arbres qui s'étalaient jadis au-dessus de leurs épaules n'étaient plus là, ayant été remplacés par une haute barrière en fer forgé — la sorte qui aurait pu orner un parc d'attractions désert — complétée par un tourniquet rouillé qui conduisait de l'autre côté.

— Je n'ai jamais vu ça ici, auparavant, observa Jennifer.

— Je te l'ai dit, c'est un Rêve. Tout peut arriver.

— Billets ! Billets !

Un receveur de billets d'époque avec un chapeau de carnaval rouge, blanc et bleu était assis sur un tabouret à côté du tourniquet, attendant pour les seuls deux clients de la journée.

— Hé, Dr Kole !

C'était le professeur d'anglais de Becker, qu'il avait choisi spécialement pour cette partie.

— Allo, M. Drane ! J'espère que vous avez vos billets en main, parce que je ne peux permettre à notre relation personnelle d'interférer dans l'exécution de mes devoirs !

Becker tira deux nouveaux billets luisants de sa poche arrière et les lui tendit.

— Rappelez-vous, le parc ferme précisément au crépuscule !

Il déchira les billets en deux et tendit un talon à chacun d'eux.

— Et faites attention, ma chère — celui-là est vraiment un homme à femmes.

— C'est vrai ?

Jennifer se mit à rire et, pour la première fois depuis leur rencontre, Becker pouvait voir que son moral remontait. Il savait que c'était probablement parce qu'elle pouvait apercevoir ce qu'il y avait de l'autre côté de la barrière.

— On y va ?

Le Rêve 532 n'était commandé que dans la plus désastreuse des circonstances, et il supposait la révélation du Seems à une personne du Monde. Cela ne pouvait se faire qu'à l'intérieur d'un Rêve, car la personne susmentionnée n'était pas de fait recrutée pour un emploi (dans ce cas, ils seraient allés à la Séance d'accueil), mais plutôt parce qu'elle avait besoin d'un peu d'aide pour traverser les hauts et les bas de la vie ordinaire. Et même si elle se souvenait de tout ce qui s'était passé, elle écarterait sans doute tout cela comme étant un Rêve, alors qu'avec un peu de chance l'expérience vécue à l'intérieur serait assez mémorable pour changer sa façon de voir les choses à son réveil le jour suivant.

Les endroits spécifiques que cette personne visitait dans le rêve étaient déterminés au Cas par Cas, mais Becker voulait donner à Jennifer la version « de luxe ». D'abord, il l'emmena à la Place du Temps — le centre-ville pittoresque du Département du temps, complété par des magasins de marchandises usagées, la Banque de Jour (SAD) et l'Heure magique — probablement la meilleure brûlerie du Seems. Puis, ils arrêtèrent au Studio de son (où ils conçoivent tout ce que nous entendons) et l'Olfacture (où sont conçues toutes les choses que nous sentons), et ils s'arrêtèrent même à la Station météo, où Becker pouvait faire un peu l'intéressant parce qu'il connaissait les types à cet endroit à cause d'une précédente Mission.

— Agent de contact Drane, s'exclama le Météorologue no 3 en voyant Becker avec sa compagne aux yeux écarquillés.

— C'est Réparateur pour toi, Freddy !

— Hé, félicitations ! Et puis, à propos d'Hier ? N'était-ce pas un jour parfait ?

— Continuez votre bon travail.

Jennifer était impressionnée de voir que Becker connaissait les gens responsables de la Météo, de sorte qu'elle se hasarda à poser sa propre question.

— Hum, les gars, croyez-vous que vous pouvez m'accorder une petite faveur ?

— Pour une amie du Réparateur Drane... n'importe quoi !

— Eh bien, je me demandais seulement si vous pouviez, genre, faire tomber un autre âge glaciaire ou quelque chose du genre sur cette petite ville appelée Caledon.

— Caledon ? Ontario, Canada ? Secteur 104 ?

Le Météorologue fouilla rapidement dans son journal de bord de prévisions locales.

— Aucun Âge glaciaire programmé pour un autre 32 000 ans. Mais que pensez-vous d'un Coup de froid ? Je pourrais le faire sans demander une approbation.

Jennifer se mit à rire.

— Aussi longtemps que j'en retire quelques jours de neige.

Becker connaissait l'origine de cette réflexion.

— Ne laisse pas quelques pommes pourries gâcher la récolte.

— Ouais. Certain. Exact. Je suis sûre qu'il y a beaucoup de gens cool que je n'ai pas encore rencontrés.

Mais avant de sortir, elle regarda derrière elle, et envoya à Freddie le signal de les frapper avec tout ce qu'ils avaient, et le Météorologue lui fit le signe de la victoire.

C'est cependant au Grand Édifice lui-même que Jennifer fut vraiment estomaquée.

Même si cela contrevenait aux Règles de rencontrer son Agent de cas en personne (même dans un Rêve), Becker fit des arrangements pour s'y arrêter quand tout le personnel serait sorti pour aller manger. Alors qu'ils montaient dans l'ascenseur jusqu'au 423e étage, Becker lui donna des explications.

— … et ainsi chaque Agent de cas a environ 25 Clients dont il doit s'occuper, et son travail consiste fondamentalement à t'aider de toutes les façons possibles. Comme t'envoyer des Pensées heureuses ou t'encourager à prendre le bon chemin, ou dans ton Cas, commander ce Rêve.

— Et ils t'ont permis de le concevoir ?

— Les Rêveurs agréables m'ont aidé.

— C'est un emploi pas mal cool.

— Totalement.

La cloche de l'ascenseur sonna, et ils s'avancèrent dans le couloir qui paraissait interminable vers le bureau no 423006. Un coup à la porte confirma qu'il n'y avait personne.

— Entre...

Dans le bureau, il y avait un pupitre en désordre avec une plaque : «Clara Manning, Agent de cas principal», et partout sur les murs étaient affichées des photographies de ses Clients. Vous deviez vraiment aimer vos gens dans ce travail, et il était évident que même si les deux ne s'étaient jamais rencontrées, c'est ce que ressentait Clara à l'égard de Jennifer.

Une section du mur lui était entièrement consacrée, et il y avait là des Moments que Jennifer elle-même avait presque oubliés — comme la fois où elle avait gagné une médaille de bronze à la compétition de natation de la Pacific Dolphin, et cette autre fois où elle avait escaladé l'Hominy Hill jusqu'au sommet et avait capté cette étonnante vue de la vallée et le clocher de l'église et qu'elle avait voulu plus que tout qu'il y ait quelqu'un pour partager cette expérience avec elle. Il y avait même un Post-it jaune flanqué sur le coin de l'ordinateur portable qui se lisait :

Note à moi-même : me souvenir d'envoyer à J.K. l'indice sur le collier qu'elle a perdu = sous le lit dans la fissure du plancher.

— C'est vraiment délirant... dit Jennifer, fixant sa vie épinglée au mur.

— Ouais, le travail d'Agent de cas est extraordinaire, mais ils ont beaucoup de restrictions. Ils ne peuvent s'interposer dans ta vie ou envahir ton intimité, mais si tu les laisses faire, ils peuvent vraiment t'aider.

— Cool.

Sur le mur de Clara se trouvait une horloge bon marché du Seems Club, et Becker remarqua qu'une autre chose qu'il avait préprogrammée dans le Rêve était sur le point de se produire. Il ouvrit la fenêtre en la faisant glisser et invita Jennifer à venir au bord.

— Que fais-tu ?

— C'est un Rêve — j'ai imaginé que nous devrions nous envoler vers la prochaine destination.

— Tu es fou ?

— Fais-moi confiance.

Il tendit le bras vers sa main.

— Ce sera vraiment réjouissant.

Elle y réfléchit pendant une seconde, mais jusqu'ici, tout le reste s'était si bien passé, et quelqu'un lui avait dit un jour que quand on tombait dans un rêve, on se réveillait avant de frapper le sol.

— *Carpe diem*, dit-elle, et ensemble, ils grimpèrent sur la bordure de grès.

Le vent fouettait l'air et, en contrebas, ils pouvaient à peine voir le monorail, qui ressemblait à un train jouet.

— Qu'attendons-nous ? demanda Jennifer, maintenant complètement juchée.

— Attends une seconde.

Becker avait un sourire malicieux sur le visage.

— J'ai prévu quelque chose de spécial pour 3... 2... 1...

Venant de nulle part, une chanson retentit, comme si elle sortait de haut-parleurs invisibles. Becker s'était demandé s'il choisirait « Je suis avec toi » ou « Le vol du bourdon », pendant qu'il passait en revue la section musique du Casier à épices, mais il avait choisi « Montagne de sucre » parce qu'il s'attendait à un vol en douceur et détendu.

— Tu aimes cette chanson ?

— Totalement.

— Mais le type qui la chante n'a-t-il pas, genre, 400 ans ?

Becker était déçu, parce qu'il avait cru que c'était un assez bon choix.

— Je pourrais probablement la changer si tu veux ?

— Non, je ne fais que t'agacer.

Elle sourit et lui donna un coup de poing sur l'épaule.

— J'adore Neil Young.

Ils regardèrent une dernière fois en bas, avant que Jennifer bondisse dans les airs.

— Je te vois tout en bas !

Lorsqu'ils atterrirent enfin, ils passèrent presque le reste de la journée à se détendre sur le Terrain de jeux et à profiter d'un pique-nique de première classe. Des Twinkies furent servis avec couteau et fourchette, des Boissons gazeuses^{MC} fournies comme breuvage, et à part une partie de Frisbee ultime entre les deux faces de la Monnaie, ils profitèrent pleinement de l'endroit. Jennifer raconta tout sur sa grand-mère à Becker et lui décrivit combien elle était cool, et que même si sa mort avait été une épreuve difficile, Jennifer avait toujours senti qu'elle l'accompagnait partout où elle allait. Tout ce temps, Becker ne pouvait s'empêcher de penser à quel point elle lui rappelait Amy Lannin, ce qui le rendit un peu triste, mais heureux à la fois.

Malheureusement, un Rêve ne peut durer qu'un temps, même si le Temps ne fonctionne pas comme dans la Réalité (vous pouvez passer six heures dans un rêve, et ça ne représentera que deux minutes de sommeil). Et Becker se souvenait de l'avertissement du Rêveur agréable, de sorte qu'il savait qu'il était presque le temps de conclure.

— Wow, dit Jennifer, suivant le Réparateur vers le sommet d'une colline escarpée. C'est vraiment impressionnant.

Pour sa majestueuse finale, Becker avait choisi le Point de vue, une minuscule saillie de rocher qui donnait sur le Courant de la Conscience. Bientôt, chacun d'eux devrait regagner son univers respectif, mais aucun d'eux n'était pressé de partir.

— J'aimerais bien toujours demeurer dans ce Rêve, dit Jennifer d'un ton songeur, ses cheveux balayant son visage à cause de la brise.

— Tu le peux.

— Que veux-tu dire ?

Becker ne pouvait s'empêcher de remarquer combien elle lui paraissait jolie — encore plus que lorsqu'il l'avait « rencontrée » la première fois sur l'écran de la station du Veilleur de nuit — et à cause de cela, il avait presque oublié ce qu'il essayait de dire.

— C'est le problème au sujet du 532. Il est censé faire en sorte que tu te sentes mieux Demain, pas juste Aujourd'hui.

— Mais demain, je devrai retourner à l'école.

La dure réalité de la Réalité s'insinuait à nouveau dans l'état d'esprit de Jennifer.

— Mais maintenant, ça pourrait être différent… parce que désormais tu connais le Seems.

— Le Seems n'est qu'un Rêve, Becker.

— Non, ça ne l'est pas.

Jennifer lui lança un coup d'œil comme pour dire : « Mon vieux, tu me fais marcher. »

— Je le jure !

Elle pouvait voir qu'il ne plaisantait pas, et une partie d'elle voulait que ce soit vrai. De fait, une bonne partie d'elle voulait que ce soit vrai, mais il y avait encore quelque chose qui l'embêtait à propos de toute l'idée.

— Tu sais… si le Seems est tellement extraordinaire et qu'ils ont un Plan et tout le reste… alors… alors pourquoi tout ça se produit-il ?

Elle faisait référence à sa situation à l'école, dont Becker avait été témoin.

— Je veux dire, tu ne sais pas à quoi ça ressemble de se réveiller chaque matin et de savoir qu'il te faudra faire face à ça.

Becker hocha la tête et baissa les yeux vers l'eau clapotante alors qu'un godilleur filait doucement sur le Courant. D'une certaine manière, il savait que ce moment était incontournable. Il avait ressenti la même chose quand Amy était morte et, encore une fois, quand Thibadeau était disparu, et il éprouvait encore parfois cette sensation Aujourd'hui, quand il voyait toutes les choses insensées dans le Monde.

— C'est une bonne question. De fait, un jour, j'ai demandé exactement la même chose à mon professeur à l'IDR, alors que je traversais un moment vraiment difficile.

— Et qu'a-t-il répondu ?

— Il a dit que personne, même pas un Agent de cas, ne peut nous dire ce qui se trouve au cœur du Plan — et de se méfier de quiconque prétend en être capable.

C'était mot pour mot ce que lui avait dit son Instructeur, le jour où il avait été rappelé du Chemin Battu pour entendre les tragiques nouvelles au sujet de Thib.

— Mais le Réparateur Blaque semblait croire que c'était quelque chose de bon.

Maintenant, c'était au tour de Jennifer de chercher des réponses dans l'eau clapotante.

— J'aurais aimé pouvoir le croire.

— En fait, le truc, c'est ça.

Becker haussa les épaules.

— Demain, quand tu te réveilleras, fais semblant que peut-être le Monde n'est pas tel que tu pensais qu'il était. Que les arbres et les feuilles et le vent — et même toi — font tous partie de l'endroit le plus magique jamais créé, et que quelque chose, quelque part, s'assure que tu iras toujours bien.

Mais la nouvelle amie de Becker se contenta de rouler les yeux.

— Promis ! J'ai essayé, et ouais, ce n'est pas toujours facile, mais plus tu le fais, plus tu te rends compte que ça ne peut qu'être réel.

Becker donna un coup pied sur la terre poussiéreuse sous le banc, essayant de trouver les bons mots.

— Parce que parfois tu dois croire en quelque chose avant qu'il ne se réalise.

Jennifer le regarda avec un sourire ironique, mais elle voyait bien qu'il pensait vraiment ce qu'il disait.

— Penses-tu vraiment que ça fonctionnera ?

— Je sais que oui.

— Mais si ça ne fonctionnait pas ?

— Alors je te devrai un autre Rêve.

Il aurait voulu lui dire tant de choses — comme au sujet des Plans pour le futur et de la Chose la plus étonnante d'entre toutes — mais il ne voulait pas forcer la dose. Il espérait qu'au moins il lui avait donné un petit quelque chose qui rendrait Demain meilleur qu'Aujourd'hui.

— Bon, il faut que je parte, dit Becker.

— Est-ce la fin?

— Presque. Mais tu te souviendras de tout ce qui s'est passé — ou du moins, des parties importantes.

Maintenant, le soleil était presque couché, plongeant les Îles du Courant dans l'ombre. Ils se levèrent tous les deux du banc et, pour la première fois, Becker se sentit un peu maladroit avec Jennifer — il n'était plus le grand Réparateur, mais un simple garçon d'à peu près le même âge qu'elle.

— Merci pour ce Rêve étonnant.

Elle se pencha et l'embrassa sur la joue.

— Ne te reverrai-je jamais?

Après avoir passé toute la journée avec Jennifer, il se rendit compte à quel point avaient été justes les paroles de la VP du Rêve au sujet des difficultés d'adhérer à la Règle d'or. Mais il ne pouvait lui dire non.

— C'est dans mes Plans.

Elle se mit à rire, et Becker glissa ses mains dans ses poches, incertain de savoir quoi en faire.

— Vas-y maintenant!

Avec un timide demi-salut, le Réparateur se retourna et exécuta un parfait saut de l'ange dans le Courant de la Conscience. Jennifer se pencha avec précaution sur le bord, espérant entrevoir Becker une dernière fois...

Mais il ne revint jamais à la surface.

Une Bonne nuit de sommeil

Le Courant de la Conscience, le Seems

La tête de Becker jaillit hors de l'eau et, haletant pour inhaler de l'oxygène, il était encore légèrement désorienté par son entrée dans le Seems. La seule façon de sortir du Rêve d'un autre, c'est à travers le Courant de la Conscience, car c'était la seule chose qui nous connectait tous les uns aux autres.

— Ici !

Près d'un petit abri à bateaux situé au bord de l'eau, Simly et le Rêveur agréable qui avait aidé Becker à reconstruire le 532 attendaient impatiemment qu'il nage jusqu'à la rive.

— Il s'en est fallu de peu, monsieur.

— Tu peux le dire.

Becker sortit de ses vêtements mouillés, et ils l'enveloppèrent sur-le-champ dans une couverture, juste pour s'assurer qu'il n'attrape pas un coup de froid.

— Alors… comment était-ce ?

---

30. Superstition, un sous-département du Département de tout ce qui n'a pas de département recommande de ne pas se servir du nombre 13 sans autorisation préalable.

Simly voulait connaître les détails juteux, mais l'expression sur le visage du Réparateur disait tout.

— Comme un rêve devenu réalité.

POUET. POUET.

Au-dessus de l'à-pic apparut Dominic Dozenski, au volant d'un chariot de golf blanc, accompagné de Casey Lake.

— Bonne nouvelle, Drane!

Il immobilisa le chariot en dérapant.

— La Cour de l'opinion publique vous a libéré de toutes charges!

Avec tout ce qui s'était passé, Becker avait oublié que sa carrière était presque ruinée. Dominic lui tendit un mandat signé, l'exonérant de la violation de la Règle empirique. Et il y avait encore mieux.

— Par les pouvoirs dont je suis investi, je rends hommage par les présentes au Réparateur F. Becker Drane pour son travail avec la Panne de sommeil, et lui offre ces Éloges particuliers.

L'Administrateur tendit à Becker un globe de verre avec une substance scintillante à l'intérieur.

— Trente grammes de Sommeil!

(C'était beaucoup.)

— Et pour l'Agent de contact Simly Alomonus Frye, Dominic tira un globe un peu plus petit, qu'il lui remit, 15 grammes! Beau travail, mon garçon.

Euphoriques, Becker et Simly rangèrent leurs prix.

— Maintenant, je dois retourner au Département du sommeil. Alors, s'il n'y a rien d'autre?

— Je crois qu'on peut dire Mission accomplie, dit Casey en sautant du chariot. Et dites aux Ouvriers infatigables qu'ils ont été des as, ce soir.

— Je n'y manquerai pas. Bonne nuit à tous, et j'espère ne jamais vous revoir.

Dominic fit rapidement demi-tour et disparut au-dessus d'une dune.

Depuis le moment où ils avaient réparé le Somnolheim brisé, Casey avait eu la chance de prendre sa douche et de revêtir quelque chose de plus confortable. Maintenant, elle portait une robe bain-de-soleil et des sandales, et elle paraissait prête pour un feu de joie ou un repas à un café en bord de plage.

— Beau travail, no 37, le félicita Casey. Et toi aussi, no 356. Que diriez-vous si je faisais un saut pour chercher des burgers à l'Autre face?

Cette offre sembla fantastique aux deux réparateurs fatigués. L'Autre face était un bistro de burgers en bord de plage que possédait et exploitait le réparateur retraité Flip Orenz, qui avait accroché sa Clé à fourches pour la remplacer par une spatule. Le paysage y était savoureux et le menu encore plus exquis, et il était instantanément devenu le lieu de prédilection des Réparateurs comme des Agents de contact. Mais Becker avait un conflit d'intérêts.

— J'aimerais y aller avec vous, les amis, mais j'ai cet examen à passer demain et je n'ai pas du tout étudié.

— Pourquoi ne laissez-vous pas votre Moi-2 passer l'examen? suggéra Simly. Je suis certain qu'il pourrait vous obtenir au moins un B.

— J'adorerais vraiment — mais je ne pourrais faire ça à mon professeur d'anglais.

L'Agent de contact baissa la tête, sentant l'odeur des frites au fromage appétissantes qui s'évanouissait.

— Êtes-vous certain que nous ne pouvons pas vous faire changer d'idée?

Casey poussa un peu plus fort.

— Il est censé y avoir affluence ce soir.

— Je déteste dire ça, Case — mais je devrai me contenter d'une Remise pour cause de pluie.

Le Réparateur Lake était déçue, mais elle respectait le dilemme de Becker.

— Je suppose que nous serons simplement tous les deux, Simly.

— Désolé, monsieur, mais le protocole dit que la mission n'est pas terminée tant que le Réparateur n'a pas touché la Plateforme d'atterrissage.

Simly fut anéanti en disant ça, mais le fait que Casey Lake et lui en étaient à s'appeler par leur prénom fit plus que compenser la douleur. (Attendez que les gars du Troisième Préfet entendent ça!)

— C'est comme tu veux. Mais je vais me chercher un Burger de l'Entre-deux-mondes — style animal!

Casey rassembla ses cheveux fraîchement lavés qu'elle noua, puis elle se dirigea vers un bateau-taxi qui passait directement par chez Flip.

— Vivre pour réparer, les copains!

— Réparer pour vivre! répondirent-ils.

Et sur ces mots, Casey Lake partit.

— Elle est vraiment la meilleure, n'est-ce pas, monsieur?

— Ouais.

Becker posa fièrement son bras autour de l'épaule de son Agent de contact.

— Elle est vraiment la meilleure.

Le calme était revenu sur les lignes du Terminal, et il sembla à Becker que cela faisait toute une vie qu'il était là. Simly et lui avaient besoin de récupérer de la Mission, et étant donné qu'ils avaient quelques minutes à attendre avant le Départ de Becker, ils arrêtèrent à l'Aire de restauration pour se procurer un peu de bouffe.

— Superbe travail, le jeune! cria le type derrière le comptoir du Wok Hors-de-ce-monde.

L'adolescente qui préparait des pâtisseries au Seemsabon était aussi vraiment impressionnée, et elle écrivit son numéro de téléphone avec le glaçage sur l'un des gâteaux.

— Appelle-moi, un de ces jours.

Simly supposa qu'elle parlait à Becker, mais le Réparateur lui dit avec insistance qu'il avait tort.

— Non, mon vieux, c'est tout à fait toi qu'elle visait!

— Vraiment?

— Zut! Oui! Si tu ne lui téléphones pas, c'est moi qui le ferai.

Simly arracha les chiffres des mains de Becker et se jura que cette fois il aurait finalement le courage de composer le numéro.

— Alors, il y a une chose que je n'arrive pas à comprendre, admit Becker, transportant son plateau vers un comptoir à deux places.

— Qu'est-ce que c'est, monsieur?

— Là-bas dans la Chambre principale... comment as-tu pu percevoir où la Panne se cachait?

L'Agent de contact haussa les épaules, comme s'il n'y avait qu'une explication.

— La C.H.A.N.C.E.

— Le résidu du Dessein.

Becker se mit à rire, et Simly ne put s'objecter.

— Sérieusement, monsieur — merci pour votre conseil sur le 7e sens. C'était peut-être mon imagination, mais j'aurais pu jurer que je sentais quelque chose là-bas.

— Je ne suis pas surpris, Sim. Tu as du talent à revendre. Cela signifiait tout pour Simly.

— Vous aussi, monsieur. Vous avez fait un travail super.

— *Muchas gracias.*

Près du tableau des Départs, le nom de Becker Drane se déplaçait vers le haut, et bientôt il serait autorisé à retourner dans l'Entre-deux-mondes.

— Je suppose que ça y est, mon vieux.

Ils se levèrent de table et jetèrent le contenu de leurs plateaux dans la poubelle, dont les déchets seront bientôt recyclés en Bonne énergie.

— Maintenant, n'oublie pas de prendre soin de la dernière chose dont nous avons parlé.

— Pas de problème, monsieur. Simly Frye est au poste.

— *Passager F. Becker Drane à la Plateforme d'atterrissage pour le Transport Seems-Monde. Passager F. Becker Drane.*

Simly lui fit un salut officiel.

— Agent de contact 356 vous dit au revoir !

— Ce fut un plaisir de servir avec toi, Frye !

— Le plaisir était pour moi.

L'appel final pour l'embarquement retentit à nouveau, et ainsi les deux se séparèrent, Simly en route vers sa chambre de dortoir du Troisième Préfet, et Becker en direction de la

Plateforme d'atterrissage pour effectuer le Saut de retour. La fin d'une Mission était toujours aigre-douce, parce que d'une certaine manière, vous êtes préparé mentalement à savourer la douce sensation d'un travail bien fait, mais d'un autre côté, vous savez qu'il pourra s'écouler un bon moment avant la prochaine assignation. Becker souhaitait pouvoir étirer le temps juste un peu plus, du moins assez pour voir l'expression sur le visage de son vieil Instructeur, mais des préoccupations dans le Monde l'appelaient, de sorte qu'il régla son Sélecteur de mission sur la piste no 9, attacha ses Lunettes de transport et resserra bien les courroies.

Bureau de l'Instructeur-chef, IDR, le Seems

Le bruit des clés cliqueta à l'extérieur de la porte d'épais merisier, par laquelle entra l'imposante silhouette du Réparateur Jelani Blaque. Sa tasse de l'IDR était fumante, et il était toujours en train de parler à son épouse sur son Récepteur.

— J'ignore au juste quand je reviendrai à la maison, ma chérie. Nous devons passer à travers le nouveau TAS ce soir et je crois qu'on est bon pour une Veille nocturne.

Le Réparateur Blaque avait été relocalisé du Monde au Seems après sa retraite de la vie active, et maintenant, il vivait avec sa famille dans la Villa convoitée de l'Instructeur-chef sur les terrains de l'IDR.

— Veux-tu que je t'envoie un colis-surprise de chez Mickey's ? demanda Sarah Blaque, faisant référence au traiteur préféré de son époux.

— Seulement s'ils ont du bon pastrami.

— Je verrai ce que je peux faire…

— Tu es mon héros. (Pas de jeu de mots, ici.)

Blaque raccrocha, éperdument reconnaissant d'être entré dans le Département de la santé ce jour-là et d'avoir rencontré la pédiatre qui était devenue sa fiancée. Il avait passé plusieurs mois à l'hôpital à la suite de la Mission «Sources éternelles d'espoir», car l'achèvement de cette Mission avait eu un prix. Mais peu de ses collègues (et aucun de ses Candidats) ne connaissaient le secret derrière les Lunettes^MC teintées bleues, qui avaient été conçues expressément pour lui par Al Penske lui-même.

Le Réparateur retraité s'assit, enseveli sous les massives piles de papiers que les Ressources humaines avaient empilées sur son bureau. Il allait retirer le premier sur le dessus, quand il remarqua quelque chose d'inusité au milieu du désordre. Blaque tendit le bras et prit le petit globe de verre dans sa main calleuse, en même temps que la note qui était glissée dessous.

Cher réparateur Blaque,

Je viens tout juste de terminer ma première Mission et, grâce à vous, les choses ont bien tourné. Ce n'était pas seulement la Lueur d'espoir que vous m'avez donnée (même si c'était vraiment pratique aussi), mais tout ce que vous m'avez enseigné. À chaque étape du parcours, j'ai senti que vous étiez là avec moi pendant ma Mission, et c'est pour cette raison que je voulais vous remettre ceci. Je sais que les Candidats peuvent parfois causer beaucoup de nuits d'insomnie...

Prenez soin de vous et présentez mes meilleurs vœux à Sarah et aux enfants.

F. Becker Drane (alias no 37).

Blaque secoua le petit contenant et écouta le bruit de la poussière qui remuait à l'intérieur. Becker n'était pas le premier Réparateur qu'il avait formé, et il ne serait pas le dernier, mais cela n'émoussa pas son sentiment de satisfaction. Il se permit de savourer la sensation une simple brève seconde, avant que son propre Entraînement reprenne le dessus comme c'était toujours le cas. Il se concentra de nouveau sur Maintenant et tira le premier Test d'aptitude seemsien sur la plus haute pile.

Nom : Shan Mei Lin
Adresse : 23, Shifuyan Dongcheng-Qu, Beijing, Chine.
Téléphone (optionnel) : Lin ne donnait jamais son numéro de cellulaire.

Le Réparateur Blaque posa ses pieds sur son bureau, puis commença tranquillement à lire.

À l'extérieur du bureau de l'Instructeur, l'Agent de contact no 356 sourit, éprouvant sa propre satisfaction, et retourna à sa chambre de dortoir. Maintenant qu'il avait livré le message de Becker, il avait besoin lui aussi de fermer un peu les yeux, mais il y avait encore une autre chose qu'il *voulait* faire.

Simly prit le téléphone et appuya sur Crestview 1-2-2.

— Grand-papa ?

Il fallut une seconde à Grand-père Milton pour mettre son Aide auditive^MC parce que des années s'étaient ajoutées à sa vie.

— *Simly ? Est-ce toi ?*

— Ouais, Grand-papa — c'est moi. Je reviens tout juste de ma Mission.

Simly ferma les yeux et se permit de revivre ce moment dans la Chambre principale, quand une série de frissons l'avaient traversé des bras jusqu'aux orteils.

— Tu ne devineras jamais ce qui s'est passé...

30, avenue Custer, Caledon, Ontario

Un air frais canadien recouvrait la ville de Caledon, et tous les intrépides noctambules qui marchaient dans les rues et bondaient les cafés et les restaurants s'étaient retirés pour la nuit. Mais dans la chambre du 30 de l'avenue Custer, Jennifer Kaley n'était endormie que depuis 30 minutes, quand elle se réveilla en sursaut.

— Wow!

C'était un de ces rêves dont vous vous souvenez avec une clarté absolue et dans lequel vous semblez encore plongé, lorsque vous vous réveillez. Elle pouvait encore entendre les goélands dans le ciel et sentir la brise soufflant sur le Courant, et elle essaya de remettre sa tête sur l'oreiller pour y retourner, avant que le vrai monde ne la rejoigne subitement. Mais il était trop tard, car elle se sentait plus éveillée que jamais.

Jennifer roula sur le côté et regarda l'horloge, qui affichait 4 h 32, et elle ne pouvait croire que tout ce qui s'était passé dans son rêve avait eu lieu en une demi-heure (ça lui avait semblé comme une journée bien remplie). Une partie d'elle songea au garçon de son rêve et se dit combien il était bizarre d'avoir rêvé à quelqu'un qu'elle n'avait jamais rencontré auparavant (même s'il était assez mignon). Et l'autre partie réfléchissait à tout ce qu'il lui avait montré et lui avait dit sur ce monde, et à la manière dont il était connecté à l'autre monde.

— Quel était donc le nom de cette place? se demanda-t-elle, mais elle ne pouvait absolument pas s'en rappeler.

Presque immédiatement, Jennifer se mit à déprimer, parce que tout commençait à s'estomper — pas seulement le paysage, mais tout ce dont ils avaient parlé et ce qu'ils avaient fait. Dans seulement quatre heures viendrait ce terrible moment où elle sortirait de l'autobus à l'école secondaire Gary, se demandant qui allait la harceler cette fois-ci. Le garçon de son rêve avait essayé de lui dire quelque chose qui était censé lui faire du bien, mais elle ne pouvait se souvenir de cela non plus, et la sensation agréable qu'elle avait éprouvée en se réveillant s'évanouit lentement.

Elle s'enfonça dans sa douillette comme pour se cacher, mais même les douces plumes d'oie ne pouvaient la protéger du jour qui l'attendait. Jennifer avait presque tout oublié ce qui lui était arrivé dans son 532, quand…

— Attends une minute!

Elle plongea hors du lit et courut vers son placard pour chercher une lampe de poche qu'elle trouva parmi son équipement de camping. Alors qu'elle appuyait sur le bouton noir, Jennifer espéra ardemment que les piles n'étaient pas encore mortes, et lorsqu'un faible rayon étincela, elle le pointa sous le sommier à ressorts.

— Sois ici… sois ici…

Le seul souvenir qui lui restait du rêve était la note sur un Post-it, collée sur l'ordinateur portable dans le bureau de son Agent de cas. Mais ce ne pouvait pas être vraiment…

— Si tu es là, je promets de manger des choux de Bruxelles pendant deux…

Dès le moment où ses doigts glissèrent dans la petite fissure du plancher de bois dur dont elle avait ignoré l'existence, elle sut. Même *avant* que ces mêmes doigts ne se referment sur le collier d'argent muni d'un médaillon.

Les bras parcourus de chair de poule, elle se leva et se rendit à la fenêtre pour regarder avec émerveillement les rues de Caledon. Alors qu'elle commençait à se souvenir de certains des endroits qu'elle avait «visités» ce soir-là et de certaines des choses que le garçon lui avait racontées, le Monde lui parut *en effet* légèrement différent. Et si le Post-it était réel, alors peut-être, juste peut-être, son rêve était réel. Et s'il était réel, alors…

Jennifer Kaley glissa dans son cou le dernier présent que sa grand-mère lui avait donné et alla se coucher.

— Le Seems! C'est comme ça que ça s'appelle.

Elle sourit et ferma les yeux.

— Le Seems.

12, avenue Grant, Highland Park, New Jersey

Tout était calme et sombre dans la chambre du plus âgé des deux enfants Drane, à part le bruit d'un ronflement intermittent. Becker no 2 se retourna dans son lit, parfaitement endormi — et complètement inconscient que Becker no 1 était en train de gravir l'orme à l'extérieur de sa fenêtre pour rentrer à la maison.

Le Réparateur se hissa à l'intérieur, essayant de ne pas déranger son homologue endormi, mais les alarmes auditives du Moi-2 furent immédiatement déclenchées.

— Hé, mon vieux! dit-il, sautant du lit. Comment ça s'est passé, ce soir?

— Pas mal pour ma première Mission.

Becker ferma la fenêtre derrière lui et laissa tomber son Coffre à outils sur le plancher.

— Et toi?

— Quelques activités plaisantes et des jeux avec Benjamin, mais rien que je ne pouvais maîtriser.

— Ah, alors, je suis désolé de te dégonfler, s'excusa Becker, mais j'ai besoin moi-même d'une Bonne nuit de sommeil.

Ce ne serait pas chose facile étant donné qu'il était déjà 4 h 45, et qu'il n'avait même pas commencé à étudier pour son examen.

— Pas de problème. C'était bien d'être toi, même pour un petit moment.

— Cool. Je suis certain que tu en auras bientôt une autre occasion.

Becker régla le cadran à l'arrière de son cou à « Arrêt », et l'air commença à siffler en s'échappant de la valve de purge.

— Oh, au fait — j'ai presque oublié.

Le Moi-2 était déjà à la moitié de la taille de son ancien moi.

— Je t'ai laissé un petit quelque chose près du... eut-il à peine le temps de dire avant de s'effondrer sans pouvoir terminer sa pensée.

Becker roula doucement le Moi-2 en une boule et le remit dans son Coffre à outils, puis il écouta les sons dans la maison, juste pour s'assurer que son travail de l'autre côté avait eu l'effet désiré, ici. Sa mère et son père s'étaient certainement écroulés de fatigue, mais il y avait toujours de la lumière dans la chambre de Benjamin. Lorsque Becker ouvrit la porte, il trouva son petit frère endormi parmi ses chevalets et ses pinceaux, un crayon dans sa main. Il avait presque terminé l'image que le Moi-2 lui avait remise — un dessin d'un Réparateur sauvant la situation — et Becker ne put s'empêcher d'être un peu ému lorsqu'il vit le portrait héroïque du no 37.

— Hé, Benji — retourne dans ton lit !

Mais l'enfant était complètement dans les limbes.

Il en était de même partout ailleurs dans Highland Park, car lorsqu'il regarda dans la même chambre du second étage qui avait subi plus tôt tant de perturbations, le quartier était tranquille et les lumières, éteintes. Même Paul le Vagabond était heureusement endormi sur le siège arrière de sa Cutlass Sierra, une copie écornée d'*Infinite Jest* reposant sur sa poitrine.

— Mignon.

On s'était occupés de tous les autres dans le Monde, et ainsi il était maintenant temps pour Becker de se la couler douce lui-même. Le seul problème, c'était qu'il n'était absolument pas préparé pour le jour à venir, ce qui commençait à devenir une habitude. Il se souvenait de la remontrance de sa mère qui lui disait qu'il pouvait sauver le Monde à condition que cela n'interfère pas avec ses études, mais il était si fatigué que la pensée même de lire un des « meilleurs livres de tous les temps » était plus qu'il ne pouvait en prendre. Il aurait peut-être une mince occasion de se préparer dans la salle de classe, mais il était déjà en train d'envisager son tout dernier alibi, lorsqu'il remarqua quelque chose déposé sur son bureau.

Insérée dans la copie toute neuve de la sélection hebdomadaire du Dr Kole, se trouvait une simple feuille de papier, couverte d'une écriture manuscrite étrangement semblable à la sienne. Cela se lisait :

Questions et réponses probables pour l'examen sur <u>Je suis le fromage</u>.

— Beau travail, Moi !

Becker se fit une note mentale d'activer le Moi-2 la prochaine fois que la famille ferait quelque chose d'amusant, comme aller au Carolier Lanes ou même à Point Pleasant. Il régla son réveille-matin pour 7 h 30, enfila son pyjama (pas la sorte qui vous protège des matériaux dangereux), et finalement, *finalement*, se glissa dans son propre lit.

— Ahh...

Il n'y avait rien comme la sensation de se glisser sous les couvertures après une longue nuit de travail, surtout quand vous connaissez d'avance toutes les choses agréables qui vous attendaient. Un Bâillement tout frais s'échappa de sa bouche, et il remonta sa couverture et s'enfonça la tête dans ses oreillers. Quelle Mission cela avait été — une Panne pour sa première présence dans les ligues majeures. Qui aurait pu l'imaginer ?

Il était impossible pour Becker de ne pas rejouer toutes les aventures de la soirée dans son esprit, à partir du moment où son Clignoteur s'était déclenché jusqu'à ceux où il avait revu Thibadeau et où il avait permis au Rêve de quelqu'un d'autre de se réaliser. Mais heureusement, le Poivrot 111 qu'il avait installé au WDOZ faisait son travail, car il pouvait sentir les vagues de la Fête du sommeil paisible le rappeler à la maison.

Cette fois-ci, il n'y aurait pas de *tournage* et de *retournage* toute la nuit — pas de repositionnement de jambes, pas de retournage d'oreiller pour s'assurer que l'autre côté était frais. Seulement ce doux et délicieux paradis juste avant... avant...

Expédition centrale, Département du sommeil, le Seems

Les sons rythmiques des courroies du convoyeur avaient remplacé les alarmes gémissantes et étaient parfaitement accordés aux bruits de l'estampe de l'Inspecteur no 9. Même si elle n'en manœuvrait plus deux à la fois, cela ne signifiait pas qu'elle prenait son travail moins sérieusement.

— Attendez une seconde !

La rangée de boîtes s'arrêta alors qu'elle en prenait une sur la ligne et aplanissait l'étiquette d'adresse pour qu'elle ne se décolle pas durant le transport.

— Parfait, on y va !

Deux boîtes derrière celle-ci, avançait un autre colis rempli de son propre contenu unique, tout comme le reste. À l'intérieur, il contenait les efforts combinés des Ouvriers infatigables, des Rêveurs agréables et du Ronflorchestre — tout cela en étroite coordination avec l'Agent de cas no 15443, qui n'avait jamais rencontré la personne à qui cette boîte était destinée, mais qui prenait soin de lui malgré tout.

F. Becker Drane
Secteur 33-514
12, avenue Grant
CHAMBRE NO 2

D'une main lourde, l'Inspecteur no 9 estampilla le colis pour l'expédition, et la dernière barrière vers la sortie avait été traversée. La lumière de la Trappe tourna au vert, la porte vers l'Entre-deux-mondes s'ouvrit en glissant, et enfin, la Bonne nuit de sommeil de Becker était en route.

La porte de la Trappe se ferma sans bruit, et le prochain colis arriva pour être expédié.

Épilogue

L'Autre face, le Port sécuritaire, le Seems

Casey Lake remit un pourboire au chauffeur du taxi d'eau et sauta sur le quai branlant qui conduisait à l'Autre face. Drapé de lumières de Noël et présentant du calypso en direct trois soirs par semaine, le bistro de burgers au bord de la mer était réservé, à cette occasion, pour une fête spéciale, comme l'illustrait l'affiche fixée au toit de chaume de la hutte :

FÉLICITATIONS, BECKER !

Un petit nombre de clients étaient rassemblés, car bien que le message eut été clignoté pour annoncer le report de la fête surprise traditionnelle de la première Mission (à un soir de congé scolaire), quelques Réparateurs et Agents de contact (et un Agent de la C.H.A.N.C.E.) étaient prêts à célébrer avec ou sans le jeune homme de l'heure.

— Beau travail, Lake, dit Phil-sans-mains de son tabouret au comptoir. J'ai raté un rôti de porc à Jost Van Dyke pour venir ici !

— J'ai essayé, répondit Casey, commandant son hamburger médium saignant. Le jeune est sérieux à propos de ses études.

— Ne te préoccupe pas de Phil.

À une table surplombant l'eau, l'Octogénaire était plongée dans une sérieuse partie de mah-jongg avec son ami Tony le Plombier.

— Il est tout simplement jaloux que Drane ait eu une Panne et qu'il ait obtenu un Nuage de suspicion.

— Jaloux, mon œil. J'aurais pu réparer cette Panne les mains attachées derrière mon dos.

— Je ne savais pas que tu avais des mains, plaisanta Tony, posant ses cartes sur son ventre généreux.

— Ha, ha, grogna Phil, puis il continua à s'agripper à Flip près du gril.

Contrairement à la croyance populaire, Phil avait des mains, mais il prétendait être si habile pour réparer qu'il n'en avait pas besoin (comme dans «Regarde, maman! Sans les mains!»

Près de l'eau, l'imposant Li Po lança à nouveau le moulinet et attendit le petit coup révélateur d'un Compliment ou d'un Hasard extraordinaire. Même si son visage était paisible et serein, il savait que le jour sinistre approchait. Mais puisqu'il n'avait pas dit un mot en plus de 25 ans, il laissa celui à qui il avait passé la Torche parler à sa place.

— Alors, les gars, vous avez entendu les nouvelles? demanda Casey, prenant un siège à la table avec les Réparateurs nos 3, 26 et 31. Et je ne parle pas du fait que Becker n'ait pas pu venir à la fête.

— Quelles nouvelles? demanda Tony, ne levant pas les yeux des tuiles du jeu. Nous n'avons reçu aucun message clignoté.

L'Octogénaire secoua la tête.

— J'ai simplement entendu parce que je suis tombée sur quelqu'un du Savoir en venant ici.

Casey rapprocha sa chaise, et son visage s'assombrit soudainement.

— Apparemment, pendant que nous étions tous occupés avec cette Panne, quelqu'un a filé avec 450 plateaux de Moments figés dérobés à la Banque de Jour.

— Quelqu'un ?

Mais l'Octogénaire savait exactement de qui elle voulait parler.

— Mais qu'en feraient-ils ?

— En soi, rien. Mais combiné avec suffisamment de fertilisant, et si jamais ils arrivent à mettre la main sur une Fraction de seconde…

La voix de Casey baissa pour devenir un murmure.

— Ils pourraient avoir les composantes nécessaires pour construire une Bombe à retardement.

Soudainement, plus personne n'avait faim.

— Mama mia !

Tony s'affala dans sa chaise et balança sa main sur la table.

— Et j'étais sur le point de d'annoncer un kong.

— Tu parles !

Les yeux de Casey se tournèrent vers l'anse. Elle se demanda pourquoi les choses s'étaient tant dégradées dans le Seems, et ce qu'ils devraient faire à propos…

— Regardez le bon côté des choses, tout le monde.

Peu importe le problème auquel elle faisait face, l'Octogénaire conservait toujours son naturel rayonnant. Après tout, elle était revenue du Point de non-retour et avait remporté la victoire à l'Étau de la défaite.

— La montée de la Marée signifie tout simplement que nos Missions vont devenir assez amusantes.

Ses compagnons de table échangèrent un regard, se demandant si la vieille dame n'avait pas fini par perdre la boule — mais ensuite, ils se rendirent compte qu'elle avait raison. Les Réparateurs n'étaient pas ici pour la facilité, mais plutôt parce que c'était difficile. Et plus c'était difficile, mieux c'était.

— À la Bombe à retardement !

Tony le Plombier leva son lait frappé à la vanille.

— Et à celui qui sera assez chanceux pour la Réparer.

Les autres n'avaient pas commandé de boisson, alors ils se contentèrent de trinquer avec leurs burgers. Même si personne n'oserait jamais espérer qu'une telle chose se produise, les trois souhaitaient secrètement que, si c'était le cas, il soit celui qui recevrait l'Appel —, car de telles Missions naissent les légendes.

— À la Bombe à retardement !

Glossaire

7ᵉ sens : Un sens ou un sentiment inné que quelque chose dans le Seems s'est déréglé et affectera bientôt le Monde. Les Réparateurs emploient souvent cette habileté pour trouver l'emplacement ou la nature d'une Dysfonction.

Agent de cas : Un officier haut gradé chargé de réguler ou d'encourager l'évolution des gens dans le Monde.

Agent de contact : Le bras droit (homme ou femme) d'un Réparateur.

Agents de la C.H.A.N.C.E. : Les membres d'une équipe clandestine chargés de répandre la substance qui transforme la vie dans les Secteurs appropriés dans le Monde. (Voir aussi C.H.A.N.C.E.)

Anomalie : Une saute ou une perte de puissance, causant souvent une interruption dans les services départementaux. Les Anomalies sont une Défaillance très sérieuse, engendrant souvent des préoccupations structurales plus importantes.

Au-delà : Une dense étendue de terres marécageuses, nouvellement développée et bientôt disponible pour des habitations au bord de l'eau et en copropriété.

Autre face : 1. Mot familier désignant n'importe quel côté (le Monde ou le Seems) où vous n'êtes pas. 2. Un bistro de burgers au bord de la mer dont l'ancien Réparateur Flip Orenz est le propriétaire et qui est fréquenté autant par les Réparateurs que par les Agents de contact.

Balayage de la personnalité : Une méthode hautement perfectionnée de vérification de l'identité, estimée fidèle à 100 %.

Bande crépusculaire : L'espace à l'arrière du Département des travaux publics où les Peintres crépusculaires préparent leurs chefs-d'œuvre quotidiens pour exposition.

Bévue : Une Dysfonction attribuée à l'erreur d'un employé.

Bip : Une sale petite créature indigène du Seems qui a l'habitude de se loger dans les machines départementales.

C.H.A.N.C.E. (Changements Hasardeux Apportés aux Nécessités Constantes des Espèces) : Un fin résidu généré durant le processus de conception de la Réalité. Contrairement à la croyance populaire, la substance est toujours bonne. (*Voir aussi* Agents de la C.H.A.N.C.E.)

Cabane à outils (ou cabane) : L'établissement sur les terrains de l'IDR dans lequel les outils des réparateurs sont fabriqués et entreposés.

Candidat : Le nom donné à un élève de l'IDR ; celui-ci est engagé dans le processus de devenir un Agent de contact, et peut-être un jour, un Réparateur.

Cas : Les dossiers confidentiels conservés sur chaque personne dans le Monde.

Catalogue : La publication en quatre couleurs (que l'on retrouve souvent dans les salles de bain de l'IDR) montrant le dernier cri en matière d'Outils, d'équipement et de divers objets disponibles pour l'usage du Réparateur et de l'Agent de contact.

Chaîne des événements : Une série interreliée de liens, ou de « choses » reliées sous des conditions minutieuses et formant l'essentiel des composantes du Plan.

Chemin Battu : Une piste de randonnée autrefois populaire serpentant à travers tout le Seems. En raison d'une série d'incidents malheureux, on considère qu'elle n'est plus sécuritaire après la tombée de la nuit.

Clignoteur : Le dispositif multifonctions de communication que portent les Réparateurs et les Agents de contact.

Coffre à outils : Toute caisse ou tout sac que transportent les réparateurs et qui contient leurs outils.

Commandement central : Le Quartier général des opérations des Réparateurs, ouvert jour et nuit.

Compendium des dysfonctions et des réparations **:** Le volume technique contenant «tout ce que vous avez besoin de savoir pour effectuer une Réparation». Aussi connu sous le nom de «Manuel».

Contrôle de la qualité : La division dans le Seems responsable de s'assurer que le Monde est construit selon les meilleures normes de qualité jamais imaginées. On procède souvent à des inspections au hasard sur la base de critères comme la couleur, la fraîcheur, la variété, etc.

Convention d'appellation : La réunion sur invitation seulement ayant eu lieu vers la Fin du Jour, durant laquelle les noms du Seems et du Monde ont été décidés.

Cour de l'opinion publique : Le corps de gouvernance redouté du Seems, qui est chargé de rédiger et de faire respecter les Règles.

Courant de la conscience : Commençant au Milieu de nulle part et divisant en deux la ville de l'Alphabet, cet affluent contiendrait la somme des expériences de tous ceux qui ont existé. S'y baigner est strictement prohibé, même si les adolescents du Seems s'y glissent depuis des années.

Degré de difficulté : Le système numérique qui va de 1 (le plus facile) à 12 (le plus difficile) servant à désigner le degré de complexité d'une Mission.

Département : Un secteur spécialisé du Seems responsable d'un élément particulier du Monde.

École de Pensée : Principale rivale de l'école des Coups durs, cette institution s'adresse aux élèves à l'esprit le plus éthéré et à ceux qui ne sont pas anxieux d'entrer dans la population active.

École des Coups durs : Principale rivale de l'école de Pensée, cette institution est destinée aux élèves à l'esprit le plus pratique et à ceux qui sont anxieux d'entrer dans la population active.

Effet en chaîne : Un déploiement à grande échelle du Plan, souvent causé par une Chaîne des événements brisée.

Effets du hasard : Petits connecteurs de la forme d'un bretzel utilisés pour provoquer des changements aléatoires dans le Plan.

Éloges particuliers : Récompense ou certificat accordés à un réparateur ou à un agent de contact pour un rendement exceptionnel dans l'exercice de ses fonctions.

Entraînement : La période durant laquelle une personne est Candidat à l'IDR.

Entre-deux-mondes : L'espace entre le Monde et le Seems à travers lequel circulent tous les Biens et services.

Étau de la défaite : Quelque part où vous ne voulez pas aller.

Fenêtre : Un moniteur, un téléviseur ou un écran plat ACL utilisé pour surveiller ce qui se passe dans le Monde.

Grand Édifice : La colossale structure au centre du Seems qui abrite la haute direction, incluant les Agents de cas et les Pouvoirs constitués.

Guerre des couleurs : Une époque sombre des temps seemsiens, alors que la palette de couleurs pour le Monde a été décidée. De violents combats ont fait rage, opposant frères contre frères, Verts et Bleus contre Violets et Rouges, et même si une trêve a finalement été conclue, trois des plus magnifiques couleurs jamais mélangées ont été perdues à jamais.

Habilitation : Le niveau d'accès au Seems que détient une personne.

Highland Park : 1. Ville natale de Becker Drane. 2. « Un endroit où il fait bon vivre. »

Ici, Là et Partout : Trois des plus populaires quartiers de banlieue dans le Seems (alias « les trois villes »).

Institut de dépannage et de réparation (IDR) : L'établissement ultramoderne dans le Seems responsable de l'entraînement des Agents de contact et des Réparateurs.

Jour : Le moment avant le début du Temps, où le Monde était en construction.

La Chose la plus étonnante d'entre toutes : La chose la plus étonnante d'entre toutes.

Le Savoir : Une bande mystérieuse seemsienne échangeant de l'information illicite — souvent chapardée depuis le Grand Édifice ou le groupe Vers l'avenir.

Livre des règles : Le texte contenant la série de règles parfois pénibles qui gouvernent le comportement dans le Seems, incluant la Règle d'or, la Règle empirique, la Règle conçue pour être brisée, etc.

Mallette : Un Coffre à outils de Réparateur, bien qu'avec moins d'Outils et d'Espace.

Manuel : *Voir Compendium des dysfonctions et des réparations.*

Marché noir : Un marché aux puces ouvert la fin de semaine établi en périphérie du Seems et mettant en vedette les Biens et services à peu près impossibles à obtenir par les voies ordinaires. Au risque de l'acheteur !

Marée, la : Un mouvement révolutionnaire dans le Seems résolu à déloger les Pouvoirs constitués et à redessiner le Monde.

Mécaniciens : Employés et personnel de l'IDR.

Milieu de nulle part : Le seul emplacement du Seems interdit à tous, peu importe son niveau d'Habilitation.

Mission : Un travail ou une affectation dont un Réparateur ou un agent de contact est chargé, comportant habituellement de très grands enjeux.

Mission à l'intérieur de la Mission : Un terme de l'IDR désignant les enjeux moins importants et plus personnels auxquels doit s'accrocher un Réparateur afin de réussir les défis d'une Mission.

Moments figés : Moments parfaits de la Réalité préservés à des températures sous zéro dans le Département du temps.

Monde, le : Un ambitieux projet du Seems dont l'intention avouée est de créer le «royaume magique le plus incroyable possible».

Néant : Principale composante de toute chose.

Objets trouvés : Là où se retrouvent les choses introuvables.

Outil : Un dispositif ou un gadget qu'utilisent les réparateurs ou les agents de contact pour exécuter leur travail crucial.

Panne : Une petite, mais mortelle nuisance qui peut causer des dégâts dans le Seems et ainsi créer une destruction de masse dans le Monde.

Périphérie : Une région éloignée dans le Seems, que les vagabonds, bohémiens et décrocheurs de la société dominante seemsienne appellent leur chez-soi.

Pièce de monnaie : Consistant en les Piles et les Faces, deux gangs philosophiques rivaux (comme les Coûts et les Revenus) se battant continuellement au sujet des problèmes les plus contrariants de la journée.

Pierre d'achoppement : Une course à obstacles multiniveaux conçue pour tester les limites physiques, émotionnelles et spirituelles des Candidats de l'IDR.

Plan, le : Le principe organisateur qui fait fonctionner le Monde.

Point de non-retour : Quelque part ailleurs où vous ne voulez pas aller.

Porte : Un portail ou un point d'accès permettant de passer du Monde au Seems.

Pouvoirs constitués : Le conseil des 12 officiers les plus hauts gradés du Seems.

Qui sait où : Une petite installation à la frontière de la Seembérie et du Milieu de nulle part, peuplée par des exilés, des prospecteurs d'Espoir non autorisés et d'autres éléments peu recommandables.

Radar : L'imposante antenne parabolique convexe à travers laquelle l'information est diffusée dans le monde. Les indécis et les chercheurs sont connus pour leur tendance à se tenir dessous, dans l'espoir de capter le vent de quelque chose de cool.

Règle d'or : « Aucun employé, agent ou défenseur du Seems ayant accédé (ou disposant d'un accès) au dossier de Cas confidentiel d'une personne dans le Monde ne peut entrer en contact, en communication ou en relation avec ladite personne, de manière romantique ou autre.

Réparateur : Un spécialiste hautement formé appelé à réparer les Dysfonctions qui pourraient mettre le monde en péril.

Réservoir de rétention : Une prison à sécurité maximum abritée dans le désert glacial de Seemsbérie. Sommités incarcérées : L'Insomniaque, Juste A. et Lebeau Temps (alias les Bandits du Temps) et le Gang enchaîné.

Ressources humaines : La division du Seems responsable de recruter des gens dans le Monde pour combler les postes vacants.

Réticents, les : Un groupe intransigeant d'opposants systématiques qui se rencontrent sur une base régulière, habituellement pour émettre des « Désaccords » — des traités denses décriant ceci, cela, ou d'autre chose.

Rotation : La liste des Réparateurs actuellement en service actif.

Saut : Le voyage tumultueux depuis le Monde vers le Seems, ou vice versa.

Secteur : Une section géographiquement délimitée dans le Monde.

Seems, le : L'endroit de l'autre côté du Monde responsable de la création de ce que vous voyez à l'extérieur de votre fenêtre maintenant.

Seemsbérie : Une vaste étendue de toundra gelée dans une zone reculée du Seems.

Slim Jim : Un sous-produit de viande difficile à mâcher et disponible sous forme de bâton dans les supermarchés et les dépanneurs du Monde.

Test d'aptitude seemsien (TAS) : L'examen utilisé pour déterminer l'affinité naturelle pour un poste dans le Seems (1800 est la marque parfaite).

Test pratique : L'examen de synthèse exigeant, séparateur du bon grain de l'ivraie, concret, craint et révéré, que tous les Candidats doivent subir (et réussir) pour avoir le droit d'œuvrer comme Agent de contact (ou Réparateur) sur le terrain.

Tissu de la réalité : Le mince et pratiquement invisible filament qui entoure et protège le Monde.

Torche, la : Allumée par Jayson lui-même et protégée dans un petit encensoir de bronze, cette flamme symbolise le chef non officiel des Réparateurs. Elle ne s'est jamais éteinte.

Train : Une ancienne locomotive à vapeur (comprenant des voitures de passagers et des voitures-lits) qui voyage vers la Périphérie, vers l'Au-delà, vers Qui sait où et vers la Fin de la ligne.

Vents de changement : Les rafales puissantes d'énergie magnétique qui balayent l'Entre-deux-mondes, causant parfois de brusques changements de paradigme dans le Monde.

Vers l'avenir : Un groupe d'experts composé de certains des penseurs les plus éminents du Seems, dont la tâche est de planifier le meilleur cours des choses.

Ville de l'Alphabet : Le centre urbain où une grande partie de la main-d'œuvre seemsienne travaille. Jadis un quartier plutôt tendu, l'embourgeoisement a toutefois fait monter en flèche la valeur des propriétés.

Ville Géniale : Le parc d'attractions le plus populaire dans le Seems. Les attractions incluent : une Place géniale pour manger, des Choses géniales à faire, et le Tour le plus génial jamais inventé.

Violation : Infraction à une règle seemsienne.

Une Autre histoire

Ce n'est pas une histoire très édifiante, mais c'est ainsi qu'elle s'est passée.

À l'époque du fameux Jour, les gens qui vivaient dans le Seems ne lui avaient pas vraiment donné de nom. S'il devait être nommé, on disait «Ici», et quand l'idée du «Monde» vit le jour, on le désigna par «Là». Puis, il y avait tout ce qui se trouvait «Entre-deux-mondes». De toute façon, alors que le Monde était toujours en préproduction, quelques-uns des Pouvoirs constitués décidèrent que ces noms étaient ennuyants et ne reflétaient pas les qualités magiques qu'ils essayaient de représenter. Il se tint alors une Convention d'appellation pour essayer de sortir de ce bourbier.

Rapidement, on appela le Monde : le Monde (c'est une Autre histoire 2), mais la décision concernant le nom de l'endroit où ils travaillaient et vivaient plongea l'entière assemblée dans un débat houleux. Certains voulaient l'appeler «l'Autre côté», les autres, «la Toile de fond», et d'autres encore, quelque chose de plus «fantaisiste/science-fiction» comme «Zébulon» ou «Planète X», mais toutes ces suggestions furent écartées. Finalement, un groupe de modérés suggéra « le Seams », d'après la couture dans le Tissu de la réalité nouvellement tissé, à travers laquelle les gens pouvaient passer d'un monde à l'autre. Cette suggestion recueillit un bon volume de soutien, mais elle semblait peu audacieuse, jusqu'à ce que l'Artiste original (un humble peintre à qui la tâche de concevoir l'apparence et l'impression des deux côtés avait été confiée) émette la remarque : « Pourquoi ne l'appelons-nous pas le Seems*? »

Cela ne faisait pas beaucoup de sens, et il régnait quelque inquiétude à propos de l'orthographe, et on se demandait si les gens comprendraient, mais tout le monde convint que le mot avait une certaine qualité « hallucinatoire » (cela leur plaisait), de même qu'une certaine pertinence et une certaine ambiguïté. Pendant la pause du midi, différentes factions commencèrent à s'unir autour de cette initiative, et au cinq à sept (lorsque les Coupes d'acclamation furent distribuées), ce nom devint un fait accompli.

À l'occasion, des demandes surgissent encore pour la tenue d'une seconde Convention d'appellation, mais étant donné la quantité d'en-têtes de lettres, de panneaux de signalisation et de soutien populaire pour les noms actuels, la plupart des autorités sur le sujet croient que le train a déjà quitté la station.

---

* N.d.T. : « Seams » et « seems » sont homophoniques en anglais. Bien que le premier signifie « une couture », le second signifiant « paraître », « sembler » donne une dimension différente, mais un peu drôle du concept.

Outils de la profession

Le choix des Outils est tiré de *La Panne de sommeil*. (Note : Réimprimé d'après *le Catalogue*, copyright © Seemsbury Press, MCGBXVII, le Seems.)

Nom de l'outil : Clignoteur[MC]
Usage : Communication. Alors que les séries plus anciennes ne sont dotées que d'une seule fonction : «appel entrant», les modèles de titane plus récents incluent un accès à RéparateurNet et à la Base de données des missions, ainsi que le mode «Simulation de mission».
Concepteur : Al Penske

Nom de l'outil : Moi-2^{MC}

Usage : Nommé «Outil de l'année» pour la sixième saison consécutive, le Moi-2 procure le summum de couverture. Employant la technologie «vousplicata», le Moi-2 se gonfle pour se transformer en une réplique parfaite de son propriétaire et s'adapte à toute situation.

Concepteur : Al Penske

Nom de l'outil : Sprecheneinfaches^{MC} (spréck-en-ein-fack-ess)

Usage : Traducteur de langues universel. Peut traduire toute langue connue (incluant le langage des plantes et celui des animaux). Se fixe à la langue au moyen d'une enveloppe en polyuréthane.

Concepteur : Klaus van Barrelhaus

Nom de l'outil : Pannomètre^{MC}

Usage : Permet de suivre la trace des Pannes. Retirés à cause de défaillances de conception qui ont fait surface durant l'opération Nettoyage et balayage, les Pannomètres ne sont plus fabriqués, mais on peut souvent les trouver sur les marchés noir ou gris. Utiliser avec précaution.

Concepteur : Jayson

Nom de l'outil : Toolmaster 3000^{MC}

Usage : Avec sa « Technologie de l'espace inversé » (TEI), le Toolmaster 3000 redéfinit le « dernier cri ». Transporte jusqu'à 500 articles. Inclut des courroies Velcro ; piqûre triple pour plus de confort.

Concepteur : Al Penske

Nom de l'outil : Récepteur^{MC}

Usage : Système de téléphonie intra-Seems. Maintenant offert en bleu, noir, Or original, et orange traditionnel.

Concepteur : Le Bricoleur.

Nom de l'outil : Compteur de temps^{MC}

Usage : Reflète exactement le Temps Seems-Monde. Offert partout dans les bons Magasins de marchandises usagées. (Requiert une pile BBB, non incluse.)

Concepteur : Département du temps

Nom de l'outil : Lunettes de transport^{MC}

Usage : Lunettes créées spécifiquement pour le voyage dans l'Entre-deux-mondes. Équipées de Lentilles anti-brouillard^{MD}. S'attachent aussi au Clignoteur pour utilisation dans les applications à réalité virtuelle.

Concepteur : Le Bricoleur

Nom de l'outil : Gomme à problèmes^{MC}

Usage : Offert à saveur de cerise, de raisin, à saveur originale et sans saveur. Restaure le calme dans les endroits où la Réparation est le plus ardue. À se procurer absolument.

Concepteur : Al Penske

Nom de l'outil : Bouffée d'air frais^{MC}

Usage : Outil servant à la réanimation. Lorsque convenablement utilisé, il libère les poumons et permet de retrouver un tout nouveau second souffle.

Concepteur : Al Penske

Nom de l'outil : Caoutchoucs de béton^{MC}

Usage : « Ne partez pas sans eux ! » Ces bottes fournissent un poids additionnel pour des situations d'humeur légère ou de faible gravité. Comportent des embouts d'acier ; fabriqués à 100 % de résidu moulu sur meule.

Concepteur : Le Bricoleur

Nom de l'outil : Ces Choses qui ressemblent beaucoup à des pinces avec lesquelles tu coupes les fils^{MC}

Usage : Pour pincer, agripper, saisir, tordre, piquer, couper, tailler, retenir, faire la conversation dans une fête cocktail.

Concepteur : Al Penske

Nom de l'outil : Pyjamas^{MC}

Usage : Spécifiques au Département du sommeil, les Pyjamas sont la solution pour votre protection contre les matières dangereuses. Protègent contre le sommeil, les

bouffées de chaleur, les mauvaises vibrations et autres. En magasin seulement.
Concepteur : Département du sommeil

Nom de l'outil : Anti-punaises de lit[MC]
Usage : Le projet de prédilection de l'Agent de contact Milton Frye, Ret., cet insectifuge frappe temporairement d'incapacité les Punaises de lit (et plusieurs autres insectes) pour 7 à 9 sms. Offert sur demande.
Concepteur : Milton Frye

Nom de l'outil : Invention de Jayson[MC]
Usage : Tous.
Concepteur : Jayson
Note : Habilitation 9/9+ requise. Veuillez accorder 4 à 6 semaines pour la livraison.

Nom de l'outil : La Main secourable[MC] (brevet en instance)
Usage : Attrape des objets à des distances relatives.
Employée pour la première fois dans « La Panne de sommeil ».
Disponible à l'hiver MGBJUIKK.
Concepteur : Réparateur F. Becker Drane

* Pour plus de renseignements sur les Outils, l'arcane et les *détritus en général** seemsiens, veuillez visiter le secteur du Bar-salon des Réparateurs à theseems.com.
[Mot de passe : **LTF-FTL**]

* N.d.T. : En français dans l'original.

Mission : *La Panne de sommeil* [037001]
Rempli par : *F. Becker Drane*

Résumé :

Tout bien compté, je dirais que la Panne de sommeil s'est assée bien déroulée. Il y a eu quelques Bévues mineures de ma part, mais heureusement, j'ai pu me rattraper et, en me servant des techniques appropriées, j'ai pu compléter la Mission qui m'avait été confiée. J'ai eu du plaisir à le faire, en Réparant la 302, et ultimement le Monde a été sauvé et le Sommeil rétabli chez lesdites personnes. Malgré le Degré de difficulté impliqué, c'était pour moi une extraordinaire première Mission, et je suis fier de l'avoir réussie.

Domaines d'amélioration :

Eh bien, il y avait une seule petite erreur mineure, que nous ne devons plus répéter, mais je dirais que ce serait une bonne idée que je suive les Règles d'un peu plus près la prochaine fois. À moins qu'elles ne doivent être brisées, bien sûr.

Évaluation de votre agent de contact (1-12) : 10

Simly a très bien accompli son travail pendant la Mission, et je le recommanderais grandement à tout autre Réparateur, de même qu'il pourrait être considéré un jour pour une promotion. La confiance en lui-même est un point à travailler.

Boîte à suggestions :

Je sais que tout le monde se plaint à ce sujet, mais ce serait vraiment extraordinaire si nous pouvions obtenir une meilleure réception avec notre Récepteur à l'intérieur du Seems. Peut-être qu'un Réparateur ou un Mécanicien pourrait avoir pour tâche d'ajouter une autre tour ou d'augmenter l'amplitude de la tour existante? Aussi, ce n'est peut-être pas l'endroit pour en parler, mais je crois que nous pourrions peut-être changer le système de Rotation pour qu'il effectue un choix moins aléatoire et plus adapté au travail demandé. Ainsi, quelqu'un qui aurait eu de l'expérience dans les Pannes aurait pu obtenir cette Mission au lieu de moi. (Non pas que je me plaigne.)

___X___ Cochez ici, si vous êtes intéressé à faire du bénévolat pour la campagne annuelle de financement de la Matière à réflexion.

___F. Becker Drane___   Signature

Le seems

Ressources humaines

Cher ami,

Merci de votre intérêt pour le Seems !

Comme vous le savez ou ne le savez pas, des postes dans le Seems s'ouvrent à l'occasion pour des personnes qualifiées dans le Monde. Bien sûr, notre offre la plus populaire est celle de Réparateur, mais il existe d'innombrables autres postes (à temps plein ou à temps partiel) qui sont essentiels au fonctionnement en douceur des deux côtés.

Si votre spécialité est de capter la brise ou de vérifier votre étang ou votre lac local pour un bon Chatoiement, nous vous invitons à remplir le TAS suivant (test d'aptitude seemsien) ou à visiter notre site Internet, theseems.com.

Même si nous ne pouvons satisfaire à votre demande d'emploi en ce moment, nous conservons un épais dossier de TAS à portée de main. Après tout, vous ne savez jamais quand vous pourriez être appelé pour contribuer à la cause.

Encore une fois, merci de votre intérêt pour le Seems, et passez une belle journée !

Mes hommages respectueux,

Nick Dejanus

Nick Dejanus
Directeur adjoint des ressources humaines

À l'attention de : Grand Édifice, étage 143 – 1, Place du Seems, Le Seems

À tous ceux qui y ont cru :

Jennifer Altman, Eleanor Altman, Ross Baker, Eric Bergner, les Bratters, Caroline Burfield, Becca Chapman, Evelyn Chapman, Samantha Dareff, Sandy et Harvey Dareff, Debbie et Albie, Hadley Eure, Henry Field, Todd Field, Terrapin Frazier, Ellen Hulme, Jack Ronald Hulme, David Kuhn, Rose Laurano, Julia Lazarus, Adam Levine, Elliott et Simon Liebling, Brian Lipson, Andy Liebau, Aly Mandel, Bob Marcus, Tift Merritt, John Morisano, Tim Nye, Ken Park, Julie Pepito, Ted Pryde, Carol Sawdye, Liz Schonhorst, Lucille Schulman, Deb Shapiro, Greg Siegel, Tony Gaenslen, Kenyata Sullivan, les Watermans, Victoria Wells Arms, Ann Wexler, Ari Wexler, Jamie Wexler, Philip, Ilene, Helen, Ava, Amy et Alex, et Bill et Susan. Tous ceux qui y ont cru, mais dont nous avons oublié de mentionner la confiance.

Et, bien sûr, Becker Drane.

Remplissez le test d'aptitude seemsien (TAS) sur une feuille de papier

12 questions, 200 points chacune

Question 1 : La vie vous ennuie-t-elle un peu ? Non pas que vous soyez malheureux, mais éprouvez-vous cette sensation persistante au fond de vous que peut-être vous êtes fait pour accomplir quelque chose de plus ?

Oui ou Non

Question 2 : S'il y avait une Déchirure dans le Tissu de la réalité et que vous étiez appelé à vous occuper de la tâche, quel Outil emploieriez-vous ?

A. Un Scopeman arrondi 4000^{MC}
B. Un Boa Constricteur XL^{MC}
C. Une aiguille et du fil
D. Je n'en ai aucune idée

Question 3 : Quand il fut inventé pour la première fois dans le Département de la nature, le papillon était appelé à l'origine :

A. Un voltigeur
B. Un marsupial ailé
C. Un oiseau margarine
D. Aucune de ces réponses

Question 4 : La meilleure façon d'accéder au Seems est la suivante :

    A. Fermer les yeux et frapper le sol avec vos talons
    B. La poignée de mains secrète
    C. Une Porte
    D. Connaître la combinaison

Question 5 : Quelle cause est à l'origine de l'Âge glaciaire ?

    A. Une réduction thermale
    B. Un thermostat brisé dans le Département de la météo
    C. Un météore
    D. Un déplacement de plaques tectoniques

Question 6 : Les fleurs obtiennent leur couleur par lequel des moyens suivants ?

    A. Peinture à la main dans le Département de la nature
    B. Phénotype génétique aléatoire
    C. Johnny Pépin
    D. Les scientifiques de Merck

Question 7 : Dans une convention de matériel de literie, 400 vendeurs ont vendu soit des couvertures, soit des draps, soit les deux. Si 163 vendeurs ont vendu à la fois des couvertures et des draps, et 117 vendeurs ont vendu seulement des couvertures, combien de vendeurs n'ont vendu que des draps ?

    A. 86
    B. 97
    C. 104
    D. 120

Question 8 : Quel fruit délicieux a été inventé dans le Seems, mais a été jugé « trop savoureux » pour même être libéré dans le monde ?

A. Pastèque
B. Kumquat
C. Carambole
D. Petit fruit éblouissant

Question 9 : Le « chatoiement » sur les lacs et les rivières est un résultat de quel phénomène parmi les suivants ?

A. Strioscopie
B. Le soleil
C. La Poussière chatoyante
D. La pollution

Question 10 : Quand je mourrai, j'irai…

A. Nulle part. Les vers dévoreront mon cadavre mort et pourrissant
B. Dans un Meilleur endroit
C. Au ciel
D. En enfer

Question 11 : Choisissez la série de mots qui, lorsqu'ils sont insérés dans la phrase, correspondent le mieux à la signification de la phrase dans son ensemble.

La principale critique de Mlle Fergusson sur le rendement de l'artiste de l'apparence physique des anciens mammifères est que, non appuyée par même [...] de preuve fossile, l'image est nécessairement [...].

A. un minimum… spéculative
B. une particule… complétée
C. une lecture… justifiée
D. une fabrication… dépassée

Question 12 : Occuper un emploi qui exige de vous de voyager entre ce monde et un autre serait le mieux décrit par :

A. Cela semble amusant.
B. Il n'existe pas d'autres mondes.
C. Quelle barbe !
D. Je suis trop occupé.

Réponses :

Accordez-vous 200 points pour chaque réponse correcte :

1. A
2. C
3. A
4. C
5. B
6. A
7. D
8. D
9. C
10. B
11. A
12. A

Maintenant, prenez votre résultat et découvrez à quel niveau du Royaume de la réparation vous correspondez :

Note de 0-800 :

Note de 1000-1800 :

Note de 2000-2400 :

JOHN HULME ET MICHAEL WEXLER sont accidentellement tombés sur l'existence du Seems, après avoir ouvert une Porte déverrouillée à Wilmington, en Caroline du Nord, durant l'été de 1995. Depuis ce moment, ils ont été obsédés par le curieux royaume et ont cherché à écrire une série de livres fondés sur leur découverte. Bien que le projet ait été retenu dans la paperasserie administrative pendant près de onze ans, les Pouvoirs constitués ont finalement accepté sa parution, ce qui a donné le texte que vous tenez maintenant entre vos mains.

Hulme vit avec son épouse, Jennifer ; son fils, Jack ; et sa fille, Madeline, dans une petite ville du New Jersey avec des trottoirs en mauvais état et des rues bordées d'arbres.

Les coordonnées de Wexler demeurent inconnues.

www.theseems.com

1

La Règle d'or

La vie de Becker Drane était presque toujours aussi passionnante.

Non seulement il avait le «meilleur emploi du Monde», mais depuis le jour de ses 13 ans, ses indemnités avaient doublé, l'heure de son coucher avait été laissée à sa discrétion, et son besoin d'entrer furtivement dans des cinémas proposant des films réservés aux plus de 13 ans n'avait plus lieu d'être. Et le meilleur de tout, il avait finalement atteint un pic de croissance qui lui permettait de passer du stade d'enfant en bas âge au pantalon de velours de la vieille école et aux cheveux hirsutes à celui d'enfant d'âge moyen au pantalon de velours de la vieille école et aux cheveux hirsutes. Mais même si sa croissance lui procurait plus de puissance sur le terrain de football et une dose de respect supplémentaire de la part de tous les Melvin Sharp[1] du monde, cela ne voulait pas dire que tout était pour le mieux.

Les contraintes engendrées par le fait de mener une double vie avaient définitivement commencé à peser sur lui. Les notes de Becker avaient continué à en souffrir — elles chutèrent brusquement, jusqu'à atteindre une moyenne de C+ — tandis que la pression créée par le fait de devoir sauver le Monde toutes les six semaines environ lui avait fait perdre quelques kilos et prendre des cernes non négligeables sous les yeux. Ses parents et ses professeurs lui demandaient constamment si tout allait bien, et il savait que leurs soupçons se centralisaient sur une liste non exhaustive de maladies possibles, comprenant l'Internet, la dépendance aux jeux vidéo, l'anorexie masculine et la dépression clinique.

Le plus difficile à supporter était la forte impression d'être coupé de la réalité, qui s'était lentement infiltrée dans la vie du Réparateur. Quand les gars Chudnick et Crozier voulaient échanger des MP3 ou parler des filles, c'était comme s'il ne pouvait pas prendre part à leurs échanges. Il avait essayé de se confier à ses collègues de travail du Seems, mais même s'ils étaient cool et intéressants, ils étaient tous plus âgés que lui. En fait, le seul gamin avec qui Becker pouvait être honnête était son frère, Benjamin. Mais même cette

---

1. L'enfant reconnu incontestablement pour être le plus dur et le plus effrayant du collège Lafayette. Bryan Lockwood était l'enfant le plus dur et le plus effrayant du collège Lafayette, jusqu'à ce que Mel le détrône lors de la tristement célèbre «bagarre près du support à vélos». C'était super.

relation était biaisée, puisque le gamin de sept ans croyait que le Seems n'était rien d'autre qu'un monde complexe et imaginaire que son frère avait vu en rêve.

Tôt ou tard, Becker allait devoir trouver quelqu'un à qui parler — et il savait vers qui il avait envie de se tourner.

L'atrium, le Grand Édifice, le Seems

— Cinq minutes, camarades !

Une voix avec un accent australien familier résonna dans les haut-parleurs.

— Cinq minutes avant la reprise !

Becker engloutit son muffin aux Petits fruits sublimes à toute vitesse tout en admirant l'atrium entouré de vitres. C'était la partie la plus lumineuse et la plus aérée du Grand Édifice, qui était utilisée pour les conventions et les cocktails, et elle était décorée de diverses sortes d'arrangements floraux, dont le Département de la nature avait eu l'amabilité de faire cadeau.

La pause était presque terminée, et Becker s'apprêtait à retourner à la Réunion d'information mensuelle lorsqu'une voix provenant de derrière le jardin de pierres Zen murmura :

— Drane — par ici !

Becker se retourna pour voir un concierge dégingandé qui passait la vadrouille sur une partie déjà propre du sol en marbre. Il était vêtu d'une combinaison du Grand Édifice, avec un Col bleu autour du cou — ce qui signifiait qu'il était un maître dans l'art du gardiennage —, mais tous ceux qui le connaissaient savaient que Brooks était dans le Savoir[2].

---

2. Une société secrète qui vend des renseignements concernant le Plan. Bien qu'elle soit considérée comme une organisation criminelle, elle joue souvent le rôle de carte maîtresse auprès des Réparateurs qui y ont recours lorsque les créneaux traditionnels ne conviennent pas.

— Je croyais avoir dit *après* la réunion, répliqua Becker en jetant un regard par-dessus son épaule pour s'assurer que personne ne regardait.

— Désolé, mon gars, ajouta Brooks en replongeant sa vadrouille dans le seau. Tu n'es pas mon seul client.

Becker s'avança dans le jardin de pierres comme s'il venait de remarquer qu'un diamant était coincé entre deux tiges de bambou.

— L'avez-vous eu? demanda-t-il.

— La question est : « L'as-tu eu? »

Becker lança un autre regard prudent par-dessus son épaule, puis fouilla dans son Coffre à outils. Mais au lieu de sortir une des plus récentes innovations de la Cabane à outils, il en tira un sac blanc duquel émanait une forte odeur d'oignons.

— Bien sûr que je l'ai. Le System est ouvert jour et nuit, toute la semaine.

Le sac contenait un hamburger au fromage California et une portion de frites (sel, poivre, ketchup) provenant du White Rose System, le meilleur établissement de restauration rapide du New Jersey et sans doute, du Monde entier[3]. Brooks déchira le papier qui l'emballait et avala la moitié du hamburger d'une seule bouchée.

— Ah… c'est bien ce que je disais…

Un regard de pur plaisir éclairait le visage du concierge.

— Les SeemsBurgers n'ont tout simplement pas cet extra… *miam.*

---

3. Bien que certains pensent qu'il a périclité depuis que Frank a vendu l'établissement.